AF196000

metro

Jürgen Heimbach
Die Rote Hand

metro wurde begründet
von Thomas Wörtche

Zu diesem Buch

Arnolt Streich ist nicht gerade ein Menschenfreund. Vom Wirtschaftswunder vergessen, verbringt der ehemalige Fremdenlegionär seine Tage als Wachmann über ein paar schäbige, von zwielichtigen Typen gemietete Garagen in einer zugigen Wohnung, raucht eine Morris nach der anderen und flüchtet sich in die tröstliche Stimme von Édith Piaf.

Beim täglichen Bier um die Ecke erfährt er von einem tödlichen Anschlag mitten in der Stadt. Das Opfer: Georg Puchert, ein Waffenhändler, der die algerische Befreiungsfront FNL im Kampf um die Unabhängigkeit mit Waffen versorgt hat. Gleichzeitig beginnen düstere Gestalten, nach Streich zu fragen. Der kann die Machenschaften hinter den verschlossenen Garagentoren nicht länger ignorieren und stößt auf Vorgänge, die besser im Verborgenen geblieben wären.

»Präzise Charakterzeichnungen, minutiöse Actionszenen, solid recherchierte Hintergründe sowie reportagenhafte Milieuschilderungen verbinden sich mit einer bis zur letzten Seite spannenden Handlung und bieten eine Lektüre zwischen Agententhriller und historischem Roman, den man bis zum fulminanten Finale nicht aus der Hand legen möchte.«
Stadt Frankfurt, Fachstelle Stadtgeschichte

»Heimbach bleibt immer ganz nah an seinen Figuren und der Topografie. Überhaupt sind ihm die Beschreibungen von Orten, Gebäuden, Straßen, Interieurs, Kleidung sehr gut gelungen, der Roman atmet die Zeit förmlich, ohne jemals gefühlig oder nostalgisch zu werden. Ein sehr unterhaltsamer und gut lesbarer Politroman, der auf vielen Ebenen überzeugt.«
Radio free FM

Der Autor

Jürgen Heimbach (*1961) studierte nach einer kaufmännischen Ausbildung Germanistik und Philosophie und arbeitet als Redakteur für 3sat. Sein Werk umfasst Romane, Jugendbücher und Kurzgeschichten. Sein Roman *Die Rote Hand* wurde 2020 mit dem Glauser-Preis für den besten Kriminalroman ausgezeichnet.

Mehr über den Autor und sein Werk auf *www.unionsverlag.com*

Jürgen Heimbach

Die Rote Hand

Kriminalroman

Unionsverlag

Die Originalausgabe erschien 2019 im Verlag weissbooks.w, Frankfurt.

Im Internet
Aktuelle Informationen, Dokumente und Materialien
zu Jürgen Heimbach und diesem Buch
www.unionsverlag.com

Unionsverlag Taschenbuch 899
© by Unionsverlag 2020
Neptunstrasse 20, CH-8032 Zürich
Telefon +41 44 283 20 00
mail@unionsverlag.ch
Alle Rechte vorbehalten
Reihengestaltung: Heinz Unternährer
Umschlagfoto: Mr Xerty (Unsplash)
Umschlaggestaltung: Sven Schrape
Lektorat: Michael Lenkeit
Satz: Greiner & Reichel, Köln
Druck und Bindung: CPI – Clausen & Bosse, Leck
ISBN 978-3-293-20899-5
3. Auflage, Oktober 2020

Der Unionsverlag wird vom Bundesamt für Kultur mit einem
Verlagsförderungs-Strukturbeitrag für die Jahre 2016–2020 unterstützt.

Auch als E-Book erhältlich

Für Tanja,
die immer an dieses Buch geglaubt hat

Einer muss immer bezahlen,
sonst kommt nichts ins Gleichgewicht
(Aus dem Film *Mörderische Stille*
von Friedemann Fromm)

Die Kugel …

*F*aszíniert starrt er in das Mündungsfeuer. »Halt den Kopf unten, du Rindvieh!«, schreit der Feldwebel und zieht ihn an der Uniform zurück in den Schützengraben. Die Kugel fliegt über ihn hinweg, begleitet den schnellen Vorstoß, durchschlägt nur wenige Tage später seinen Oberschenkel, ohne den Knochen zu treffen, und verschafft ihm ein paar Tage Aufenthalt in einem Lazarett nahe Berlin. Eine Verwundung, der noch viele folgen werden. Sie schwirrt weiter über endlose Steppen, in denen der aufgewirbelte Staub ihm Hals und Lungen besetzt und ihn schwer atmen lässt, verfehlt ihn im tiefen Schlamm Russlands, der jeden Meter zu einer Tortur macht, streift schnee- und eisbedeckte Landschaften, deren Kälte ihn fast die Zehen kostet, fliegt über Flüsse, durch zerstörte Kirchen und Häuser, vorbei an ausgebrannten Panzern, über die Körper der von Granaten zerfetzten Kameraden und die Leichen von gemeuchelten Zivilisten, durchschlägt die breiten Farnblätter auf der Krim, zerreißt die Rinde eines Olivenbaums in Griechenland, hinter dem er in Deckung liegt, und streift seinen Oberarm am Ufer eines Kanals in Frankreich.

Sie durchbohrt das Holz der Bambushütte, in der er für wenige Stunden Ruhe gefunden hat, rast über die versumpfte Flusslandschaft, in der er bis zum Hals im Wasser steht, saust an seinem Kopf vorbei, als er sich nach irgendeinem Tier bückt, und fliegt weiter in die Stadt, wo er die wenigen freien Tage mit seiner Geliebten verbringt. Er tritt auf den schmalen Balkon, betrachtet die aufgehende Sonne, zündet die erste Zigarette des Tages an, da zersplittert sie das Fenster, zerfetzt Hoas Hals, durchschlägt die rückwärtige Wand, um ihn am Hafen, nur wenige Tage vor seiner Ausschiffung, nicht lange vor der offiziellen Niederlage, erneut aufzusuchen, als er sich bei einem Trupp Soldaten aufhält, die auf ihren Seesäcken sitzen, dösen und schlafen. Nur er steht aufrecht, blickt zurück. Sie streift seinen Arm, reißt den Stoff seiner Uniform unterhalb der Schulter auseinander und einen Fetzen seiner Haut mit sich, er spürt die Wärme des Bluts, das langsam seinen Arm hinunterfließt. Die Überfahrt ohne Kugel, sie kommt ihm trostlos vor, er vermisst seine Begleiterin. Dann, schon nach wenigen Schritten über den heißen Wüstensand, ist sie wieder da, rauscht über ihn hinweg, als er seine Gamaschen fester schnürt. Sie jagt weiter ins Gebirge, wo er wochenlang in kleinen Einheiten Jagd auf den Feind macht, wie Wild getrieben, über Bergketten, unter Felsklippen, hinter tonnenschweren Gesteinsmonolithen. Nur knapp verfehlt ihn ein Querschläger, der weiter dicht über die dürren Gräser der Wüstenausläufer schießt, vorbei an den ärmlichen Hütten und den eng beieinanderstehenden Häusern bis zum Hafen, wo er am Wasser steht, zusammen mit seinen Kameraden. Sie verschwindet über dem leichten Wellenschlag im Blau …

Routine

Arnolt Streich stand am Fenster und blickte durch das feucht-matte Glas in die Dämmerung. Die provisorisch an den Wänden befestigten Laternen tauchten die Ansammlung heruntergekommener Garagen und Lagerhallen in ein diffuses Licht. In den Pfützen, die sich nach den Regengüssen der vergangenen Tage in den Vertiefungen der Schotterwege gebildet hatten, brachen sich die Lichtstrahlen und tanzten unruhig auf der vom Wind bewegten Wasseroberfläche.

Gerade hatte er seinen letzten Rundgang für diesen Tag abgeschlossen und alle Türen und Tore des ehemaligen Tankstellengeländes kontrolliert, das nach dem Krieg mehr und mehr verfallen war und nun ein trostloses Bild abgab. Nicht mehr lange nach den Plänen von Karlheinz Bommel, der das ganze Areal erworben hatte, um hier Wohnungen zu errichten. Noch allerdings fehlte ihm das nötige Geld, deshalb hatte er einen der Lagerräume an eine Tischlerei vermietet und in zwei oder drei der Garagen waren Autos untergestellt, der Rest war schon so marode, dass sie kaum mehr genutzt werden konnten.

Streich blickte auf den Abrisskalender neben dem Fenster. Er zeigte den 4. März 1959 an, und der war verlaufen wie die meisten Tage in dem einen Jahr, seit er wieder in Deutschland lebte und dieses Gelände als Hausmeister und Wachmann für Bommel beaufsichtigte, der ihn dafür mehr schlecht als recht entlohrte und in der feuchten, zugigen Wohnung über der kleinen Halle neben der Einfahrt wohnen ließ. Kontrollgänge, Leibesübungen, der Gang zum Wasserhäuschen. Mehr war nicht. Der Kalenderspruch unter dem Datum klang für Streich wie Hohn: »Glücklich ist, wer nicht vergisst, was durchaus zu ändern ist.«

Anfangs hatte er das Gelände noch erkundet, hatte Karten angelegt, darauf die Räumlichkeiten verzeichnet, ein Zeitvertreib, mehr nicht, dennoch hatte Bommel ungehalten reagiert, als er davon Wind bekommen hatte, und ihn angeschnauzt, dass er ihn fürs Kontrollieren und nicht für so eine Kleckserei bezahle.

Streich riss das Blatt vom Kalender, zerknüllte das Papier in seiner Faust und warf es hinter sich, um gleich darauf wieder seine alte Haltung einzunehmen. Gerade und aufrecht am Fenster, den Blick nach draußen gerichtet, die kantigen Gesichtszüge starr, nur seine Augen wanderten aufmerksam hin und her. Lärm von Kindern, die verbotenerweise zwischen den Garagen spielten, drang zu ihm herauf. Sie mussten in den letzten Minuten gekommen sein, bei seinem Rundgang hatte er sie nicht gesehen. Ihr Geschrei übertönte die Kratzgeräusche der Nadel, die in der Auslaufrille der Schallplatte ihre endlosen Runden drehte.

Arbeit und Wohnung verdankte Streich einem früheren Kameraden, der den Kontakt zu Bommel hergestellt hatte. Die Arbeit war nicht die, die Streich sich erhofft hatte, und Bommel kein Mensch, für den er Sympathie empfand, doch schon beim Grenzübertritt an einem kalten Aprilmontag im letzten Jahr hatte man ihn deutlich spüren lassen, dass auf einen wie ihn niemand wartete. Trotz Wirtschaftswunder und Wir-sind-wieder-wer war offenbar niemand bereit, ihm ordentliche und anständig bezahlte Arbeit zu geben. Er hatte den Kameraden, die ihm genau das vorausgesagt hatten, nicht geglaubt. Oder nicht glauben wollen.

Streich löste sich aus seiner Starre und ging zur Spüle, wo er in ein schon benutztes Glas den Rest aus der Wermutflasche füllte und ihn mit einem Schluck hinunterkippte. Auf dem Rückweg zum Fenster legte er die Nadel an den Anfang der Platte. Eine

Bewegung, schon Hunderte, Tausende Mal durchgeführt. Er besaß nur diese eine Platte, brauchte keine andere. Eigentlich nur dieses eine Lied, das letzte darauf. Die getragenen Akkorde, dann die Stimme von Édith Piaf. Zart und rau zugleich. Er kannte jede Zeile, jeden Buchstaben, jeden Hauch. Verstand das Begehren in ihrer Stimme so gut.

> Il avait de grands yeux très clairs
> Où parfois passaient des éclairs
> Comme au ciel passent des orages.
> Il était plein de tatouages
> Que j'ai jamais très bien compris.
> Son cou portait: »Pas vu, pas pris.«
> Sur son cœur on lisait: »Personne.«
> Sur son bras droit un mot: »Raisonne«.

Gedankenverloren hörte er eine Weile zu, trat dann wieder ans Fenster. Der Kinderlärm war nun gedämpft, ein Rauschen unter der Musik. Er wartete. Auf Bommel. Sein Geld. Er hatte versprochen, an diesem Abend zu kommen, um ihm den noch ausstehenden Lohn zu bringen. Streich schloss seine Augen, lauschte der Musik, bis die Bilder kamen, wie immer am ersten Mittwoch im Monat. Ein Ritual wie eine Beichte oder die Bitte um Nachsicht für den Verrat ... Er ballte seine Fäuste.

Die schweren Schritte, die sich die Treppe hinaufbewegten, verrieten ihn. Bommel, der sich mühsam nach oben keuchte.

Ohne hinzuschauen, fingerte Streich eine Morris aus der Zigarettenschachtel auf dem morschen Fensterbrett, steckte sie an, inhalierte tief und blickte weiter auf den Hof. Lauschte, zählte ... vier, fünf, sechs ... bis eine Faust gegen die Holztür krachte.

»Streich, mach auf!«, dröhnte von draußen eine herrische Stimme.

Er wartete, zählte weiter … sieben, acht, neun, zehn … Es klopfte erneut, zwei Schläge … elf, zwölf, dreizehn … Streich nahm noch einen Zug, drückte die angerauchte Zigarette auf der Fensterbank aus.

Während Édith Piaf unbeeindruckt weitersang,

J'rêvais pourtant que le destin
Me ramèn'rait un beau matin

drehte sich Streich um, war mit wenigen Schritten an der Tür, riss sie auf.

Der Mann draußen stand mit erhobener Faust vor ihm.

»Was soll das, Streich!«, blaffte Bommel, schwer atmend, irritiert durch die Musik.

Inzwischen einhundertdreißig, schätzte Streich. Bei jeder Begegnung kam es ihm vor, als ob der Mann mindestens ein Kilo zugelegt hätte. Wirtschaftswunder, so sah das also aus. »Wirtschaftswunder«, die Kameraden hatten dieses Wort immer mit einer gewissen Ehrfurcht ausgesprochen. »Wenn wir erst wieder daheim sind« … Daheim, er lachte innerlich.

»Hörst du nicht den Krach da unten? Wofür bezahle ich dich eigentlich? Und was ist das für ein Gekrächze? Franzackengejammer!«

Bommel versuchte, an ihm vorbei ins Innere zu schauen. Streich blieb unbeweglich stehen, lauschte den letzten Worten der Piaf:

Mon légionnaire!
Y avait du soleil sur son front
Qui mettait dans ses cheveux blonds
De la …

Bommel wagte nicht, in das langgezogene *lumière* und das Verklingen des letzten Tons hineinzusprechen.

… lumière!

»Wenn ich nicht zufällig vorbeigekommen wäre, könnten die Gören machen, was sie wollen. Die haben da nichts zu suchen. Und wenn was passiert …?!«

Streich schwieg weiter. Einen wie Bommel regte so etwas mehr auf als jedes Wort.

»Was ist, Streich, die Sprache verloren?«

Statt einer Antwort streckte Streich seine rechte Hand aus. Bommel sah ihn erst verständnislos an, um dann aus der Außentasche seiner Jacke einen Briefumschlag zu ziehen.

»Erst die Kinder da unten. Und das um die Uhrzeit. Haben die keine Eltern?!«

Streich schüttelte sanft den Kopf. »Es ist der vierte März.«

»Na und? Erst die …«

Streichs Hand schoss vor und entriss Bommel den Umschlag.

»He, was soll das?!«

Ohne auf sein Gegenüber zu achten, öffnete Streich den Umschlag, nahm die Scheine heraus und zählte. Die Bewegungen seines linken Arms hatten dabei etwas Unbeholfenes. Bommel ließ ihn nicht aus den Augen.

»Das reicht nicht.«

»Wie?«, fragte der dicke Mann entrüstet.

»Da fehlen zwanzig Mark.«

»Hast eben nicht genügend gearbeitet. Wie jetzt!« Er deutete mit seinem Kopf auf das Fenster. Wie verabredet schrien die Kinder in diesem Moment besonders laut.

Streich streckte seine freie Hand abermals vor, fixierte Bommel, der diesem Blick nur wenige Sekunden standhielt, aber keine Anstalten machte, ihm das geforderte Geld zu geben.

»Ohne mich«, Bommel machte eine raumgreifende Armbewegung, »würdest du auf der Straße sitzen. Ich sage, was gemacht wird, sonst fliegst du hier raus. Es gibt genügend arme Schlucker, die sonst was dafür geben würden, deine Arbeit zu machen.« Überdeutlich sog er Luft ein. »Hast du schon wieder gesoffen? Nicht während der Arbeit, habe ich gesagt!«

Streich machte einen kleinen Schritt auf Bommel zu, dem die Überlegung anzusehen war, ob Streich auf ihn losgehen würde.

»Erst das Geld, dann gehe ich runter.«

Bommel zögerte noch einige Sekunden, griff dann aber doch in seine Tasche und hielt Streich den geforderten Zwanzigmarkschein entgegen.

Bedächtig steckte er ihn in den Umschlag zu dem anderen Geld, schob ihn in seine Hosentasche und nahm eine Jacke vom Haken neben der noch offen stehenden Wohnungstür.

»Dann mal los!« Behäbig wuchtete Bommel seinen Körper um die eigene Achse, umfasste den Handlauf und wackelte langsam die Treppe hinunter. »Und kauf dir mal einen anständigen Plattenspieler. Nicht so ein Drecksding von anno Tobak«, stieß er dabei, abgehackt und kaum verständlich, aus.

Streich wartete oben, bis er im Hof verschwunden war, nahm die Nadel aus der Auslaufrille, schloss die Wohnungstür, dann folgte er Bommel leise und geschmeidig. Der stand in der Einfahrt zu dem Garagenhof, die Arme in die Hüften gestemmt, seine Konturen hoben sich deutlich gegen das Licht einer Straßenlaterne ab. Ein Tor auf das Gelände gab es nicht mehr, es war so brüchig gewesen, dass Streich es als eine seiner ersten Amtshandlungen auseinandernehmen musste. Die Reste lagen immer noch neben der Einfahrt.

Er ging dem Kinderlärm nach, stolperte dabei über einen Stein, fluchte, kickte ihn weg. In flachem Bogen schepperte er gegen ein Holztor. Auf einer Freifläche zwischen zwei Garagenreihen entdeckte er die Kinder, eine Gruppe Jungs, zwölf oder dreizehn Jahre alt, die sich im Halbkreis um eine weitere Person aufgestellt hatten, die sich mit dem Rücken gegen das Wrack eines ausgebrannten Autos drückte.

Sie riefen durcheinander, versuchten sich in der Lautstärke zu übertreffen, die Anwürfe galten der umringten Person, einem Mädchen, wie Streich nun erkannte. Mit einem Küchenmesser hielt sie sich die Angreifer vom Leib.

»Polackin!«, hämmerten sie ihr entgegen. Eine Stimme stach besonders heraus, fordernd, aggressiv: »Polackenbastard! Polackenbraut!«

Gebannt starrte er auf die Szene. Die Kasbah, drei oder vier Fellaghas um eine Frau, fast noch ein Mädchen, die dunklen Haare offen, sie zischen ihr Worte zu, die er nicht versteht, sie sieht zu ihm herüber, da tritt einer der jungen Burschen vor, eine schnelle Bewegung, ein Schnitt, ein stummer Schrei, das Mädchen steht sekundenlang mit aufgerissenen Augen da, starrt ihn an, bevor sie zur Seite kippt. Die Männer folgen ihrem Blick, sehen ihn, seine Uniform, die Maschinenpistole, warten, überlegen. Er entsichert die Waffe, dann sind sie weg. Einer lacht. So laut, dass er es noch lange hört.

Die Kinder waren so mit sich und ihrem Schreien beschäftigt, dass ihn einer der Jungs erst wahrnahm, als er direkt hinter ihnen stand. Der Junge starrte ihn an, zwei, drei Sekunden, dann brüllte er eine Warnung, alle rannten los, nur er blieb stehen. Er musterte Streich, machte einen Schritt auf das Mädchen zu, spuckte ihr ins Gesicht. Dabei lachte er kurz. Dann lief auch er davon. Das Mädchen sah Streich in die Augen, herausfordernd, wie damals das Mädchen in der Kasbah, wischte sich mit einer schnellen

15

Bewegung die Spucke von der Wange, warf ihre dunklen Zöpfe zurück und rannte ebenfalls los, das Messer in der Hand.

Streich folgte ihr. An der Einfahrt stand noch immer Bommel. Als ihre Blicke sich trafen, nickte er gnädig und wandte sich ab, um kurz darauf umständlich in eine beige Mercedes-Limousine zu steigen.

Der ungeplante Zwischenfall hatte ihn Zeit gekostet. Doch immerhin hatte er jetzt das Geld. Schnell zog er sich in der karg eingerichteten Küche aus und wusch mit einem groben Lappen ausgiebig seinen Körper. Er schäumte Wangen, Kinn und Hals ein, wartete einige Sekunden, nahm das Rasiermesser aus dem Lederetui, stellte sich nah vor den kleinen, runden Spiegel über dem Spülbecken, kniff die Augen zusammen und streckte seinen Kopf vor. Er sah einen knapp vierzigjährigen Mann, die Gesichtszüge älter, verlebter, einen gleichgültigen, erwartungslosen Blick aus dunklen Augen, deren Sehkraft von Jahr zu Jahr nachließ. Er begann, sich nach einem genau festgelegten Ablauf zu rasieren. Anschließend betrachtete er im Spiegel sein linkes Schulterblatt, die welke, verschrumpelte Haut, das an einigen Stellen durchscheinende schwarze Fleisch, schmierte sich eine Creme darauf und verrieb sie mit gleichmäßigen Bewegungen, um danach umständlich einen Verband mit zwei langen Pflastern zu fixieren.

Nachdem er sich angezogen hatte, stellte er sich erneut vor den Spiegel. Ein fremder Mann blickte ihn nun an, in Anzug und weißem Hemd. Allein die millimeterkurz geschnittenen Haare waren ihm vertraut. Er nahm eine kleine Flasche aus der Schublade unter dem Küchentisch, ließ zwei Tropfen auf seine Handinnenfläche fallen und verteilte sie auf Wangen und Hals.

Streich sah auf seine Uhr. Er war spät dran.

Der Artikel

Alfons »Ali« Ferch hatte große Geschicklichkeit darin entwickelt, nicht nur das Fehlen seines linken Armes zu kaschieren, sondern auch fast alle Tätigkeiten, für die andere Menschen beide Arme und Hände benötigen, mit einer zu bewerkstelligen. Ob das Binden seiner Schuhe, das Zubereiten seines Frühstücks oder das Zusammenschnüren der am Tag nicht verkauften Zeitungen und Zeitschriften zu gut tragbaren Bündeln, er brauchte dazu kaum mehr Zeit als ein Gesunder. Und ohne seinen fehlenden Arm, den ihm ein russischer Granatsplitter ein Jahr vor Kriegsende nahe Minsk abgetrennt hatte, womit für ihn der Fronteinsatz Geschichte war, hätte er auch nicht die Konzession zum Betreiben seines Wasserhäuschens erhalten. Kriegsversehrte hatten bevorzugt diese begehrten Arbeitsplätze bekommen, die zwar einen langen Tag bedeuteten, dafür aber ein sicheres, wenn auch mäßiges Einkommen, das Ali sich zudem mit der einen oder anderen »Gefälligkeit«, wie er es nannte, aufbesserte.

Streich war seit einem Jahr Kunde in seiner »Hütte«. Er kam zwei, drei Mal die Woche, versorgte sich mit Zigaretten und Bier, dann und wann mit Schnaps oder Wermut, blieb ansonsten aber wortkarg. Mit der Zeit hatte Ali mitbekommen, dass Streich am ersten Mittwoch des Monats pünktlich um neunzehn Uhr bei ihm vorbeikam, besser gekleidet als gewöhnlich, frisch rasiert und nach Parfüm duftend, um eine Zigarre zu kaufen. Wohin er so zurechtgemacht ging, darüber hatte Streich nie ein Wort verloren. Und Ali hatte nie danach gefragt.

Heute allerdings war er über die Zeit. Ali begann, die nicht verkauften Tageszeitungen zu bündeln. Morgens früh legte der Auslieferungsfahrer die neuen Zeitungen neben die Tür an der Rückseite und nahm die alten mit.

Ali, der seinen Kopf stets mit einer grauen Schiebermütze bedeckte, warf einen Blick durch das Ausgabefenster nach draußen. Der rote Rudi war noch da, Stehkunde, ein Politischer, dem sie unter Hitler übel mitgespielt hatten und der seitdem hinkte und auf einem Auge nichts mehr sah, ein wahrer Hefkopp, wie sie hier die Vieltrinker nannten. Jeden Tag gegen zwei kam er in sein »Wohnzimmer«, wie er sagte, und ging um acht, verlässlich wie das Amen in der Kirche, mit der er schon lange nichts mehr am Hut hatte. Auf der anderen Seite waren noch zwei von denen, die stundenlang stumm beisammenstanden, unterbrochen nur von einem gelegentlichen »Prost!«.

Ali hatte das vorletzte Bündel mit einer Hand zusammengeschnürt und wollte gerade die letzten Zeitungen von der hölzernen Ablage nehmen, die sich von der Front um beide Ecken zog, da stand Streich plötzlich vor ihm, in eine der Zeitungen vertieft. Er betrachtete konzentriert das Foto auf der Titelseite.

»In Frankfurt«, erklärte Ali aufrichtig entrüstet und schob seine Mütze ein kleines Stück nach hinten. »Einfach weggebombt. Mitten in der Stadt. Wie in Amerika.«

Streich erwiderte nichts, sah nicht einmal auf, überflog den Artikel in der *Neuen Presse,* hielt ihn nahe vor seine Augen.

Ali beobachtete ihn beim Lesen. »Brauchst du 'ne Brille?«

Streich knurrte etwas Unverständliches.

»Ein Waffenhändler. Muss man sich mal vorstellen! Einfach in die Luft gejagt.«

Nun blickte Streich doch kurz auf, nickte beiläufig und besah sich noch einmal das Foto, auf dem die linke Seite eines Mercedes abgelichtet war, der Kotflügel abgerissen, die Fahrertür in der

Angel hängend, eine Decke verhüllte den Fahrersitz, der hintere Reifen platt. Der Wagen war das gleiche Modell, wie es Bommel fuhr, auch die Farbe schien Streich ähnlich zu sein. Zumindest sah es auf der Schwarz-Weiß-Abbildung so aus. *In diesem Wagen explodierte die Bombe,* war es untertitelt.

»In der Guiollettstraße«, plapperte Ali weiter. Ihn störte es nicht, dass Streich noch immer schwieg und nicht auf seine Erklärungen reagierte. »Georg Puchert soll der heißen.« Er nahm jetzt die restlichen Zeitungen von der Auslage, wartete, bis ihm Streich das Exemplar mit dem Foto reichte, und legte sie auf den anderen Stapel.

Zurück an der Ausgabe hielt er die Zigarre für Streich in der Hand. Der kramte in seiner Hosentasche, zählte ein paar Münzen ab und legte sie auf die Auslage.

Ali steckte das Geld ein und beugte sich ein Stück vor. Der rote Rudi stand noch immer abseits und stützte sich mit einer Hand am Kiosk ab. Ali senkte seine Stimme. »Ich habe wieder Ware. Morris. Eine Stange, wie immer?«

»Morgen«, antwortete Streich lakonisch, steckte die Zigarre in die Innentasche seines Jacketts und wollte losgehen.

»Moment!«, hielt ihn Ali auf, was er noch nie gemacht hatte. Er sah noch einmal nach dem Politischen und den beiden anderen Männern, dann sagte er leise: »Da waren Leute, die haben nach dir gefragt.«

»Nach mir?« Ein klein wenig Interesse lag nun in Streichs Stimme.

»Deinen Namen haben die nicht genannt, aber die Beschreibung passt auf dich. Wollten wissen, wo du wohnst. Was du so machst …«

»Polizei?«

Ali schüttelte den Kopf. »Glaub ich nicht. Sahen die nicht nach aus.«

Plötzlich stand der rote Rudi neben Streich. »Ein Bier, Ali!« Dabei wedelte er ungeduldig mit seiner leeren Flasche. »Ein letztes.« Er machte eine Pause. »Für heute.«

Ali reichte ihm eine Flasche und wartete, bis der rote Rudi sich wieder in seine Ecke zurückgezogen hatte.

»Wie sahen die aus?«

»Die nach dir gefragt haben?« Ali überlegte. »Waren zwei. Dunkle Anzüge. Kräftig. Sehr ernst. Der eine eher groß. Der andere blieb im Hintergrund. Hatte so eine Narbe im Gesicht.« Er deutete die Stelle auf seiner Wange an. »Hast du Ärger?«

Streich zuckte mit den Schultern. »Was hast du denen gesagt?«

»Ich? Nichts habe ich denen gesagt. Wie käme ich dazu? Nur, dass die Beschreibung auf mindestens zehn meiner Kunden passt.« Er grinste verschwörerisch.

»Und die sind dann einfach so wieder gegangen?«

»Einfach so«, bestätigte Ali und ließ Streich dabei nicht aus den Augen, hoffte wohl auf eine verräterische Mimik. Doch da konnte er bei Streich lange warten.

Das Foto

Gesine Kreutzer, die sich stets als Gilla vorstellte, sodass kaum jemand ihren Taufnamen wusste, saß auf dem Rand ihres französischen Betts und blickte zum Wecker auf dem Nachttisch. Das rote Licht hatte sie schon vor einer Weile ausgeschaltet, sie wusste ja, dass er das nicht mochte. Wie er viele Eigenheiten hatte, die sie nicht infrage stellte und deren Ursprung sie nicht kannte. Das stand ihr auch nicht zu, aber sie wusste aus ihrer inzwischen mehrjährigen Berufserfahrung, dass Streich zu den besseren Kunden zählte. Weniger in finanzieller Hinsicht, obwohl er nie versucht hatte, den Preis runterzuhandeln. Aber er hatte sie nie schlecht behandelt, nicht mit Problemen behelligt, wie das so viele andere Freier taten, sei es, dass sie Absolution suchten, weil zu Hause die Ehefrau auf sie wartete, sei es, dass es einsame Kerle waren, denen letztlich mehr am Reden als am Bumsen lag. Viele Kriegsheimkehrer waren darunter, arme Teufel, lange in Gefangenschaft gewesen, die, endlich daheim, feststellen mussten, dass die Familie tot oder die Frau schon mit einem anderen Mann verheiratet war. Oder die sich nicht mehr ins Zivilleben einfinden konnten, zum Fremdkörper in ihrer Familie geworden waren und bei denen früher oder später die Ehe zerbrach. Wie sie selbst zerbrachen. Strandgut des Krieges. Wer nicht blind war, konnte sie auch jetzt, vierzehn Jahre danach, noch überall sehen.

Streich war Soldat, das spürte sie, das roch sie, Soldaten, egal wie lange sie es schon nicht mehr waren, hatten einen bestimmten Geruch. In seinem lagen Härte und Verschlossenheit, wie bei den anderen, und doch noch etwas anderes. Sie konnte es nicht benennen, und ihn darauf anzusprechen, wagte sie nicht. So, wie es war und wie sie sich begegneten, jeden ersten Mittwoch im Monat, pünktlich um acht, war es gut. Er hatte sie auch nie, wie es viele andere Freier taten, gefragt, warum sie ihre Haare nicht färbte. Blond zum Beispiel. Wie die Nitribitt. Oder eine Perücke trug. Sie lachte dann, behauptete, eine Hexe zu sein, und fuhr sich mit beiden Händen durch ihre dicken, schulterlangen dunkelroten Haare. Meistens war die Sache damit erledigt.

Inzwischen war er zehn Minuten über die Zeit. Gilla machte sich Sorgen. Hatte Drei-Finger-Diether es doch nicht nur bei der Warnung an sie belassen, wegen der Sache vor vier Wochen? Warum hatte Streich sich da auch eingemischt?

Unruhig sah sie nochmals zum Wecker hinüber. Eine Viertelstunde zu spät. Wie lange sollte sie noch warten? Seit er sie vor einem Jahr zum ersten Mal besucht hatte, hatte er jeden Termin pünktlich wahrgenommen.

Unschlüssig stand sie auf. In dem Spiegel an der Wand inspizierte sie ihr Gesicht, die kleinen Fältchen, die sich seit einiger Zeit an ihren Augen zeigten. Krähenfüße, wie eine Kollegin sie vor ein paar Tagen genannt hatte. Mit einem Hauch Verachtung, aber Gilla war nicht verletzt gewesen. Früher oder später traf es sie alle, und junges Aussehen war nicht alles, auch nicht in ihrem Beruf. Mit Schaudern dachte sie an die Nitribitt, die Bilder in der Zeitung vor zwei Jahren. Vierundzwanzig war die. Jung. Schön. Blond. Aber wer hoch fliegt …

Sie hatte gerade die Puderquaste in die Hand genommen, als es klopfte. Zweimal kurz, dreimal lang. Streich!

Schnell legte sie die Quaste zur Seite und trippelte zum Bett, rief wie immer »Ist offen!«, da öffnete er bereits die Tür, nickte ihr zu. Sie lächelte. Musste nicht spielen.

»Guten Abend!«, begrüßte sie ihn.

»Entschuldigung«, erwiderte er ernst wie immer, »mir ist was dazwischengekommen.«

»Ich habe mir schon Sorgen gemacht«, antwortete sie im Aufstehen und versuchte, ihren Worten einen ironischen Tonfall zu geben.

Er reagierte mit einer kurzen Handbewegung.

Sie stellte sich hinter ihn und nahm ihm das Jackett ab, wie sie es immer machte. »Gut riechst du«, sagte sie, während sie es auf dem Stuhl neben der Tür ablegte.

Ihre Begegnungen liefen stets gleich ab, sie tauschten Belanglosigkeiten aus, sie zog ihm Hemd und Unterhemd aus, achtete dabei darauf, dass er die linke Schulter nicht allzu sehr verrenken musste, und streichelte wie beiläufig über die Stelle, die Streich in seiner Küche mit dem Verband bedeckt hatte.

»Das musst du wegen mir nicht machen. Das macht mir nichts aus«, sagte Gilla. Sie log, und er wusste das. Bei ihrer ersten Begegnung war sie beim Anblick der verbrannten Haut erschrocken, weil in ihrem Kopf mit einem Mal die Bilder aus dem Krieg aufflackerten. Bilder von den Nächten im Keller während der Bombenangriffe, von dem Einschlag ganz in der Nähe und den Menschen, die wie Fackeln durch die Straßen irrten und schrien. Sie hatte in einem Krankenhaus helfen müssen, in das die Verletzten und Verbrannten eingeliefert wurden. Den Geruch würde sie nie vergessen, er hatte sich in ihre Nase hineingefressen. Und als sie dann das erste Mal die Verbrennung an Streichs Schulter sah, war da sofort wieder dieser Geruch von verbranntem Fleisch, wie damals. Sie hatte keine Ahnung, ob er mitbekommen hatte, wie sehr sie den Würgereiz unterdrücken musste, aber seitdem trug er bei jedem Besuch diesen Verband.

Nackt legte sich Streich aufs Bett und sah Gilla beim Ausziehen zu. Da Streich nie viel sprach, musste sie seine Vorlieben nach und nach erraten. Doch dieser Moment gehörte eindeutig dazu, und die Erregung, die es in ihm auslöste, war nicht zu übersehen. Sie mochte seinen noch straffen und muskulösen Körper. Die meisten ihrer Kunden waren stolz auf ihre »Wohlstandsbäuche«, wie sie es nannten, sichtbares Zeichen, dass sie es zu etwas gebracht hatten.

Beim Sex hielt Streich seine Augen geschlossen. Sie hätte gerne gewusst, an was er dabei dachte, wen er sich vorstellte, welcher Film hinter seinen Lidern ablief. Denn Gilla schien es auch an diesem Tag wieder so, als leide er mehr, als dass er Lust verspürte. Sein Stöhnen hatte etwas Schmerzvolles. Dabei könnte er ein guter Liebhaber sein, hatte sie schon beim ersten Mal gedacht.

Danach lagen sie noch nebeneinander, wie immer, sie rauchte zwei Zigaretten, er seine Zigarre. Sie mochte den Geruch nicht, aber bei ihm machte sie eine Ausnahme. Sie würde lange lüften, wenn er gegangen war.

»Drei-Finger-Diether hat dich gesucht«, bemerkte Gilla, nachdem Streich ihr die zweite Zigarette angezündet hatte.

Nur seine Augen bewegten sich zu ihr.

»Drei-Finger-Diether«, wiederholte sie nach zwei weiteren Zügen an ihrer Zigarette. »Er mag es nicht, wenn jemand seine Arbeit übernimmt.«

»Idiot!«, spuckte Streich aus.

»Ich soll dir sagen, dass du dich nicht in seine Angelegenheiten einmischen sollst. *Er* beschützt seine Mädchen.«

Streich paffte gleichgültig an der Zigarre.

Beim letzten Besuch im Bordell waren aus einem anderen Zimmer auf dem Gang laute Schreie zu hören gewesen, ein Freier hatte sein Mädchen geprügelt. Streich hatte schnell seine Hose übergestreift und war dann rübergegangen, um den Kerl mit zwei Schlägen ruhigzustellen. Zurück bei Gilla hatte er nicht mehr auf das Gejammer des Freiers und das Gezeter des Mädchens geachtet, nur noch einmal an seiner Zigarre gezogen, sich angezogen und war dann gegangen. Draußen auf der Straße hatte er sich ein paar Meter weiter in den Schatten eines Hauseingangs gestellt, sich eine Morris angesteckt und wurde so Zeuge, wie der Kerl wenig später herauskam und zu einem parkenden Wagen lief. Ihm folgte ein zweiter Mann, der sich umsah, bis er den startenden Motor hörte, doch er schaffte es nur noch zu einem Tritt gegen den hinteren Kotflügel und ein paar hinterhergeschickten Flüchen. Streich hatte er nicht bemerkt. Der wusste sich unsichtbar zu machen.

»Pass auf!« Aufrichtige Sorge lag in Gillas Worten.

Streich drückte den Rest der Zigarre im Aschenbecher auf dem Nachttisch aus. Beim Anziehen trat er versehentlich seinen rechten Schuh unter das Bett.

Gilla machte Anstalten, sich niederzuknien, doch Streich war schneller, legte sich auf den Bauch, robbte ein Stück vor, streckte seinen rechten Arm in den schmalen Spalt zwischen Bettgestell und Boden, fuhr hin und her und bekam dann statt des Schuhs einen Bilderrahmen zu fassen.

Ohne Absicht warf er einen Blick auf das Bild darin. Darauf war Gilla zu sehen, einige Jahre jünger, aber eindeutig zu erkennen, und vor ihr, auf einem Tisch, hockte ein kleines Kind, nicht älter als zwei oder drei Jahre, auf dessen Schultern sie beide Hände gelegt hatte. Die Zärtlichkeit, die diese Geste ausstrahlte, war nicht zu übersehen.

Gilla beobachtete ihn unruhig, machte zwei schnelle Schritte auf ihn zu und riss ihm den Rahmen aus der Hand. Streich, zu überrascht, um gleich zu reagieren, sah sie verwundert an, als sie sich wegdrehte und das Bild gegen ihre Brust drückte.

»Was ist …? Entschuldigung«, stammelte Streich, leiser, als er für gewöhnlich sprach.

Ohne sich umzudrehen, das Bild noch immer am Körper, sagte Gilla nur: »Meine Nichte«, und legte den Rahmen mit dem Bild nach unten auf die Ablage am Waschbecken. Dann drehte sie sich hastig um, nahm Streichs Jackett vom Stuhl und half ihm beim Anziehen.

»Was ist mit dem Kind?« Streich fragte und wollte gleich abwiegeln.

Sie wich seinem Blick aus und zögerte einen Moment. »Marlene … tot«, antwortete Gilla. »Noch keine drei. Ich selbst kann keine Kinder bekommen.« Sie schwiegen. »Meine Schwester ist gestorben. Ich habe die Kleine bei mir …« Tränen stiegen ihr in die Augen. Schnell eilte sie zur Tür und hielt sie Streich auf, noch immer, ohne ihn anzuschauen.

Das Treppenhaus war schwach beleuchtet, das wenige Licht wurde von den dunklen Tapeten aufgesaugt. Drei-Finger-Diether hatte er da schon wieder vergessen, nicht aber die letzten Minuten in Gillas Zimmer. Sie hatten etwas zwischen ihnen verändert.

Alte Kameraden

Die Straßen im Bahnhofsviertel waren um diese Uhrzeit noch gut besucht. Man flanierte, blieb vor den Auslagen der Geschäfte stehen. Ein Kürschner, Pelze im Schaufenster, ein Juwelier, seine Uhren und Ringe während der Nacht sicher im Tresor verwahrt, wie ein Schild mit feiner Schrift verriet. Fotos warben während der Nacht für die wertvollen Stücke, ein modern und kühl eingerichteter Friseursalon zog mit einem chrombeladenen Motorroller die Aufmerksamkeit auf sich. Bei seinem letzten Besuch in der Stadt, im Herbst 1944, kurz bevor er an die Front zurückmusste und bald darauf in Gefangenschaft geriet, war hier nachts nichts zu sehen. Die Verdunklungsanordnung verbot jedes Licht nach der Dämmerung. Dabei war die Stadt schon zerstört. Streich konnte auch nach einem Jahr in Frankfurt diese so verschiedenen Bilder nicht zusammenbringen. Kaum etwas erinnerte noch an den Krieg. Wie auch die Menschen redeten, als habe es nie einen Krieg gegeben. Und deshalb auch mit einem wie ihm nichts zu tun haben wollten.

Er steckte sich eine Zigarette an und ließ sich vom Strom der Passanten zwischen den vom Krieg verschonten Gründerzeitbauten weiter in Richtung Bahnhof mittreiben. Ein Volkswagen versperrte eine Ausfahrt, der Mann im Ford Taunus, den das behinderte, hupte. Eine Stimme rief: »Tolles Weihnachtsgeschenk « Jemand anderes lachte.

Nach dem Besuch bei Gilla ging Streich zu Franz Jung. Der betrieb in einer Seitenstraße hinter dem Bahnhof einen Boxclub.

Ihm hatte er die Arbeit bei Bommel zu verdanken. Warum der Dickwanst das gemacht hatte, verriet Jung ihm nicht, Streich nahm an, dass Bommel einige Leichen im Keller liegen hatte, von denen Jung wusste.

Hinter dem Bahnhof wurde es ruhiger, hier standen noch immer zerstörte und ausgebrannte Häuser. Es roch feucht und nach Urin. Streich steckte sich eine weitere Morris an und drehte sich zum Anzünden gegen eine Wand. Plötzlich stand jemand vor ihm, versperrte ihm den Weg.

»'Tschuldigung!«

Ein Nuscheln, kaum verständlich. Streich glaubte an einen Überfall, packte die Person am Kragen, drückte sie gegen die Mauer des Bahnhofgebäudes und zog sie dann ein Stück mit sich zur Seite, in den Schein einer Straßenlaterne. Ein dürres Kerlchen starrte ihn ängstlich an. Streich kannte das Gesicht, konnte es aber nicht zuordnen.

»Franz schickt mich«, erklärte das Kerlchen eingeschüchtert. »Ich soll Ihnen sagen, dass Sie heute nicht in den Club kommen sollen.«

Streich blickte sich um. Ein Pärchen hastete an ihnen vorbei, warf nur einen kurzen Blick auf sie, wollte in keinen Ärger hineingezogen werden. Man hörte ja so einiges von der Bahnhofsgegend.

Er ließ den Jungen los. Auf neunzehn oder zwanzig schätzte er ihn, ein Fliegengewicht. Höchstens Bantam.

»Wie heißt du?«

»Alle sagen Max zu mir.«

Streich nickte. Max ging einen Schritt zur Seite, aus dem Lichtschein der Laterne heraus.

»Also!«, forderte Streich ihn auf, doch Max blickte ihn verständnislos an. »Warum soll ich nicht kommen?« Streich klang streng.

»Zwei Männer waren da, in dunklen Anzügen. Die haben nach Ihnen gefragt.«

»Was wollten die?« Streich warf seine aufgerauchte Zigarette auf den Boden, nahm gleich wieder die Packung aus der Tasche, klopfte gegen den Boden, hielt Max die herausgerutschte Kippe entgegen.

Fast erschrocken lehnte der ab. »Bin Sportler.«

Streich kommentierte das nicht, zündete seine Zigarette an, inhalierte tief.

»Also!«

»Ich weiß es nicht. Franz hat mir gesagt, dass ich hier auf Sie warten soll. Sie kommen doch immer hier vorbei. Am ersten Mittwoch, hat er gesagt. Und ich soll Ihnen sagen, dass da diese Männer waren.«

Streich überlegte einen Moment, zog an seiner Morris.

»Haben die einen Namen genannt?« Streich wusste die Antwort, dennoch war es besser, die Frage zu stellen. Eine Erfahrung aus unzähligen Verhören.

»Nein. Davon hat Franz nichts gesagt. Nur, dass die einen Akzent hatten.«

»Einen Akzent?«

Max nickte schnell, sagte aber nichts. Mit einer ungeduldigen Handbewegung forderte Streich ihn auf, konkreter zu werden.

»Französisch.« Er zögerte. »Vielleicht.«

Streich überlegte. Das passte nicht. Warum sollten *die* Schläger mit französischem Akzent engagieren, um das Geld einzutreiben?

»Sind die noch da?«

In dem Moment entdeckte Streich den Schatten, hinter einem Auto, vielleicht dreißig Meter entfernt. Er stieß Max zur Seite, warf die Kippe weg und rannte los. Der Schatten löste sich vom Auto, öffnete die hintere Tür und sprang hinein. Mit einem Ruck setzte sich der Wagen in Bewegung. Das Nummernschild konnte er nicht erkennen, nur, dass es ein Citroën war. Einer dieser Wagen, über die alle redeten. Er überlegte. DS. Ein französisches Auto, was hatte das zu bedeuten? Holte ihn seine Vergangenheit ein?

Die beiden Männer saßen in Franz Jungs kleinem, engem Büro. An der Wand Fotos und Auszeichnungen, in den Regalen Pokale. Streich bezweifelte, dass die alle redlich erworben waren. Ein Schreibtisch, schon arg verschlissen, drei Stühle. Ein Sofa, zwei Sessel, braun, durchgesessen. Eine nackte Glühbirne über ihnen spendete ein wenig Licht.

Jung war kleiner als Streich, gedrungener, trug eine Plauze vor sich her. Sein rundes Gesicht verlieh ihm etwas von einer Bulldogge.

Streich stand nahe vor der Wand und betrachtete eines der Bilder. Es zeigte eine Gruppe Soldaten, um eine Metallliege stehend, die meisten hatten eine Zigarette im Mundwinkel und ein Képi auf dem Kopf.

»Brauchst du eine Brille?«, fragte Jung, der einen blauen Sportanzug trug. Er lehnte mit seinem Hintern an der Schreibtischkante und beobachtete seinen Bekannten mit wachen Augen.

»Blödsinn!«, gab Streich gallig zurück. »Hast ja immer noch dieses Bild da hängen.«

»Ja, und? Was passiert ist, ist passiert. Und schon lange her. Es war alles in allem eine gute Zeit. Und wenn du nicht …«

»Lass das!« Streich drehte sich ruckartig um. »Das ist vorbei!«

»Wenn du meinst. Max, die Flasche!«, rief Jung. »Und Gläser.«

Max brachte eine Flasche mit grünlicher Flüssigkeit und schenkte ihnen ein. Streich bedankte sich bei ihm, wofür ihn der Junge freudig anlächelte.

»Zum Wohl!« Jung hob sein Glas, Streich stieß seines dagegen. »Chin-chin!«

Er behielt die Flüssigkeit lange im Mund, genoss.

»Absinth«, sagte er schließlich, nachdem er heruntergeschluckt hatte. »Wie lange habe ich keinen mehr getrunken.«

Jung lächelte und schenkte ihm nach. »Verstehe! Max war scheinbar nicht überzeugend genug. Aber ich hätte es wissen müssen. Die sind noch nicht lange weg.«

»Zwei Männer?«, fragte Streich.

Jung nickte. »Kräftig. Einer mit einer Narbe im Gesicht. Nicht zu übersehen. Und«, er nahm einen Schluck, ließ sich Zeit, »bewaffnet. Als der eine sich vorbeugte, konnte ich den Knauf im Schulterholster sehen.«

Streich nahm ebenfalls einen Schluck.

»Wollten wissen, was du so machst, wo du wohnst … Kontakte …«

Streich dachte kurz nach. Bommel wollte ihn anmelden, nach dem Einzug in die Wohnung. Hatte er wohl nicht gemacht. Wahrscheinlich um Geld zu sparen.

»Der Junge, der mich …«

»Max«, unterbrach ihn Jung.

»Ja, der hat was von französischem Akzent gesagt …«

»Oui.«

»Bekannte?«

Jung schüttelte seinen Kopf. »Keine von uns. Anderes Kaliber. Geheimdienst vielleicht.«

»Und sie haben nicht gesagt, was sie wollen?«

»Nein. Aber wenn du meine Einschätzung hören willst: Sei auf der Hut. Die sind gefährlich.«

Streich musste lächeln. »Das aus deinem Mund?! Du kennst doch unseren Wahlspruch: Légionnaire, démerde-toi!«

Jung blieb ernst, ging nicht darauf ein. »Dafür habe ich ein Gespür. Die spaßen nicht. Hast du was ausgefressen?«

Streich schüttelte den Kopf.

»Sei vorsichtig!« Mit dieser Aufforderung füllte Jung erneut die Gläser.

»Hast du Geldprobleme?«

Streich zuckte mit der Schulter.

»Hast du?« Jung ließ ihn nicht aus den Augen. »Die Pferde?«, fragte er, nachdem Streich weiter schwieg.

Der nickte nur.

»Wie viel?«

»Um die tausend«, antwortete Streich widerwillig.

Jung machte eine Geste des Erstaunens. »Tausend!? Mein lieber Herr Gesangsverein.«

»Pech gehabt.«

»Und von wem hast du das Geld?«

»Großmann!«

Jung pfiff durch die Zähne. »Mit dem ist nicht gut Kirschen essen.« Er fasste sich ans Ohrläppchen, dachte nach, Streich schwieg.

»Da kann ich dir nicht helfen, ich habe selbst nichts auf der Pfanne«, sagte er schließlich.

»Damit werde ich fertig. Irgendwas wird mir schon einfallen«, erwiderte Streich, klang dabei aber nicht überzeugend.

»Wenn du Hilfe brauchst … Ich meine, kein Geld … Wir beide sind ein gutes Team … Oder wenn ich dir einen kleinen Helfer besorgen kann …« Er lachte und formte mit Daumen und Zeigefinger seiner rechten Hand eine Pistole.

Streich ging nicht darauf ein. »Ich werde das klären«, stellte er kategorisch fest.

Jung nickte und schenkte ihre Gläser wieder voll.

In den Morgenstunden wankten sie in den Trainingsraum, in dem es wie immer nach einer Mischung aus Schweiß, Feuchtigkeit und Nikotin roch. Ein schwieriges Klima für sportlichen Erfolg.

Der Gewinn

Die Tram ratterte über das Pflaster der schmalen Straße. Rechts und links standen alte Häuser, klein, manche windschief, andere mit sichtbaren Fachwerkbalken. Wenn er es nicht besser gewusst hätte, würde Streich nicht glauben, dass er durch eine der größten Städte Deutschlands fuhr, so sehr hatte dieses Straßenbild die Anmutung eines Dorfes irgendwo auf dem Land. Er stand auf der Plattform, wo man rauchen durfte und nicht zwischen all den anderen Fahrgästen zerdrückt wurde. Es war ein sonniger Tag, der Himmel blau mit vereinzelten Wolken, seinen Mantel hatte er in der Wohnung gelassen. Nach dem Halt am Hauptbahnhof ging es weiter über den Main, dann durch Sachsenhausen. Bald lösten dichte Baumreihen die herrschaftlichen Villen an der Ausfallstraße ab, und je näher die Tram der Galopprennbahn kam, desto mehr nahm der Verkehr zu, VW Käfer, Ford Taunus, Opel Rekord und Kapitän, ein offener Jaguar, dazwischen auch große amerikanische Straßenkreuzer. Ein Gutbrod, kaum größer als eine Seifenkiste, stand am Straßenrand, die Motorhaube geöffnet, aus der eine Rauchsäule aufstieg. Der Tramführer klingelte zur Warnung, alle Augen waren auf den havarierten Wagen gerichtet.

Nicht dass Streich sich fürchtete, aber in den letzten anderthalb Wochen hatte er oft darüber nachgedacht, wer nach ihm gefragt hatte. Jedes Mal, wenn er seine Wohnung und den Garagenhof verließ, achtete er darauf, ob ihn jemand beobachtete oder auf ihn zukommen wollte. Zweimal meinte er, verdächtige Personen zu erkennen, und einmal bemerkte er einen Citroën DS, wie er sie am Bahnhof gesehen hatte, doch die verdächtigen Personen stellten sich als harmlose Passanten heraus und in den Citroën stieg eine ältere Dame. Sicherheitshalber notierte er dennoch das Kennzeichen. Ali hatte ihm bestätigt, dass die Männer, die nach ihm gefragt hatten, mit Akzent sprachen. »Französisch? Kann sein«, hatte er geantwortet, sicher war er sich aber nicht gewesen.

Doch so oft er auch darüber nachdachte, ihm fiel nur Großmann ein, dem er Geld schuldete, Geld, das er sich für seine Pferdewetten geliehen hatte, sicher, es mit dem nächsten Gewinn zurückzahlen zu können. Doch die Gewinne waren ausgeblieben und Großmann bestand auf der pünktlichen Rückzahlung. Doch warum sollte der nach ihm fragen? Er wusste, wo er ihn treffen konnte, wahrscheinlich kannte er auch seine Adresse. War es also nur ein Spiel, um ihn einzuschüchtern? Zu viel Aufwand, befand Streich. Und warum Männer mit französischem Akzent? Es gab genug einheimische Schläger, die ihr Handwerk verstanden. Und schließlich war die Summe, die er Großmann schuldete, für ihn selbst zwar beträchtlich, für diesen aber eine Lappalie, ein paar Scheine, mit denen er sich seine teuren Import-Zigarren anzündete, ohne mit der Wimper zu zucken.

Beim Anblick der Tribüne mit dem weit nach vorne springenden Dach erfasste Streich eine Erregung wie beim ersten Mal, als er eine Pferderennbahn besucht hatte. 1939 war das. Streich, noch nicht lange in Wehrmachtsuniform, war kurz nach Kriegsbeginn in Polen verwundet worden, nicht schlimm, aber es genügte, um ihn für ein paar Tage in einem Lazarett bei Friedrichshagen am Großen Müggelsee unterzubringen. Dort erreichte ihn dann die Nachricht vom Tod seines älteren Bruders Bertolt, Offizier der Pioniere, sein Vorbild. Er fiel in eine dumpfe Traurigkeit, ließ sich von seinen Kameraden eher willenlos auf die unweit gelegene Rennbahn Hoppegarten mitschleifen. Anfangs stiefelte er den anderen hinterher, verfolgte uninteressiert deren Wetteinsätze, bis sich sein Blick mit dem einer Frau, sicher zehn oder mehr Jahre älter als er selbst, kreuzte. In ihrem leichten bunten Sommerrock kam sie auf ihn zu, nahm ihn mit zum Wettschalter und bat ihn, zu entscheiden, auf welches Pferd sie setzen sollte. Er überflog die Namen auf der Liste, die sie ihm hinhielt, hatte für einen kurzen Moment den Impuls fortzulaufen, doch dann las er, an vorletzter Stelle, den Namen Bertolt – den Namen seines Bruders.

Sie blickte ihn misstrauisch an, murmelte etwas von »hat noch nie ein Rennen gewonnen«, doch sie stand zu ihrem Wort und setzte auf diesen Hengst, der dann in einem spannenden Finish, das Streich erstmals aus seinen Grübeleien über den toten Bruder riss, gewann. Und weil kaum jemand auf ihn gesetzt hatte, war die Gewinnquote außerordentlich hoch. Einen Tag bevor Streich das Lazarett verlassen musste, um zu seiner Einheit zurückzukehren, holte sie ihn mit einem Wagen ab und lud ihn in ein Lokal am Stadtrand von Berlin ein. Sie aßen zusammen und gingen danach auf ein Zimmer, wo sie den ganzen Nachmittag verbrachten. Zum Abschied überreichte sie ihm einen Briefumschlag mit dreihundert Reichsmark. »Dein Anteil am Gewinn«, sagte sie und strich ihm dabei mit den Fingerspitzen über die Brust, sodass er nicht wusste, ob sie das Geld oder ihren Körper meinte. Monika nannte er sie. Mehr wusste er nicht von ihr.

Auf der Rückseite der Tribüne befanden sich die Schalter für die Einzahlung der Wetten, an der Seite war der Einlass für die Glücklichen, die dort ihren Gewinn abholen konnten, geschützt vor fremden Augen.

Streich lief an der Tribüne vorbei bis vor zu dem hüfthohen Zaun, hinter dem sich die Rennbahn befand. Er sog den Pferdegeruch tief in die Nase ein und blickte zu dem kleinen Turm für den Sprecher, der die Durchsagen machte. Aus dieser Perspektive erschien die Tribüne noch mächtiger, obwohl sie ein filigraner

Bau war, dessen Flanken offen waren und von schmalen Pfeilern gestützt wurden.

Langsam füllte sich das Areal. Männer jeden Alters, in Anzügen, viele mit Krawatte und einem Hut auf dem Kopf, liefen umher, unterhielten sich, gaben einander Tipps, protzten mit ihrem Wissen, flüsterten vertraut und geheimnisvoll. Die Frauen in eleganten Kleidern und weiten Röcken bewegten sich meist abseits, einige hielten Sektgläser in den Händen. Manche hatten Ähnlichkeit mit Monika, doch wenn er näher an sie herantrat und sie in Augenschein nahm, erkannte er schnell, dass es nur eine oberflächliche Ähnlichkeit gewesen war, die ihn gelockt hatte.

Streich, mit seinem grauen Anzug bekleidet, kaufte ein Bier, zählte nach dem ersten Schluck sein Geld und steckte die Liste mit den Pferdenamen und den Rennen in die Tasche. Seine Entscheidungen fällte er stets am Schluss, ganz spontan, so wie damals in Hoppegarten. Einen Treffer wie dort hatte er allerdings nie mehr landen können.

Obwohl es noch früh im Jahr war, entwickelte die Sonne an diesem Tag schon eine beträchtliche Hitze. Streich war sie von seinen vielen Jahren im Dschungel und in der Wüste gewohnt, aber vor allem die Männer in seiner Umgebung begannen, nachdem einer mutig den Anfang gemacht hatte, ihre Jacketts auszuziehen und locker über der Schulter zu tragen. Im Umhergehen sah er sich um, nach Großmann oder seinen Männern, die ihm vielleicht folgten oder ihm auflauerten. Nach jemandem, auf den die Beschreibungen von Ali und Jung passten, aber die waren so vage gewesen, dass es ein vergebliches Unterfangen war, zumal man den Menschen ihren Akzent nicht ansah.

Doch je näher der Starttermin des ersten Rennens kam, desto mehr vergaß Streich seine Schulden und auch Großmann. Der Moment der Entscheidung rückte näher. Sieg oder Niederlage. Streich zündete sich eine Morris an, inhalierte mehrmals intensiv, bevor er sich vor dem Schalter in die Schlange stellte, um seinen Einsatz zu machen. Drei Männer standen noch vor ihm, also nahm er die Liste aus der Tasche und begutachtete sie zum ersten Mal an diesem Tag. So unbefangen wie damals in Hoppegarten war er nicht mehr. Mittlerweile verband er mit den Namen der Pferde Geschichten von Siegen und Niederlagen, konnte sie nicht aus seinem Kopf verbannen.

Sollte er eine Siegwette abgeben? Oder eine Platzwette, die weniger Risiko barg, dafür aber auch einen geringeren Gewinn? Er zögerte, bis er an der Reihe war, entschied sich dann für ein Pferd, setzte auf Sieg und verfluchte sich sogleich, als er sein Los ausgehändigt bekam. Einen Moment stand er starr am Schalter, erst der Stupser seines Hintermanns erinnerte ihn daran, den Platz frei zu machen.

Mit dem Los in der Hand verließ er den Wettschalter. Er hatte fast alles Geld, das er noch besaß, auf Kirie gesetzt, eine drei Jahre alte Stute, die in den letzten Rennen nicht gewonnen hatte, aber meist mit den ersten Fünf die Ziellinie überschritt. Neben dem Ausgang befand sich ein Münztelefon, geschützt nur durch ein kleines Dach, das an der Tribünenmauer befestigt war. Ein Mann stand darunter, sprach überlaut, forderte von irgendjemandem Geld, er habe einen todsicheren Tipp, der sie alle steinreich machen würde. Streich lief an ihm vorbei.

Draußen vor der Rennbahn standen die Menschen schon dicht gedrängt und warteten auf den Startschuss. Streich schlängelte sich einige Reihen nach vorne. Starr stand er zwischen den Menschen, wie sie hatte ihn eine fiebrige Spannung ereilt. Dann ertönte der Startschuss, und das Getrampel der Pferde setzte ein. Alles war in Bewegung, die Köpfe und Hüte wippten hin und her, Hälse wurden gereckt, Anfeuerungen und Beschimpfungen wurden in Richtung der Rennbahn geschickt. Die allgemeine Erregung ließ Streich mitwippen, er reckte wie die anderen seinen

Hals, schimpfte innerlich, weil er nichts sehen konnte und weil die Ausrufe um ihn herum die Ansagen des Sprechers schwer verständlich machten. Nur Fetzen drangen bis zu seinem Ohr durch. Kirie war auf dem dritten Platz. Streich stellte sich auf die Zehenspitzen, um mehr sehen zu können, aber die Hüte der Männer und Frauen ließen ihn nicht mehr als die auf und ab springenden Köpfe der Reiter erkennen. Die letzten einhundert Meter. Der Viertplatzierte machte sich auf und beschleunigte, Streich fluchte, doch dann ein überraschter Ausruf des Sprechers, erregt nannte er den Namen Kirie, immer lauter. Streich streckte sich. Noch fünfzig Meter, die Stimme aus dem Lautsprecher wurde gehetzter, noch vierzig, noch dreißig, die Stimme begann sich zu überschlagen, wieder der Name Kirie, mit Begeisterung und Verwunderung, noch zwanzig Meter, Romulus auf dem zweiten Platz rückte näher, noch zehn Meter, Kirie schienen die Kräfte zu schwinden, noch fünf Meter, Aufregung um ihn herum, Romulus fast auf gleicher Höhe, und dann die erlösende Durchsage: Kirie hatte das Rennen gewonnen. Mit weniger als einer halben Länge Vorsprung.

Streich atmete durch. Das erste Mal, dass er seit dem Hoppegarten-Rennen auf den Sieger gesetzt hatte. Abergläubisch sah er sich um, ob Monika in der Nähe war. Doch er sah nur viele enttäuschte Gesichter. Er leerte das inzwischen viel zu warme Bier und überschlug die Quote. Dennoch ließ er sich Zeit, an den Schalter zu gehen, um sich seinen Gewinn auszahlen zu lassen, beobachtete andere Gewinner, lauschte den Verlierern, die es nicht fassen konnten, dass sie verloren hatten, dass, wenn es nur zehn, nein, fünf Meter mehr gewesen wären, ihr Favorit … Streich kannte diese Reden nur zu gut.

Mit einem Mal spürte er, dass jemand hinter ihm stand und ihn ansah. Er unterband den Drang, sich umzudrehen. Stattdessen nahm er, während von draußen die Durchsagen zum nächsten

Rennen ins Innere der Tribüne schallten, aus seiner Zigaretten-schachtel eine Morris, tat, als suchte er in seiner Kleidung nach Zündhölzern, und bat schließlich den Mann vor ihm um Feuer. Als der die Flamme zu ihm führte, nutzte Streich die Gelegenheit, sich umzuschauen. Ein Kerl von nicht übermäßig kräftiger Statur in einem hellen Sommeranzug stand vor der Rückwand des Raums und wandte seinen Blick schnell ab, als Streich zu ihm hinübersah.

Er bedankte sich beiläufig, wartete, bis er an der Reihe war, und bekam dann sechshundertfünfzig Mark ausgezahlt. Langsam steckte er das Geld in seine Jackentasche und sah sich dabei erneut um. Der Kerl in dem hellen Anzug war verschwunden.

Während er den Innenraum unterhalb der Tribüne zum Ausgang hin durchschritt, rechnete Streich. Wenn er die Hälfte seines gewonnenen Geldes einsetzen würde, wäre er bei einer Platzwette mit guter Quote fast schuldenfrei.

Draußen musste er seine Augen zusammenkneifen, die Sonne blendete ihn. Dadurch bemerkte er die beiden Männer zu spät, die ihn gleich darauf rechts und links an den Armen packten und zur Seite drängten. Er zerrte und zog, versuchte sich zu befreien, aber es gelang ihm nicht.

»Nur die Ruhe!«, raunte ihm eine Stimme ins Ohr.

Einige Meter hinter der Tribüne, im Schutz eines Baums, blieben sie stehen.

»Wir lassen jetzt los«, sagte der eine. »Mach keine Dummheiten!«

Streich nickte. Die Hände lösten sich von seinen Armen. Sofort drehte er sich um und schlug zu, traf das Kinn des Manns zu seiner Rechten, der zurücktaumelte. Mit derselben Bewegung wollte er sich seinem anderen Gegner zuwenden, aber der war schneller. Ein Schlag auf seinen Kopf ließ Streich in die Knie gehen, ihm wurde schwarz vor Augen. Er erwartete einen weiteren

Schlag, aber der blieb aus. Nur mühsam gelang es ihm, nicht zur Seite zu kippen.

»Lass! Das reicht!«

Streich fuhr sich mit der Hand über die Stelle, wo der Totschläger ihn erwischt hatte. Die Berührung schmerzte.

»Steh auf!«, forderte eine Stimme mitleidslos. Er wurde gepackt und hochgezogen, brauchte ein paar Sekunden, bis das leichte Schwindelgefühl nachließ. Der Schmerz blieb.

Wie ein Anfänger hatte er sich übertölpeln lassen.

»Das Geld! Bevor du wieder alles verwettest!«

Langsam hob Streich seinen Kopf. Ein Gesicht, das ihn kalt anschaute, ohne Wut und ohne Hass. Eine Hand, die sich das Kinn massierte. Der Kerl mit dem hellen Anzug. Jemand, der seine Arbeit machte. Gut und effektiv.

Als Streich auf die Aufforderung nicht reagierte, begann eine Hand in seinen Taschen zu wühlen. Er wand sich, wollte verhindern, dass sie an das Geld kamen. Die Antwort war ein Schlag in den Magen, der ihn zusammenklappen ließ.

Mehrmals musste er tief ein- und ausatmen, bevor er sich wieder aufrichten konnte. Inzwischen hatte die Hand in seiner Tasche gefunden, wonach sie gesucht hatte.

Der Mann lächelte ihn an, zeigte Streich sein verwüstetes Gebiss, während er die Scheine zählte.

»Sechshundertfünfzig«, stellte er schließlich fest.

»Gib ihm fünfzig!«, forderte der andere ihn auf.

»Warum sollen wir …?«

»Tu, was ich dir sage!«

Mit einem Rascheln wurde ihm ein Schein zurück in die Tasche gesteckt.

»Fünfzig fürs Leben, Streich. Wir sind ja keine Unmenschen.« Es folgte ein kurzes, trockenes Lachen. »Fehlen noch siebenhundert. Viel Geld, Streich. Heute ist der fünfzehnte. In zwei Wochen ist der Zaster da! Verstanden?!« Er rechnete, was einen Moment dauerte. »Bis zum neunundzwanzigsten hast du deine Schulden gezahlt. Gruß von Großmann!«

Ansatzlos traf die Faust seinen Magen. Obwohl er damit gerechnet hatte, raubte ihm der platzierte Schlag den Atem und gab den beiden Männern Gelegenheit zu verschwinden.

Streich lehnte sich an den Baum, wartete, bis der Schmerz nachließ. Den Gedanken, den beiden nachzusetzen, verwarf er.

Wütend trottete er in Richtung Tribüne, wo die Stimme aus dem Lautsprecher die letzten Meter eines Rennens kommentierte. Mitleidig betrachteten ihn zwei Frauen, die etwas abseits der Tribüne auf ihre Männer warteten, und wandten sich ab, als Streich sich ihnen näherte.

Er nahm den Fünfzigmarkschein aus seiner Hosentasche, rollte ihn zwischen den Fingern und stellte sich an einem der Schalter an.

Fünf Minuten später wurde er harsch aufgefordert, seinen Einsatz zu machen.

Ohne aufzuschauen, drehte sich Streich um und verschwand in Richtung Tram.

Ein Stoß

Streich machte seine Rundgänge und Sportübungen, Liegestützen und Hanteltraining mit Eisenstangen, die er in einem
der Lagerräume gefunden hatte, hörte wieder und wieder die Piaf,
stand am Fenster, schaute hinunter auf den Hof, sah zweimal auch
das Mädchen. Sie saß da mit ihrem Block und zeichnete. Einmal
kam einer der Arbeiter aus der Tischlerei und reichte ihr etwas.
Als er auf ihre Zeichnung sehen wollte, legte das Mädchen schnell
ihre Hände darüber. Bei Ali besorgte er sich in diesen Tagen Zigaretten und Schnaps. Niemand hatte sich bei dem Einarmigen
mehr nach ihm erkundigt.

Der Tag, an dem er seine restlichen Schulden begleichen sollte,
rückte immer näher. Er könnte auf Zeit spielen, Großmann bitten, oder besser, bitten lassen, dass man ihm noch ein paar Wochen gebe, um das Geld aufzutreiben. Aber er wusste selbst, dass
das ein Trugschluss war. Ob zwei Tage, zwei Wochen oder zwei
Monate, er würde das Geld nicht zusammenbekommen. Leihen wäre eine Möglichkeit. Umschulden nannten die Banken so
etwas. Da fielen ihm nur zwei Menschen ein. Jung und Bommel.

Aber Bommel um einen Vorschuss bitten? Alles in ihm wider-
strebte sich dem. Er wollte sich diesem Mann nicht ausliefern.
Blieb nur noch Jung. Der angeblich selbst nichts hatte. Aber fragen war ja erlaubt.

Am Mittwoch besuchte er ihn im Boxclub.

Jung war überrascht, seinen Bekannten schon am frühen
Nachmittag bei sich zu sehen. Gemeinsam beobachteten sie einen

Sparringskampf, bei dem Max von einem Boxer verdroschen wurde, der mindestens zwei Gewichtsklassen höher kämpfte.

»Der schlägt ihn tot«, bemerkte Streich in der dritten Runde, die Max mit Klammern zu überstehen versuchte.

»Der Junge hat Talent«, entgegnete Jung kühl.

»Brech den Kampf ab!«, forderte Streich.

Jung lachte. »Hast du plötzlich ein weiches Herz bekommen? Max muss lernen, Schmerz auszuhalten. Er spürt den Schmerz schon vor dem Schlag. Wenn er das nicht ablegt, wird er nie ein guter Boxer. Oder überhaupt ein Boxer.«

Am Ende mussten sie Max aus dem Ring tragen. Jung tätschelte die Schulter des Jungen. Immerhin hatte er bis zum Schluss durchgehalten.

Nachdem er sich vergewissert hatte, dass Max versorgt war, bat er seinen Besucher ins Büro, wo er zwei Flaschen Bier aus einem mit Eiswasser gefüllten Kübel nahm, sie öffnete und eine davon Streich reichte. Die beiden Männer stießen an.

»Ich kann dir im Moment nichts leihen«, setzte Jung das Gespräch, das sie am Ring begonnen hatten, fort. »Ich komme gerade so über die Runden, kriege mit Ach und Krach die Miete zusammen. Die Jungs, die hier trainieren, haben nichts. Was ist mit Bommel?«

Streich verzog seinen Mund, bevor er einen weiteren Schluck nahm.

»Kann ich verstehen«, pflichtete ihm Jung bei. »Ich könnte ihm zwar Druck machen, aber irgendwann ist auch bei einem wie Bommel Schluss. Siebenhundert, sagst du?«

Streich nickte und blickte sein Gegenüber an. Der hatte die Frage in einem Tonfall gestellt, die ihn aufhorchen ließ.

»Ich habe hier manchmal einen Kerl aus Sachsenhausen, der so seine Geschäfte macht«, Jung betonte die beiden letzten Wörter und blickte Streich dabei an, der aber nicht reagierte, »und hin und wieder Leute braucht«, erneut ein Blick zu Streich, wieder keine Reaktion, »die zupacken können, zur Not auch mal hinlangen, die vor allem die Ruhe bewahren, wenn es brenzlig wird.«

Jetzt nickte Streich. Mehr nicht.

»Zahlt nicht schlecht. Ist auch kein Spieler.«

Wieder nickte Streich. Schwieg.

»Du willst nicht?«

Streich ließ sich Zeit. Trank einen Schluck aus seiner Flasche, steckte sich eine Zigarette an und wartete drei Züge mit der Antwort.

»Du weißt, wie schnell man da in was reingezogen wird. Erst mal Schmiere stehen, dann mit reingehen, irgendwann gibt es Ärger, Waffen … Ich habe genug von all dem.«

»Komm schon, ist schnell verdientes Geld«, erwiderte Jung, trank nun auch, betrachtete seinen Besucher. »Absolut ohne Risiko, der Mann ist in Ordnung … ist seit vielen Jahren im Geschäft. Man hat ihm noch nichts anhängen können. Und du brauchst die Kohle. Du hast doch sonst auch nicht gekniffen …«

Mit einer herrischen Geste schnitt Streich ihm das Wort ab.

»Ich überlege es mir«, beschwichtigte er Jung. In diesem Moment klopfte es an der Tür.

»Ja«, rief Jung, und einer der jungen Boxer streckte seinen Kopf durch den Spalt.

»Da ist jemand für dich. Die Papiere …«

Erst jetzt erkannte er, dass sein Chef nicht alleine war.

»Warte! Bin gleich wieder da«, erklärte Jung, stand auf und verließ das Büro.

Streich wartete ein paar Sekunden, dann erhob er sich leise und ging zur Tür, die nicht ganz geschlossen war. Durch den Spalt sah er, wie ein Mann mit Lederjacke Jung einen großen Briefumschlag in die Hand drückte, im Tausch gegen ein Bündel Scheine.

Der kurze Abschiedsgruß zwischen den beiden Männern reichte Streich, er eilte zurück zu seinem Sessel. Jung kam ins Büro und hielt dabei den Umschlag so, dass Streich ihn nicht sehen konnte. Er schob ihn unter einen Berg Formulare auf seinem Schreibtisch.

»Papierkram«, erklärte Jung schnell, »nächste Woche finden Kämpfe statt.«

Streichs skeptischer Blick entging ihm nicht, aber er sagte nichts. Stattdessen begann er, von den alten Zeiten zu sprechen, doch Streich wiegelte ab. Bald verabschiedete er sich, lief an Menschen und glitzernden Schaufensterauslagen vorbei nach Hause und fragte sich dabei zum wiederholten Mal, ob alles ein Fehler gewesen war, was, wenn er seinen Vertrag noch einmal hätte verlängern können.

Nach einem Kontrollgang über das Gelände nahm er in seiner Wohnung den Plattenspieler in Betrieb und lauschte dem Kratzen der Nadel. Vor zwei Tagen hatte er eine neue eingesetzt.

Il avait de grands yeux très clairs
Où parfois passaient des éclairs
Comme au ciel passent des orages.

Mechanisch griff er, während er wieder am Fenster stand, nach der Zigarettenschachtel, doch sein Griff ging ins Leere. In dem kleinen Nebenraum, in dem sein Bett stand, ein rostbefallenes Metallgestell, das er längst schon abschleifen wollte, bewahrte er seine Vorräte auf. Doch die, die Ali steuerfrei aus Luxemburg bezog, waren aufgebraucht.

Widerwillig machte er sich auf den Weg zum Wasserhäuschen, an dem um diese Zeit Hochbetrieb herrschte, eine Zeit, zu der Streich nicht gerne kam. Er mochte die neugierigen Blicke und Gespräche nicht.

»Tag, Streich«, grüßte ihn Ali, bevor er noch einmal einen Hefkopp zurechtwies, der andere Stehkunden anschnorrte.

Streich erwiderte den Gruß mit einem stummen Nicken und verlangte drei Schachteln Morris.

Ali sah ihn bedauernd an. »Tut mir leid, aber die Lieferung ist diesen Monat nicht gekommen. Mein Mann hatte Stress an der Grenze.«

Er reichte ihm eine andere Marke. Streich überlegte kurz, legte dann aber doch das Geld auf die Auslage. Dabei fiel sein Blick auf eine Zeitung.

»Was Neues wegen dem Anschlag?«

»Nicht wirklich. Aber angeblich stecken Franzosen dahinter. Rote Hand, stand in der Zeitung.«

»Rote Hand?!«, wiederholte Streich, in einem Tonfall, der Ali aufhorchen ließ.

»Kennst du die?«

Streich verneinte.

Ein Mann stellte sich neben ihn und legte ein paar Münzen auf die Theke. Ali nahm das Geld und ersetzte es durch eine Zigarettenschachtel.

»Danke!«, sagte der Mann und tippte mit dem Zeigefinger auf den Artikel.

»Algerien«, begann er, »der französische Geheimdienst ist hinter denen her, die die Befreiungsbewegung da unten unterstützen. FLN. Aber es wird ihnen nichts nützen, die werden da eins auf die Nase bekommen. Den Krieg werden sie nicht gewinnen.«

Streich hatte stumm zugehört und wandte sich, als der Mann aufgehört hatte zu sprechen, zu ihm um. Der Kerl war noch jung, keine dreißig, trug einen grauen Anzug und eine Krawatte. Er hielt Streichs Blick stand.

»Sehen Sie das anders?«, fragte er, und in seiner Stimme lag etwas Herausforderndes.

Streich zog an seiner Zigarette und blies dem Mann den Rauch ins Gesicht. Der wedelte ihn lässig weg, was Streich noch mehr ärgerte.

»Nicht schon wieder Politik, Ferdinand«, beschwichtigte Ali. »Schreib das in deiner Zeitung, aber hier will ich nichts davon hören.«

Ein einbeiniger Mann mit einer Holzkrücke stellte sich neben sie. Ali nutzte die Gelegenheit, um die Situation zu entschärfen.

»Und, Erwin«, fragte er, während er dem Mann ein Bier rausreichte, »ist dein Antrag durch?«

Der, den er Ferdinand genannt hatte, verabschiedete sich stumm. Streich blickte ihm hinterher.

»Ferdinand Broich. Journalist. Kein schlechter Kerl. Auch wenn er ein Fischkopp ist. Kommt irgendwo aus der Ecke von Hamburg. Die Eltern haben Kohle, vermieten Wohnungen, hat er mal erzählt«, erklärte Ali und reckte seinen Kopf gespielt arrogant nach oben.

»Schmierfink ohne Ahnung«, erwiderte Streich.

»Idioten!«, schimpfte der Einbeinige. »Wollen immer neue Bescheinigungen. »Offensichtlicher«, er deutete mit der Bierflasche auf sein fehlendes Bein, »kann es ja nicht sein, dass ich ein Anrecht auf Unterstützung habe. Die Herren da oben, die uns das eingebrockt haben, die haben ihre Schäfchen längst ins Trockene gebracht. Und von unsereinem, der sie an all den Mist, den sie veranstaltet haben, erinnert, wollen sie nichts mehr wissen. Hundspack, elendes!«, wetterte er und sah dabei auch Streich, um Zustimmung heischend, an.

Ali öffnete mit seiner einen Hand geschickt mehrere kleine Schnapsflaschen hintereinander und reichte sowohl Streich wie dem Einbeinigen eine davon, die dritte behielt er für sich.

Sie stießen miteinander an.

Gleich nachdem er seinen Wacholderschnaps ausgetrunken hatte, verabschiedete sich Streich und hörte im Weggehen noch, wie einer der anderen Stammgäste rief: »Ali, haste heute die Spendierhosen an?«

Schon vor dem Betreten des Garagenhofs hörte er das Kindergebrüll, das schnell anschwoll, und schon im nächsten Augenblick rannte ein Trupp Kinder an ihm vorbei. Ohne ihn zu beachten, rannten sie auf das Gelände.

»Die Polackin! Die Polackin! Heute kriegen wir sie!«, schrie eines davon. Streich schob die gerade angerauchte Zigarette in den Mundwinkel und folgte ihnen. Vor einem der Tore zu den Lagerräumen hatten sie das Mädchen gestellt, das sie ängstlich und angriffslustig zugleich anstarrte.

»Gib den Block her!«, rief eines der Mädchen, die heute mit den Jungs zusammen hinter der Kleinen her waren. Einer der Jungs machte einen Schritt auf sie zu und griff nach dem Block, den das Mädchen hinter dem Rücken versteckt hielt. Er versuchte, ihren rechten Arm nach vorne zu ziehen, da stand Streich neben ihm, packte ihn an der Schulter und wirbelte den Jungen herum, worauf der auf seinen Hintern fiel.

Erst erschrocken, dann herablassend blickte er Streich an und stand auf.

»Was soll das?«, fuhr ihn Streich an.

»Lass mich los!«, pöbelte der Junge. Es war der, der dem Mädchen bei ihrer letzten Begegnung ins Gesicht gespuckt hatte.

Aus sicherem Abstand verfolgten die anderen Kinder das Geschehen.

»Ich will euch hier nicht mehr sehen!« Mit diesem Satz gab er dem Jungen einen Stoß. Einige Meter entfernt blieb der stehen, unschlüssig, was er tun sollte.

Streich machte einen Schritt auf ihn zu.

»Das sag ich meinem Vater!«, rief der Junge wütend und rannte davon. Die anderen gleich hinter ihm her.

Streich blickte ihnen einen Moment lang nach, dann wandte er sich dem Mädchen zu, das ein Stück von dem Tor weggegangen war und Anstalten machte, ebenfalls das Gelände zu verlassen.

»Was malst du da?«, fragte er und zeigte auf den Block.

»Nichts!«

»Wie nichts? Ich habe doch gesehen, dass du malst.«

Sie verzog ihren Mund. Etwas Verächtliches lag in ihrer Mimik. »Ich zeichne«, erwiderte sie. »Aber das geht niemanden etwas an.«

»Und die anderen … was wollen die von dir?«

Sie zuckte mit den Schultern. Dabei sah sie ihn herausfordernd an. Ohne Angst.

»Weil wir aus Schlesien kommen. Wir sind denen nicht gut genug, sagt meine Mama.«

»Wie heißt du?«

Sie zögerte. »Lidia«, kam es schließlich über ihre Lippen.

»Ich komm noch mit vor«, sagte Streich, »vielleicht warten die da.«

»Ich habe keine Angst vor denen!«

Streich machte sich alleine auf den Weg, hörte nach wenigen Sekunden aber schon ihre Schritte hinter sich. An der Einfahrt stellte er fest, dass von den anderen Kindern nichts mehr zu sehen war. Den Block fest gegen ihren Körper gedrückt, lief Lidia an Streich vorbei. Der Pferdeschwanz, zu dem sie ihre Haare dieses Mal zusammengebunden hatte, wippte dabei hin und her. Er folgte ihr noch ein paar Meter, bis sie in eine Seitenstraße abbog, da fiel ihm die DS auf, zwei Männer an die Türen gelehnt, beide in dunklen Anzügen. Während er noch zu ihnen hinüberschaute, stiegen sie in den Wagen und fuhren los.

Édith Piaf beschallte den Raum, Streich rauchte am Fenster eine der neuen Zigaretten. Er vermisste die Morris. Die beiden Männer vorhin neben der DS hatten Ähnlichkeit mit den Beschreibungen von Jung und Ali. Sie waren wegen ihm dort, daran hegte er keinen Zweifel. Aber was wollten sie? Und wann würden sie sich zeigen?

Die Anzeige

Heinz Baum saß auf dem Beifahrersitz des Opel Rekord P1 und knurrte vor sich hin. Er mochte es nicht, bei seinem zweiten Frühstück, um neun Uhr, gestört zu werden. Doch früher als besprochen war dieser Lorenz mit seinem zwölf- oder dreizehnjährigen Sohn bei ihnen auf dem Revier aufgetaucht und hatte darauf bestanden, sofort loszufahren. Nicht nur seine Kleidung wies ihn als einen Besserverdienenden aus, auch sein Auftreten und seine Arroganz verrieten den erfolgreichen Geschäftsmann. Passend dazu fuhr er eine Borgward Isabella, zweifarbig lackiert, in der Lorenz und sein Sohn ihnen jetzt folgten. Baum konnte sich nur einen gebrauchten Käfer leisten, und der stand zurzeit mit defekter Kupplung in der Werkstatt. Schon am Vortag hatte ihn diese Angelegenheit auf Trab gehalten. Er musste zu dieser Frau und ihrer Tochter, die nach Aussage von Lorenz wissen könnten, wo der Mann wohnte, der seinen Sohn geschlagen hatte.

Es war eine kleine Wohnung, in der die beiden untergekommen waren, ordentlich und nett eingerichtet, wie Baum zugeben musste, dennoch strahlte sie Ärmlichkeit aus. Das Mädchen war verstockt, wollte zunächst nicht sprechen, gab sich bockig, um endlich, nachdem Baum ein Machtwort gesprochen hatte, zu verraten, wo sie glaube, dass dieser Mann wohne. Für Baum hatte das Verhalten des Kindes eindeutig seinen Grund in dem Fehlen eines Mannes im Haushalt. Auf die entsprechende Frage hatte die Mutter patzig geantwortet, dass sie ihr Kind sehr gut alleine aufziehen könne.

Am Steuer des Funkstreifenwagens saß Friedhelm Graf, seit einem halben Jahr auf dem Revier, nachdem er seine zweijährige Ausbildung bei der Bereitschaftspolizei beendet hatte. Er kannte seinen Vorgesetzten und dessen Stimmungen inzwischen gut genug, um zu wissen, dass er jetzt besser den Mund hielt. Anfangs hatten sie Schwierigkeiten miteinander, besonders nachdem Graf, der aus einer alten SPD-Familie stammte, die während der Hitler-Diktatur einiges zu erleiden hatte, Baum gefragt hatte, ob der schon immer Polizist gewesen sei und ob er im Krieg im Feld gestanden habe und warum er noch immer im Rang eines Oberkommissars stünde, wo er seinem Alter und den möglichen Dienstjahren nach doch mindestens ein Hauptkommissar sein müsse.

Baums vernichtender Blick allein hätte genügt, um dem jungen Kollegen die Frechheit seiner Frage deutlich zu machen, aber der Ältere hatte einen ausgewachsenen Tobsuchtsanfall bekommen und ihn anschließend tagelang nicht beachtet, hatte nur das Allernotwendigste mit ihm besprochen und Telefonate geführt, bei denen sich Graf sicher war, dass es um ihn ging. Nach vierzehn unerträglichen Tagen hatte er sich ein Herz gefasst, war zu Baum gegangen und hatte sich entschuldigt.

Der ließ den Untergebenen fünf Minuten lang vor sich stehen, bis er endlich nickte und ihm dann einen mehrminütigen Vortrag darüber hielt, wie sich ein deutscher Beamter und insbesondere ein deutscher Polizist gegenüber Vorgesetzten zu verhalten habe, ihn über den Begriff der Subordination aufklärte und darüber, dass man das Vergangene vergangen sein lassen solle, und noch einiges mehr. Der Vortrag endete mit der Bitte, so zumindest nannte es Baum, obwohl es für Graf wie ein Befehl klang, morgens um zehn vor neun den Kaffee aufzusetzen, damit der fast durchgelaufen war, wenn Baum um Punkt neun Uhr das Revier betrat.

Graf hielt sich seitdem akribisch daran, er verlor nie mehr ein Wort über Baums Vergangenheit und polizeilichen Werdegang, und diese Abmachung ließ sie leidlich und weitestgehend konfliktfrei miteinander auskommen.

Dennoch hatte Graf sehr vorsichtig Erkundigungen über Baums Vorleben eingeholt. Die Parteizugehörigkeit von Grafs Vater und dessen Kontakte zu den Wiedergutmachungsämtern sowie seine Bekanntschaft mit Fritz Bauer, dem hessischen Oberstaatsanwalt, hatten ihm einige dunkle Flecken in Baums Biografie offenbart, die ihm dessen Verhalten erklärten.

In den engen Straßen Bornheims vergewisserte sich Graf im Rückspiegel immer wieder, dass die Isabella ihnen noch folgte. Baum, der sich in diesem Ortsteil sehr gut auskannte, dirigierte ihn in einen alten Gewerbehof, der von außen einen vernachlässigten Eindruck machte. Lorenz parkte seinen Wagen gleich hinter ihnen auf der Schotterfläche zwischen den Garagen.

Baum kannte dieses Gelände noch aus der Zeit vor dem Krieg. Eine Tankstelle und eine Reparaturwerkstatt für Autos waren hier untergebracht gewesen, in einer der Hallen hatte ein Schmied seine Arbeit verrichtet. Nun standen sie zu viert auf dem Hof.

»Und hier hat der Mann dich geschlagen?«, fragte Baum den Jungen, auf dessen Schulter die Hand seines Vaters lag.

»Ja«, antwortete er knapp und zeigte mit der ausgestreckten Hand zu den Garagen. »Da!«

»Und wo ist die Wohnung?«

Es fiel Baum schwer, seine Verärgerung über diesen Auftrag für sich zu behalten. Was war schon dabei, wenn der Junge einen Klaps bekommen hatte? Dieses Gelände war schließlich kein Spielplatz, und er hatte hier nichts zu suchen. Aber diese neureichen Leute mit ihren Beziehungen …

»Weiß ich doch nicht«, entgegnete er und sah seinen Vater trotzig an.

»Fragen Sie mal den Mann da drüben!« Lorenz zeigte auf einen Arbeiter am anderen Ende des Hofes, der eine Tonne vor das offene Tor rollte.

Wie einen Angestellten aus seiner Firma behandelte er ihn. Am liebsten hätte Baum ihm ein »Gehen Sie doch selbst!« entgegengeschleudert, aber das traute er sich nicht. Stattdessen gab er Graf ein Zeichen, der im Zickzack über den Hof lief, um nicht in eine der Pfützen zu treten.

»Hier soll einer wohnen?«, erwiderte der Arbeiter, der den Gang in den Hof nutzte, um sich eine Zigarette anzuzünden, auf die Frage des Polizisten.

Er ließ sich Zeit, zog an der Kippe, deutete schließlich mit ausgestrecktem Arm auf die gegenüberliegende Halle. »Ach ja, da, im ersten Stock, da wohnt einer. Guckt hier nach dem Rechten.«

»Wissen Sie, wie der heißt?«

Der Arbeiter zuckte mit den Schultern. »Woher denn? Ich maloche meistens drinnen. Und der«, er machte eine Bewegung mit seinem Kopf in Richtung der Wohnung, »das ist ein Stiller. Redet wenig. Macht seinen Kontrollgang. Das wars.«

Mit einem Nicken bedankte sich Graf und kehrte zurück zu den anderen.

Den Zugang zu der Wohnung hatten sie schnell gefunden. Die Tür unten war nicht verschlossen, eine Klingel nicht zu finden, also stiegen sie das schmale, dunkle Treppenhaus nach oben, das kaum breiter als die Tür war.

Es roch feucht. Graf, der vorging, hörte Baum hinter sich knurren. Vater und Sohn warteten unten am Eingang.

Oben an der Tür drückte Graf sein Ohr gegen das Holz und lauschte. Von drinnen war Musik zu hören, eine Frauenstimme sang ein getragenes Lied. Er schaute Baum an, der nickte ihm zu. Er klopfte.

Am Spülbecken schüttete Streich kochendes Wasser aus dem Tauchsieder in einen Becher. Das Wasser ließ das Kaffeepulver aufwirbeln. Streich gab zwei Löffel Zucker hinzu, rührte das Ganze um und wartete eine Zeit lang, dann nippte er vorsichtig und blickte dabei auf den Kalender. Unter dem Datum, dem 25. März, stand in klarer, eckiger Schrift: »Schließe Freundschaft, wenn du sie nicht brauchst.«

Das Klopfen überraschte ihn. Langsam stellte er den Becher auf die Fensterbank. Bommel?

Er begann zu zählen … eins, zwei, drei … Der hatte keinen Grund zu kommen … vier, fünf, sechs … Großmann? Es war noch nicht der neunundzwanzigste … acht, neun, zehn … Drei-Finger-Diether? Der hatte ihm eine Warnung zukommen lassen. Mehr würde nicht passieren … elf, zwölf … Die beiden Männer, die sich nach ihm erkundigt hatten? Wenigstens wüsste er dann, was sie von ihm wollten …

Es klopfte erneut. Nachdrücklicher. »Polizei! Machen Sie auf!«

… dreizehn … Streich ging zum Plattenspieler, legte die Nadel wieder auf.

Ein Tritt gegen die Tür … vierzehn … Streich war mit wenigen Schritten an der Klinke und drehte den Schlüssel, die Tür wurde sogleich von außen aufgestoßen. Er blickte in das Gesicht eines jungen Polizisten, der in die Wohnung stolperte. Hinter ihm erschien ein älterer, korpulenter Beamter, der ihn mit unverhohlener Abscheu betrachtete.

»Name?«, herrschte der Ältere ihn an.

»Was wollen Sie?«, fragte Streich, statt eine Antwort zu geben, zurück, obwohl ihm bewusst war, dass er den älteren Polizisten damit nur noch mehr gegen sich aufbrachte.

»Ihren Namen! Und machen Sie das Geschrei aus!« Er deutete mit einer lapidaren Fingerbewegung zum Plattenspieler.

»Warum?«, fragte Streich, der keine Anstalten machte, der Aufforderung nachzukommen.

Der jüngere Polizist wollte vortreten, doch der ältere streckte seinen Arm aus. Kurz schauten sich die beiden Männer an, dann nahm Streich die Nadel von der Platte und legte den Tonarm auf die Halterung. Stumm liefen Plattenteller und Platte weiter.

»Arnolt Streich!«, sagte er dann. Dabei bemerkte er eine weitere Person, die in den Türrahmen getreten war.

»Sind Sie hier gemeldet?«

Streich überlegte einen Moment zu lang.

»Aha«, war der Kommentar des Polizisten, der dem Mann in der Tür ein Zeichen gab. »Herr Lorenz, bitte treten Sie ein!«

Baum wartete, bis der Mann neben ihm stand. Dann wandte er sich wieder Streich zu. »Beruf?«

Der ehemalige Legionär betrachtete den Mann, den der Polizist Lorenz genannt hatte. Er kam ihm bekannt vor, konnte ihn aber nirgendwo einordnen.

»Ich passe hier auf!«

»Wachmann?«

»So kann man es sagen.«

Ein Junge stellte sich neben Lorenz. Es war eines der Kinder, die das Mädchen auf dem Hof beschimpft hatten.

Der korpulente Polizist richtete nun das Wort an den Jungen. »Ist das der Mann?«

Der sah Streich herausfordernd an.

»Peter, beantworte die Frage des Herrn Kommissar!«, forderte Lorenz.

»Ja, der hat mich geschlagen«, behauptete er, siegesgewiss, ein Lächeln unterdrückend. Streich stand nahe genug vor ihm, um das in seinen Gesichtszügen lesen zu können.

Währenddessen war Graf an den Plattenspieler getreten. Er betrachtete die Platte auf dem Teller.

»Finger weg!«, warnte Streich.

Sofort war Baum bei ihm.

»Sie haben einen deutschen Polizisten vor sich. Zeigen Sie Respekt!«

Streich musterte den Beamten kalt, behielt dabei aber den anderen Polizisten im Auge.

»Édith Piaf«, las der vor. »*Mon Légionnaire*«, fast richtig betont.

Baums Blick wurde noch eine Nuance feindseliger.

»Sie sind in der Fremdenlegion?«

Streich schüttelte den Kopf. »War«, antwortete er.

Baum musste einen Moment überlegen. »Hätte ich mir denken können …«

Graf sah ihn fragend an.

»Kriminelle sind das! Vaterlandslose Gesellen!« Verachtung lag in seinen Worten. »Während wir hier ein zerstörtes Land aufgebaut haben, haben diese Kerle lieber für unseren Feind gekämpft. Für gutes Geld. Keinen Finger krummmachen für den Aufbau, aber jetzt kommen, wo alles wieder schön aufgebaut ist, und absahnen wollen!«

Streich ballte seine Fäuste. Wieder diese Verachtung, die Legionären in Deutschland überall entgegenschlug. Immer wieder. Die Neuankömmlinge hatten von den Warnungen und den Kampagnen gegen die Legion berichtet. Gelacht hatten die Neuen darüber, weil sie erst dadurch auf die Fremdenlegion aufmerksam geworden waren. Doch das Lachen war ihnen bald vergangen.

»Können Sie jetzt endlich die Anzeige aufnehmen? Mein Sohn hat den Mann eindeutig erkannt. Ich habe nicht ewig Zeit.«

Obwohl Baum genauso schnell wie Lorenz wieder hier rauswollte, ärgerte er sich erneut über den Mann. Währenddessen überlegte Streich noch immer, woher er den Vater kannte. Er war sich sicher, ihm schon einmal begegnet zu sein.

In der nächsten Viertelstunde nahm Graf das Protokoll auf. Der Junge blieb bei seiner Aussage, dass Streich ihn geschlagen habe, als er mit Freunden im Hof gespielt habe. Widerwillig ließ Baum auch den ehemaligen Legionär zu Wort kommen, der von dem Mädchen erzählte, das von diesem Jungen und seinen Freunden schon mehrere Male bedroht worden sei.

»Kennen Sie das Mädchen?«, fragte Baum Peters Vater.

»Ja, natürlich. Sonst hätte ich Ihnen ja gestern nicht sagen können, dass Sie sich bei ihr nach diesem … Herrn erkundigen sollen.« Wieder dieser hochnäsige, ruhige Tonfall. »Sie wohnt seit etwa einem Jahr mit ihrer Mutter bei uns im Viertel. Wo sie vorher waren, weiß ich nicht. Aber angeblich sollen sie aus Schlesien stammen. Na ja, sind ja eigentlich Deutsche, aber … Peter«, er tätschelte seinem Sohn kurz den Kopf, »hat schon öfters erzählt, dass das Mädchen den Jungs immer nachläuft, Kontakt sucht. Kein Wunder, nach dem, was man über die Mutter hört. Ein Mann ist nicht da, sie erzieht die Kleine alleine, und wie die rumläuft … Würde mich nicht wundern, wenn die …«

Er beließ es bei diesen Andeutungen, die ihre Wirkung zumindest bei Baum, wie an dessen angewidertem Gesicht zu erkennen war, nicht verfehlten.

»Es heißt, dass sie viele Männer kennt, aber … das hat ja nichts mit der Sache zu tun«, fügte er dann doch noch hinzu.

Baum nickte und sah zu dem Legionär hinüber, der neben dem Plattenspieler stand und stumm die Menschen in seiner Wohnung betrachtete.

»Sie werden von uns hören! Auch wegen der fehlenden Meldebestätigung«, waren Baums letzte Worte, bevor er sich wieder auf die Treppe wagte. Er war froh, dass sie endlich gehen konnten. Der Mann war ihm unheimlich. Von den Fremdenlegionären hörte man so einiges. Graf verabschiedete sich als Einziger mit einem Gruß.

Streich schüttelte den Kopf, nachdem er die Tür geschlossen, die Nadel auf die Platte gelegt und sich mit einer Zigarette ans Fenster gestellt hatte. Der Schluck aus der Flasche tat ihm gut.

Baum schaute noch einmal zu ihm hoch, bevor er ins Auto einstieg und die Isabella und der Streifenwagen dann nacheinander den Hof verließen. Beim Anblick des Borgwards kam Streich eine Idee.

Die Blume

Am Nachmittag machte sich Streich auf den Weg nach unten, um zwei Glühbirnen an der Hofbeleuchtung auszuwechseln. Er hatte die Holzleiter, die in dem kleinen Lagerraum unter seiner Wohnung abgestellt war, an die Garagenwand gelehnt und wollte gerade hinaufsteigen, als er hinter sich eine Stimme hörte: »Das ist der Mann!«, rief sie.

In der Einfahrt stand eine Frau, neben ihr ein Mädchen, das auf ihn zeigte, bevor die beiden sich ihm näherten. Erst jetzt erkannte er Lidia, die ihren Block in der rechten Hand hielt.

Wenige Meter vor ihm blieben sie stehen. Die Frau flüsterte dem Mädchen etwas zu, das Streich nicht verstehen konnte. Sie trug ein Kostüm aus grauem Stoff, das zu elegant für diese Umgebung war, dazu Schuhe mit schmalen Absätzen, was ihr das Laufen auf dem unebenen Hof erschwerte. In der Hand hielt sie eine schwarze Handtasche.

»Entschuldigung, dass ich Sie störe«, begann die Frau streng und reserviert. Der Duft eines schweren, süßlichen Parfüms wehte zu Streich herüber. »Mein Name ist Meta Dargatz. Sie haben vor einigen Tagen meiner Tochter geholfen ...«

Streich schaute kurz zu dem Mädchen, das seinen Blick erwiderte.

»... das war nett von Ihnen, aber das müssen Sie nicht tun. Ich kann alleine auf die Kleine aufpassen.«

Sie öffnete ihre Handtasche und entnahm ihr eine Zigarettenschachtel. Streich fingerte Zündhölzer aus seiner Hose und gab ihr Feuer. Sie bedankte sich mit einem Augenaufschlag.

»Wegen dieser Sache war die Polizei bei mir«, sie rauchte hastig, inhalierte und stieß den Rauch gleich wieder aus, »und hat sich nach Ihnen erkundigt. Die haben gesagt, dass Sie kein guter Umgang für Lidia sind … und dass sie hier nichts zu suchen hat. Und«, wieder ein hastiger Zug, »wenn ich nicht besser auf die Kleine aufpasse, dann müsste man sie mir wegnehmen, eine Mutter«, wieder ein Zug, »habe schließlich für ihr Kind da zu sein. Aber wie soll ich das machen, ich muss schließlich auch Geld verdienen.« Sie zog dreimal hintereinander schnell an ihrer Zigarette, warf den Rest auf den Boden und trat ihn mit einer schnellen Bewegung ihres Fußes aus. »Aber nicht mehr lange …«

Sie wartete auf eine Reaktion, doch Streich blickte zu Lidia hinüber, die sich hingehockt und zu zeichnen begonnen hatte.

Frau Dargatz folgte seinem Blick, verzog ihren Mund, setzte an, ihrer Tochter etwas zuzurufen, unterließ es dann aber.

»Immer nur am Malen. Malen, malen, malen. Den ganzen Tag.«

»Was malt sie denn?«, fragte Streich, und dass er überhaupt etwas sagte, schien die Frau so zu überraschen, dass sie einen Moment brauchte, um zu antworten. »Menschen. Gesichter.«

Streich blickte nochmals zu Lidia, die ganz versunken in ihre Arbeit war.

»Sie zeigt die Bilder aber niemandem!«, schob sie hinterher. Es klang fast trotzig.

»Schicken Sie meine Tochter einfach weg, wenn Sie wieder hier auftauchen sollte, und mischen Sie sich ansonsten nicht ein«, waren ihre letzten Worte an Streich.

»Steh auf, du machst dein Sonntagskleid noch ganz dreckig!«, schimpfte sie mit Lidia, die sich Zeit ließ, einen Strich zu Ende führte und dann sehr langsam den Block zuklappte. Die Mutter wartete ungeduldig, nahm das Mädchen, als es endlich neben ihr stand, an der Hand und marschierte mit ihr in Richtung Einfahrt.

Streich sah ihnen einen Moment nach, dann folgte er ihnen.

Mutter und Tochter waren schon ein Stück die Straße entlanggegangen, da blieb Lidia plötzlich stehen, riss sich von ihrer Mutter los und rannte Streich entgegen. Vor ihm blieb sie stehen und sah ihn an, bevor sie ihren Block aufklappte, eine zwischen zwei Seiten gepresste, getrocknete Blume herausnahm und sie Streich reichte.

»Danke!«, sagte er leise, doch da lief das Mädchen schon wieder zu ihrer Mutter zurück. Als sie aus seinem Blickfeld verschwunden waren und er sich auf den Rückweg machen wollte, entdeckte er ein Stück entfernt am Straßenrand parkend eine DS. Das Fenster auf der Fahrerseite war heruntergekurbelt, ein Mann richtete einen Fotoapparat auf ihn.

Streich unterdrückte den Impuls, gleich hinüberzulaufen. Stattdessen wandte er sich ab, hoffte, dass sein Blick nicht bemerkt worden war, ging zurück in den Hof, wo er an den Garagen entlang zu einem schmalen rückwärtigen Einlass lief, das Gelände verließ, die Straße überquerte und im Schatten der parkenden Autos zu der DS eilte. Doch enttäuscht musste er feststellen, dass sie nicht mehr da war.

Er fluchte laut.

Der Auftrag

Am Wasserhäuschen war viel los, Männer, von denen Streich die meisten nicht kannte, standen dicht beieinander. »Sonntagstrinker« nannte Ali sie, Kerle, die unter der Woche arbeiteten und denen am Sonntag zu Hause die Decke auf den Kopf fiel. Besonders an einem langen Wochenende, wie jetzt an Ostern, wo auch viele Kneipen geschlossen hatten. Sie diskutierten lautstark über Fußball, Anhänger des FSV gegen die der Eintracht. Die vom FSV hatten hier zwar Heimvorteil, mussten sich aber vom anderen Lager anhören, dass die Eintracht die inzwischen erfolgreichere Mannschaft in der Oberliga sei. Einer prophezeite lautstark, dass sie in diesem Jahr Meister werden würde. Streich interessierte das alles nicht im Geringsten.

Er ließ sich von Ali ein Bier geben und zog sich an die äußerste Ecke des Kiosks zurück. Bei einer Morris überdachte er seine »Baustellen«. Am meisten beunruhigte ihn die Sache mit den Männern, die ihn beobachteten. Das waren eindeutig Profis, die sich Schritt für Schritt an ihn herangetastet, sich über ihn informiert und herausgefunden hatten, wo er wohnte. Und ganz offensichtlich legten sie keinen Wert darauf, dass ihm dies verborgen blieb. Weder Ali noch Jung hatten sie auferlegt, ihre Kontaktaufnahme zu verschweigen, und die Observationen in der Nähe des Bahnhofs und vor dem Hof waren so offensichtlich, dass dies Absicht sein musste. Ein Spiel mit der Verunsicherung, vielleicht wollten sie testen, wie er darauf reagierte. So weit, so gut. Oder nicht gut. Denn er hatte keinen blassen Schimmer, wer diese Männer waren und in wessen Auftrag sie agierten. Und ein unsichtbarer Feind, das hatte er in all seinen Kriegen gelernt, war der gefährlichste Feind.

Die anderen Baustellen waren überschaubarer, obwohl an diesem Sonntag Großmanns Ultimatum ablief. Am gestrigen Samstag hatte er Jung im Boxclub aufgesucht. Zweihundert Mark hatte der ihm gegeben, mehr konnte er nicht lockermachen. Dafür erneuerte er das Angebot des Mannes aus Sachsenhausen, worauf Streich ihm dieses Mal eine hinhaltende Antwort gab, obwohl er wusste, dass es für ihn nicht infrage kam. Nicht diese Art von Arbeit. Er musste einen anderen Weg finden, um mit Großmann und seinen Männern fertigzuwerden. Da hatte er schon ganz andere Situationen überstanden. Und die Anzeige? Was das anging, würde er schon dafür sorgen, dass Lorenz sie zurückzog.

»Hast du letzte Woche doch so interessiert gelesen!« Streich hatte nicht bemerkt, dass Ali neben ihn getreten war und ihm mit seiner Rechten eine Zeitung entgegenhielt. Es war warm an diesem Tag. Ali trug nur ein Hemd, dessen linker Ärmel schlaff herunterhing.

Streich sah ihn fragend an.

»Dieser Anschlag. Mit Sprengstoff. Hier in Frankfurt ...«

Da erinnerte Streich sich wieder an den Waffenhändler, der mit seinem Auto in die Luft gejagt worden war. Er nahm die Zeitung und trank, während Ali schon wieder ins Innere des Wasserhäuschens verschwand, einen Schluck von seinem Bier, steckte sich eine Morris an und las:

GEHEIMBUND STEHT HINTER FRANKFURTER ATTENTAT
Oberstaatsanwalt zum Fall Puchert
Der Frankfurter Oberstaatsanwalt, Heinz Wolf, erklärte am Donnerstag, dass für die Attentate auf den Hamburger Waffenhändler Otto Schlüter und den am 3. März in Frankfurt durch eine Sprengladung

an seinem Auto getöteten Waffenhändler Georg Puchert die illegal arbeitende französische Abwehrorganisation »Die Rote Hand« (La Main Rouge) als Täter infrage kommt.

Inwieweit diese Organisation zum Mindesten in Einzelfällen personengleich mit Angehörigen des staatlichen französischen Geheimdienstes ist, lässt sich nur vermuten, aber nicht behaupten. An der Aufklärung des Attentats war die Sicherungsgruppe Godesberg, das Bundes- und das Hessische Landeskriminalamt beteiligt, die wesentliche Ermittlungsarbeit ist dann aber unter dem Hauptkommissar Konrad von der Frankfurter Kriminalpolizei geleistet worden. Der Oberstaatsanwalt sprach von dieser Aufklärungsarbeit mit betonter Anerkennung.

Es besteht heute kein Zweifel mehr daran, dass sich das Attentat gegen die Algerienrebellion und deren Waffenversorgung gerichtet hat.

Ein weiterer Schluck und ein Zug an der Zigarette. Algerien. Das war schon weit fort. Ein anderes Leben.

Er las weiter, überflog die nächsten Zeilen.

Als Feuerlöscher getarnt

Seit 1956 sind gegen die algerischen Rebellenorganisationen beziehungsweise gegen Angehörige, Verbindungsmänner und Waffenlieferanten an diese Organisation insgesamt zehn Attentate begangen worden. Bekannt geworden sind hiervon insbesondere die beiden Attentate gegen den Waffenhändler Otto Schlüter in Hamburg. Bei einem dieser beiden Attentate, das in den Geschäftsräumen Schlüters mit einem als Feuerlöscher getarnten Sprengstoffkörper ausgeführt wurde, kam ein Angestellter Schlüters ums Leben. Es war dies am 28. September 1956.

»Für wen bist du denn?«, raunzte ihn ein junger Mann an, der sich vor Streich aufgebaut hatte. Der schaute nur kurz über den

Zeitungsrand und beschloss dann, den Mann, der schon arg schwankte, zu ignorieren.

»Ich rede mit dir«, machte er weiter. In der Hand hielt er eine kleine Fahne, auf dem ein Vereinswappen abgebildet war.

Noch bevor Streich etwas sagen konnte, um in Ruhe den Artikel fertiglesen zu können, lösten ein paar andere Männer den Konflikt, indem sie den Betrunkenen an den Armen packten und wegzerrten.

»Komm, Martin, lass den Mann lesen! Du hast genug, du gehst jetzt nach Hause.«

»Ich gehe nicht nach Hause«, hörte Streich ihn protestieren, doch dann widmete er sich wieder der Zeitung, nachdem er einen letzten Zug von seiner Morris genommen hatte.

Bei dem zweiten Attentat auf Schlüter am 3. Juni 1957 wurde die Mutter des Waffenhändlers tödlich verletzt. Die Ausführung dieses zweiten Attentats erfolgte in der gleichen Weise wie im Falle Puchert, mit der Anbringung des Sprengkörpers unter dem Kraftwagen und der Auslösung beim Anfahren. Auch die damals gesicherten Sprengkörperteile stimmen mit den in der Guiollettstraße vorgefundenen Sprengstoffresten materialmäßig überein.
Schlüter war in einer ganzen Serie von Fällen gewarnt worden. Er hatte kurz vor der Ausführung des letzten Attentats ein kleines Sargmodell mit einem roten Feuerlöscher verziert und einem Kreuz darüber zugestellt bekommen.

Übers Lesen bekam Streich nicht mit, dass der Lärm der Diskutierenden verebbte, es blieben nur vereinzelte Stimmen übrig, wie an einem gewöhnlichen Tag.

»Noch eins?« Ali stand mit einer Flasche vor Streich, der kurz überlegte, nickte und die Flasche annahm.

»Ich werde hier ein Radio aufstellen müssen«, begann Ali ein

Gespräch. »Dann bleiben die auch hier.« Streich brauchte einen Moment, bis ihm aufging, dass Ali von den Fußballanhängern sprach. »Machen zwar ganz schön Krach, dafür trinken sie aber auch ordentlich.«

Streich gab ihm die Zeitung zurück.

»Das ist eine Nummer, was? Hier, mitten in Frankfurt.« In Alis Stimme mischten sich Abscheu und Bewunderung.

»Habe ich es nicht gesagt?«

Streich hatte nicht mitbekommen, dass Ferdinand Broich, der Journalist, hinter ihn getreten war. Er kramte aus seiner Hosentasche eine zusammengefaltete Zeitung hervor. »Lesen Sie den letzten Abschnitt. Ist ein älterer Artikel. Aber das trifft's.«

Streich zögerte, bevor er das Blatt nahm und die schon arg lädierte, eingerissene Seite vorsichtig auseinanderfaltete. Broich tippte mit dem Finger auf den betreffenden Absatz.

»Die deutschen Behörden werden den Täter nie fassen können«, behauptet der Unbekannte und weist auf Beispiele bei ähnlichen Verbrechen hin, wobei sich die Franzosen mehr als großzügig gezeigt hätten. Der Mann hat längst die deutsche Grenze hinter sich gelassen und die Interpol wird sich kaum mit ihm befassen, weil sie für die Fahndung nach politischen Verbrechern laut ihren Statuten nicht zuständig ist. Angeblich gehört der Täter einer Mörderorganisation an, deren Namen aus einem schlechten Kriminalroman stammen könnte: »Die Rote Hand«.

»Rote Hand«, sagte er und lachte. »Wie aus einem schlechten Kriminalroman. Nur eben mit echten Toten. Und deutschen Behörden, die sich zu Handlangern machen. Alle wissen es. Keiner macht was. Und in der Redaktion sagen sie: Bring mir Beweise!« Er verzog sein Gesicht.

Streich trank sein Bier aus und ging.

Nicht viel später stieg er die Stufen zu seiner Wohnung hinauf. Édith Piaf schallte ihm entgegen. Er hatte, bevor er fortgegangen war und wie er es, seit er sich beobachtet wusste, immer machte, ein Stück Papier zwischen Türblatt und Zarge geklemmt, eine Vorsichtsmaßnahme, die sich nun als unnötig herausstellte, weil der Einbrecher entweder nicht unbemerkt bleiben wollte oder auch ein Freund der Piaf war.

Vorsichtig stieg er nach oben, vermied jedes Geräusch, verharrte einen Moment vor der Wohnungstür. Sie stand offen, am Fenster erkannte er die beiden Kerle von der Galopprennbahn. Teilnahmslos blickten sie ihn an, zwischen ihnen und Streich der Plattenspieler, auf dem sich die Schallplatte weiterdrehte.

De l'autre côté de la rue,
Y a un' fill',
Y a un' pauvr' fille
Qui n'connaît rien d'l'amour,
Ni d'ses joies éperdues.
D'l'autre côté d'la rue,
Ell' peut garder son monsieur qu'ell' déteste,
Ses beaux bijoux, tout son luxe et le reste.

Die letzten Worte des Liedes standen einsam im Raum, verflogen, dann war nur noch das Kratzen der Nadel in der Auslaufrille zu hören.

Streich trat vor und hob den Tonarm zur Seite.

»Herr Streich!«, begann der kräftigere der beiden Männer, offenbar der Wortführer. Der andere war kleiner, drahtiger. Er hatte auf der Rennbahn den hellen Sommeranzug getragen. Ihm hatte Streich eine verpasst. Jetzt trug er eine dunkle Sportjacke.

»Herr Streich!«, wiederholte der Große, »Sie wissen, welcher Tag heute ist?«

Streich reagierte nicht.

»Nun?«

»Ich habe das Geld nicht!«

Die beiden Männer wechselten kurz einen Blick.

»Das verstößt gegen die Abmachung«, erwiderte der Große gelassen.

»Welche Abmachung? Es gibt keine Abmachung!« Streich wägte seine Chancen bei einem Kampf ab. Er war allein, auf dem Gelände hielt sich am Sonntag niemand auf. Er musste näher an die beiden herankommen und einen sofort ausknocken. Nur dann hatte er eine Chance.

Er griff in seine Tasche, worauf der Kleinere gleich seinen Körper straffte und sich erst wieder etwas entspannte, als Streich die Scheine, die Jung ihm gestern gegeben hatte, in der Hand hielt.

Neugierig blickte der Große auf das schmale Bündel.

»Das sollen siebenhundert sein?«, fragte er argwöhnisch.

»Zweihundert, mehr habe ich nicht …« Langsam näherte er sich den beiden Männern und streckte ihnen die Hand mit dem Geld entgegen.

Der Große schüttelte den Kopf.

»So läuft das nicht.«

»Wie dann?«, fragte Streich, blickte kurz zu dem Kleinen hinüber und versuchte eine unschuldige Miene zu machen. Dann ließ er das Geld fallen, trat dem Großen zwischen die Beine und schlug sofort, während der noch zusammenklappte, in sein Gesicht.

Das ging so schnell, dass der Kleine einen Moment brauchte, um zu reagieren, genug Zeit, dass Streich auch ihm eine verpasseп konnte. Aber der Mann konnte einstecken. Die Erfahrung hatte er schon auf der Galopprennbahn gemacht, und vielleicht war es ein Fehler, nicht ihn zuerst auszuschalten. Der Mann strauchelte gegen die Wand, aber schon Streichs zweiten Schlag konnte er abblocken und ging seinerseits zum Angriff über. Ein Boxer, der sein Handwerk beherrschte, wie Streich schnell merkte. Zwei Schläge konnte er noch landen, doch beide zeigten keine große Wirkung. Er suchte nach einem Gegenstand, den er als Waffe einsetzen konnte, aber die Spüle, auf der die Messer lagen, war zu weit weg, und als habe sein Gegner seine Absicht erkannt, versperrte er ihm mit einem Schritt den Weg dorthin.

Hinter sich hörte Streich ein Geräusch. Der Große berappelte sich und versuchte aufzustehen. Streich musste jetzt schnell den Kleinen außer Gefecht setzen, sonst würde es schlecht für ihn aussehen. Er täuschte einen Schritt nach rechts an, doch der Kleine durchschaute die Finte und nutzte die nun fehlende Deckung zu zwei präzisen harten Schlägen, die Streich zurück gegen den Großen taumeln ließen, der sich inzwischen stöhnend aufgesetzt hatte und gleich dessen Beine umklammerte. Der Kleine hatte nun die Zeit, genau Maß zu nehmen für seine nächsten Schläge. Der zweite ließ Streich niedergehen, er fiel auf den Großen, der seinen Kopf nahm und ihn auf den Boden schlug. Blut aus der aufgeplatzten Augenbraue rann ihm übers Gesicht.

Die beiden ließen ihm keine Zeit, zur Besinnung zu kommen.

»Idiot!«, schnauzte ihn der Kleine an und trat noch einmal in Streichs Seite. Ihm wurde schwarz vor Augen.

Mehrere Sekunden war es still, so still, dass Streich überlegte, ob die beiden Männer abgezogen waren, doch dann spürte er etwas Scharfes am kleinen Finger seiner linken Hand. Langsam öffnete er ein Auge, drehte seinen Kopf zur Seite, wartete, bis der Schwindel nachließ, und erkannte dann trotz des Schleiers die Klinge eines Messers, dessen Spitze auf dem Übergang von der Handfläche zum kleinen Finger saß.

»Für jeden Hunderter einen Finger«, hörte er den Kleinen sagen.

»Und einen für den Tritt in die Eier«, ergänzte der Große.

»Bleiben nur noch zwei«, rechnete der Kleine.

»Damit kann er auch noch wetten, denke ich, oder? Zwei Finger reichen, um die Scheine zu halten.«

Der Kleine lachte und sagte: »Wenn sie an einer Hand sind.«

Der Große fiel in das Lachen ein.

Streich spürte den Schnitt, langsam wurde die oberste Hautschicht durchtrennt, die ersten Nerven getroffen. Der Keller in Oran, der Fellagha, den sie dort bearbeiten, Finger nach Finger abtrennen. Er schreit, sie stopfen ihm ein dreckiges Tuch in den Mund, er würgt, die Augen weit aufgerissen, Todesangst, beim dritten Finger sackt er zusammen, nachdem sie Benzin auf die offenen Wunden gekippt haben. Sie nehmen ihm das Tuch aus dem Mund und sehen es angewidert an.

Streich stöhnte auf, verscheuchte die Bilder. Der Kleine hielt inne.

»Hat er was gesagt?«

Der Große führte seinen Kopf näher an Streichs Mund heran. »Nein, ich kann nichts hören.«

Der nächste Schnitt ging tiefer, Streich stöhnte lauter, bäumte sich auf und bekam dafür von dem Großen einen Tritt verpasst. Er krümmte sich zusammen und zog die Hand an seinen Körper.

Der Große packte ihn, drehte ihn auf den Rücken, hockte sich auf seine Brust und fixierte mit seinen Knien die Arme. Der Kleine setzte das Messer wieder an.

»Ich fürchte, er glaubt uns nicht ...«

Der Kleine schob das Messer einmal hin und her. Langsam, ohne großen Druck. Nach dem fünften Finger machen sie eine Pause, schütten ihm Wasser ins Gesicht, warten, bis er wieder aufwacht. Die Stellen an seinem Körper, an denen sie ihm die Stromstöße versetzt haben, sind deutlich zu erkennen. Dann machen sie weiter, Finger für Finger.

Streich versuchte, den Körper abzuschütteln, aber der Große war zu schwer, er hatte keine Chance.

Erneut setzte der Kleine das Messer an. Streich wusste, dass sie ihm nicht sieben oder acht Finger abtrennen würden, aber diesen kleinen würden sie ihm zur Warnung nehmen.

Er biss in Erwartung des Schmerzes die Zähne zusammen, wartete auf den Schnitt. Plötzlich wurde alles dunkel, aber das war keine Ohnmacht, etwas Schweres lag auf seinem Gesicht und nahm ihm den Atem. Streich wand sich, versuchte den Großen loszuwerden, konnte mit einem Mal beide Hände bewegen, griff in den Körper auf ihm, schob ihn zur Seite, konnte endlich wieder frei atmen. Bis ihn ein Wasserschwall erneut nach Luft schnappen ließ.

Nass und unter Schmerzen öffnete er seine Augen, suchte nach Orientierung.

Neben ihm lag der Große, offenbar bewusstlos, aus einer Wunde an seinem Kopf tropfte Blut. Ein Stück weiter erkannte er auf dem Stuhl den Kleinen, kerzengerade und unbeweglich sitzend, hinter ihm einen Mann.

»Streich!«, hörte er eine dunkle, militärisch geschulte Stimme.

Es war noch jemand im Raum.

»Streich!«

Er benötigte einen Augenblick, bis er den Sprecher entdeckte. Er stand an der Tür, ein großer, schlanker, aufrecht stehender Mann, schwarze Haare, dunkler Anzug, elegante Erscheinung. Kalt musterte er die Szenerie, bevor sein Blick auf Streich hängenblieb.

»Was wollen die von Ihnen?«, fragte er.

Streich antwortete nicht gleich, setzte sich erst mühsam auf, rutschte an die Wand und lehnte sich mit dem Rücken dagegen.

»Haben Sie eine Zigarette?«, fragte er dann.

Der Mann griff in seine Hosentasche, fingerte aus der Schachtel eine Kippe, bückte sich zu Streich herunter, steckte sie ihm zwischen die Lippen und gab ihm Feuer.

Das Nikotin belebte Streich. Er betrachtete seinen Finger. Am Gelenk klaffte die Haut auseinander.

Der Mann wiederholte seine Frage. »Was wollen die von Ihnen?« Jetzt erst fiel ihm der französische Akzent auf, nicht sehr stark, aber doch unüberhörbar.

Er ließ sich Zeit, sah wieder zu dem Kleinen auf dem Stuhl, zu dem Mann, der hinter ihm stand. Gedrungener Körperbau, Ringerfigur, eine auffällige Narbe im Gesicht. Er drückte dem Kleinen ein Messer an die Kehle. Deshalb saß der so steif da.

»Geld!«, antwortete Streich endlich, nach einem erneuten Zug an der Zigarette.

»Geld?«

Streich nickte. »Siebenhundert.«

Der Mann mit den dunklen Haaren wechselte einen Blick mit Narbengesicht, der wie der Schwarzhaarige einen dunklen Anzug trug, nickte ihm zu. Mit seiner freien Hand zog er ein Bündel Geldscheine aus seiner Hosentasche, reichte es rüber.

Der Schwarzhaarige zählte ein paar Scheine ab, gab den Rest zurück, stellte sich vor den Kleinen und wedelte mit dem Geld vor dessen Gesicht.

»Das sind achthundert. Hundert für die Unannehmlichkeiten. Damit ist die Sache erledigt. Ich will euch hier nie wieder sehen! Nimm deinen Partner und verschwinde!«

Narbengesicht nahm das Messer vom Hals des Mannes, ließ die Klinge einfahren und steckte es mit einer gleitenden Bewegung in seine Hosentasche.

Der Kleine erhob sich langsam, als traute er der Sache nicht, sah vom einen zum anderen.

»Alors!«, zischte ihm Narbengesicht zu und versetzte ihm einen Stoß in die Rippen, der ihn zu dem Großen wanken ließ. Der stöhnte, das Blut aus der Stirnwunde im ganzen Gesicht verteilt. Mühsam half der Kleine ihm auf die Beine, packte ihn unter der Schulter und schleifte ihn geräuschvoll zur Tür. Sowie die beiden die Wohnung verlassen hatten, warf der Schwarzhaarige die Tür mit Schwung zu.

Streich erhob sich, schnippte seine aufgerauchte Kippe ins Spülbecken.

»Noch eine?«, fragte der Schwarzhaarige.

Streich nickte.

»Arnolt Streich?«, fragte er, nachdem der ehemalige Legionär den ersten Zug genommen hatte.

»Ja.« Streich zog nochmals. »Was wollen Sie von mir?«

»Quatre d'un coup?!« Er lachte kurz.

Streich reagierte nicht.

»Sie sind Soldat. Wehrmacht. Dann in der Legion. Dreizehn Jahre. Im Großen und Ganzen zur Zufriedenheit ...«

»Wenn da nicht ...« Das Deutsch von Narbengesicht hatte einen wesentlich stärkeren Akzent. Er formte mit Zeigefingern und Daumen seiner beiden Hände eine Brille, hielt sie sich vor die Augen.

Streich wartete.

»Lassen wir das ...«, unterbrach ihn der Schwarzhaarige. »Legio patria nostra, Sie kennen das Motto der Legion. Fehler kann man machen. Vor allem kann man sie ausbügeln.«

»Kann ich ...?« Streich deutete mit dem blutigen Finger zum Spülbecken.

»Ja bitte«, erwiderte der Schwarzhaarige mit großzügiger Geste. Streich hielt den Finger unter den Wasserstrahl, der Beckenboden färbte sich rot. Mit dem Küchentuch verband er die Wunde, nahm das Glas von der Spüle, füllte es und trank.

»Ich kann Ihnen leider nichts anbieten.« Der ironische Tonfall misslang.

Der Schwarzhaarige reagierte nicht darauf. »Adjudant-chef, nicht wahr, Streich! Das war Ihr letzter Rang.« Er machte eine Pause. »Der Kampf gegen die Terroristen in Algerien tritt jetzt in die entscheidende Phase. Wir haben in den letzten Monaten viele Siege errungen, in Algier sind uns eine Reihe Führungskader in die Hände gefallen, die Zahl der Anschläge konnte drastisch reduziert werden. Sie waren dabei, Sie haben im 2ᵉ Régiment Étranger de Parachutistes, der besten Einheit der Fremdenlegion, gedient. Warum Sie … Un moment.«

Er kramte in seiner Tasche und bot Streich noch eine Zigarette an. Erst als der seinen Zug genommen hatte, sprach er weiter.

»Trotz dieser Erfolge geben die Terroristen der FLN nicht auf. Sie sammeln sich an der Grenze. Aber sie brauchen Waffen. Viele Waffen.«

Er ließ Streich nicht aus den Augen, doch der reagierte nicht, dachte nur an den Artikel in der Zeitung. An den Anschlag in der Guiollettstraße. Das Bild des gesprengten Mercedes.

»Es gibt überall auf der Welt Hunde, die die Fellaghas unterstützen. Hier in Deutschland Politiker, Schriftsteller, Intellektuelle … Sie wissen, wie die genannt werden?«

Streich verneinte mit einem angedeuteten Kopfschütteln.

»Kofferträger. Verblendete Menschen, die nicht sehen wollen, dass sie den Kommunisten Vorschub leisten, barbarische Banden, die Verbrecher transportieren, Waffen schmuggeln und falsche Nachrichten über das, was wir in Algerien machen, verbreiten. Die behaupten, dass Algerien nicht Teil der französischen Nation ist.« Er hielt inne und steckte sich nun ebenfalls eine Zigarette an. »Und es gibt die, die Waffen besorgen, die am Tod französischer Soldaten verdienen, auch am Tod von Legionären.«

Streich hörte regungslos zu. Der Tote, über den er in der Zeitung gelesen hatte … Er musste einen Moment nachdenken, bis ihm der Name einfiel.

»Dieser Puchert …«, sagte er schließlich, zwischen zwei Zügen. Der Schwarzhaarige verzog seine Lippen zu einem Grinsen.

»Sie haben ihn …?! Geheimdienst?«

»Wir haben Puchert gewarnt … Geld geboten. Viel Geld … Keine Waffen an Fellaghas. Mais non, c'était un con!« Narbengesicht hatte sehr erregt gesprochen. Der Schwarzhaarige machte eine beschwichtigende Geste in seine Richtung.

»Nun, er wird jetzt keine Waffen mehr an die Terroristen verkaufen. Aber er ist nicht der Einzige, der das macht. Es gibt andere, die die Lücke füllen. Die FLN zahlt gut, muss gut zahlen …«

»Die Rote Hand?«, warf Streich ein.

Der Schwarzhaarige lachte. »Rote Hand, Schwarze Hand, von mir aus auch Grüne Hand. Glauben Sie, was in der Zeitung steht, glauben Sie es nicht, wichtig ist nur, dass wir diesen Mördern das Handwerk legen …« Für einen Moment schien er die Contenance zu verlieren. Oder war das Teil des Spiels?

»Was habe ich damit zu tun?«, unterbrach ihn Streich.

»Ja, was haben Sie damit zu tun, Quatre d'un coup? Oder wollen Sie es lieber so, wie es Ihre deutschen Kameraden gesagt haben? Vier-auf-einen-Streich.« Der Schwarzhaarige sprach nun wieder mit ruhiger Stimme.

»Lassen Sie das!«, blaffte Streich ihn an. Narbengesicht grinste bei der Erwähnung des Namens und noch mehr bei Streichs erregter Reaktion.

»Ich dachte, dass das ein Ehrenname ist! Ein Nom de Guerre, ehrlich erworben.«

Streich ermahnte sich zur Ruhe. »Streich genügt. Von mir aus auch Arnolt.«

»Arnolt«, führte der Schwarzhaarige weiter aus. »Wir brauchen Ihre Hilfe.«

Streich wartete.

»Puchert ist tot. Er wird keine Waffen mehr liefern. Aber die Mörder von der FLN haben schon neue Leute gefunden, die für ihn einspringen. Kennen Sie Rolf Mühlbauer?«

Streich schüttelte den Kopf.

Narbengesicht hielt ihm ein Bild entgegen. Ein blasses, rundliches Gesicht mit Stirnglatze blickte ihn an. Es drückte Selbstzufriedenheit aus. Ein Mann von etwa fünfundfünfzig Jahren.

»Das ist Rolf Mühlbauer. Er wird liefern, und zwar bald. Sie müssen uns helfen, das zu verhindern.«

Streich wartete wieder, bevor er fragte: »Wie?«

Der Schwarzhaarige trat ans Fenster und winkte Streich zu sich. »Mühlbauer ist ein sehr vorsichtiger Mann. Besonders seit dem *Unfall* von Puchert. Er hat einen Leibwächter, verlässt sein Haus nur, wenn es absolut notwendig ist. Er benutzt dann einen Wagen, den wir nicht kennen. Aber wir haben die Information erhalten, dass er ihn irgendwo auf diesem Gelände versteckt. Angeblich lässt er sich immer in einem anderen Auto hierherchauffieren und nimmt dann seinen Wagen. Ihr Vermieter, Monsieur Bommel, nicht wahr«, er blickte Streich in die Augen, worauf dieser erneut ein Nicken andeutete, »ist ein alter Geschäftspartner von Mühlbauer. Die beiden kennen sich schon lange. Ist Ihnen irgendetwas aufgefallen? Haben Sie eine Ahnung, wo der Wagen stehen könnte?«

Streich verneinte.

»Sie wissen es nicht?«

»Ich passe auf den Hof auf, darauf, dass hier kein Fremder rumläuft. Dahinten in der kleinen Halle ist eine Tischlerei. Ansonsten«, er hob seine Schulter, »habe ich keine Ahnung. Ist nicht meine Aufgabe.«

Der Schwarzhaarige sah Streich einige Sekunden lang durchdringend an, als könnte er so herausfinden, ob er die Wahrheit sagte.

»Warum fragen Sie nicht Bommel?« Streich blickte den Mann an.

Der schüttelte nur leicht seinen Kopf. »Damit Mühlbauer Bescheid weiß? Nein. Mühlbauer ist sehr vorsichtig. Sie finden für uns heraus, wo Mühlbauers Wagen steht!«

»Und dann?«, wollte Streich wissen.

»Werden wir sehen. Später!«, war die vieldeutige Antwort, dieses Mal von Narbengesicht.

»Mühlbauer entscheidet selbst, was geschieht«, fügte der Schwarzhaarige beim Hinausgehen kalt hinzu. »Er bekommt eine Warnung.« Daraufhin klemmte er mehrere Geldscheine unter das Grammofon und drehte sich in der Tür noch einmal um. »Sie kriegen noch mehr davon. Und …«, er machte eine Pause, bevor er weitersprach, »wir könnten Ihren Akteneintrag löschen lassen. Sie wissen, was das bedeutet?!«

Der Verrat

Langsam dreht sich der Ventilator an der Decke. Es ist heiß in dem Zimmer an diesem Mittwochabend, aber besser, viel besser, als die letzten zwei Wochen draußen im Gelände, an der Grenze. Tag und Nacht umherstreifen, feindliche Trupps aufspüren, entweder selbst vernichten oder Helis anfordern. Zwei Wochen in sengender Hitze am Tag, in klirrender Kälte nachts. Das Foto mit ihrem Bild in seiner Tasche. Sie ist im Bad. Singt. Singt für ihn. Ihre Stimme erregt ihn. Wie beim ersten Mal, als sie in den Schankraum kam. Von ihrem Vater gerufen. Jung. Ein Mädchen fast. Mit dieser Stimme. Er liegt auf dem Rücken, den Kopf auf dem Kissen. Die vom Ventilator aufgewirbelte Luft streichelt seine Haut. Verteilt den Qualm seiner Zigarre in der Luft. Vorbote dessen, was noch folgen wird. Die Tür geht auf. Alina im Rahmen. Die nassen roten Haare. Ein Bild. Um ihren Körper ein dünnes, buntes Tuch geschlungen. Sie sieht ihn an. Der Ventilator weht ihr würzig-herbes Parfüm zu ihm herüber. Sie macht zwei Schritte auf ihn zu. Zieht das Tuch über ihre rechte Schulter. Zentimeter für Zentimeter. Wie er es mag. Kommt langsam näher. Er kann sich nicht sattsehen daran. Von unten, aus der Bar, wo die Kameraden sitzen, dringt lautes Gelächter zu ihm herauf. Sie lässt das Tuch die linke Schulter hinabgleiten. Erlaubt ihm einen Blick auf den Ansatz ihrer Brüste.

Plötzlich Getrampel auf der Treppe. Stiefel. Alina zieht das Tuch hoch. Um den Hals zusammen. Ein Schlagen gegen die Tür. Alina sieht ihn an. Er nickt. Sie verschwindet im Bad.

Er steht auf, streift seine Hose über, geht an die Tür. Öffnet. Wird zur Seite gestoßen. Drei, vier, fünf Paras dringen in den Raum ein. Als wäre er nicht da.

»Wo ist die Kleine?«

Ein großer Kerl. Sous-Lieutenant.

»Wo?«, herrscht ihn der Mann an.

Ein Handzeichen. Zum Bad. Einer der Soldaten öffnet die Tür. Ein Aufschrei. Spitz. Zerrt das Mädchen heraus.

Er stellt sich neben sie. »Was ist mit ihr? Sie ist mein Mädchen!« Will den Arm um sie legen.

»Sie ist eine Rebellin!« Der Sous-Lieutenant sieht ihn kalt an.

»Nein. Ihr Vater ... ist ein Colon.«

Der Offizier spuckt aus. Stößt ihn zur Seite.

»Noch schlimmer. Macht gemeinsame Sache mit dem Feind. Und du?«

Sie sieht zu ihm herüber.

Er steht starr. Unfähig, etwas zu sagen.

»Arnolt ...«

Sie führen sie hinaus ... sie singt ... er läuft zur Tür. Eine Hand hält ihn fest.

»Non!«

Strafarbeit

Spät am nächsten Vormittag wurde Streich von einem Geräusch geweckt. Sein Schädel brummte. Er war noch bei Ali gewesen, hatte sich zwei Flaschen Schnaps gekauft, Bier dazu, hatte abgewunken, als der wissen wollte, was los wäre, war zurück in seine Wohnung, hatte am Fenster stehend getrunken und geraucht. Starr hatte er auf den Hof geschaut, auf die Garagen und Hallen, Bilder aus den Kriegen waren gekommen und gegangen. Er hatte überlegt, wo der Wagen dieses Mühlbauers stehen konnte, und diese Überlegungen gleich wieder verworfen. Das Geld, das sie ihm angeboten hatten, war ihm egal, aber der Eintrag … wenn der gelöscht würde, ohne dass er …

Was dieser Mühlbauer machte, war ihm gleich. Er war Teil eines Krieges, so wie der Schwarzhaarige und das Narbengesicht. Streich wusste, dass keine Seite der anderen in irgendetwas nachstand, was Brutalität, Folter und all die anderen Grausamkeiten anging.

Irgendwann hatte er nicht mehr stehen können, aber das Gedankenkarussell in seinem Kopf hatte sich weitergedreht. Immer weiter.

Vielleicht war das Geld doch wichtig. Für seine Zukunft … irgendwo, nicht in Deutschland … Aber würden sie ihn danach in Ruhe lassen? … Er begab sich dadurch in ihre Hand … Hier ein Auftrag, dann noch einer, dann noch ein letzter und ein allerletzter. Er kannte das. Spiele ohne Ende … Aber sie wollten doch nur wissen, wo der Wagen da stand …

Er hatte noch einen Schluck getrunken, die Flasche geleert, die nächste genommen, weitergetrunken, bis irgendwann in der Nacht der Schlaf sich seiner gnädig gezeigt hatte und ihn unruhig auf dem harten Küchenboden hin- und herwälzen ließ.

Wieder war da dieses Geräusch. Doch er war unfähig, sich zu bewegen. Schläge. Nahe Schläge. Sein Kreuz schmerzte von dem harten Boden. Ihm war kalt. Die Feuchtigkeit war in jede Pore eingedrungen. Er streckte seine Beine aus, die er eng an seinen Körper gewinkelt hatte.

Wieder ein Schlag.

In seinem Kopf das Karussell.

»Streich!«

... vier, fünf ... Automatisch begann er, brach ab.

»Mach auf, Streich! Ich weiß, dass du da bist. Ich komme nicht umsonst hier raus!«

Bommel!

Minuten dauerte es, bis er sich endlich aufgerappelt hatte. Und einige Schläge und Rufe. »Streich! Mach endlich auf!«

Er quälte sich zur Tür.

»Wie siehst du denn aus!« Bommel wandte sein Gesicht angewidert ab.

Streich drohte einzuknicken, Bommel erschrak, wich ein Stück zurück, Streich fing sich, wankte zur Spüle, ein Blick in den Spiegel, beugte sich über das Becken und schaufelte Wasser in sein Gesicht. Ohne Wirkung. Er starrte an die Wand. Der Kalender. Las, warum auch immer, den Spruch des gestrigen Tages: »Der Mensch ist ein Schüler, Schmerz ist sein Lehrer.«

Bommel trabte mit schweren Schritten in die Wohnung, schob Streich zur Seite, füllte den Tauchsieder und schaltete ihn ein.

Streich lehnte an der Wand, bleich.

»Gibt es was zu feiern, Streich?« Er lachte keuchend, da entdeckte er das Geld unter dem Plattenspieler, nahm die Scheine, die der Schwarzhaarige daruntergeschoben hatte, zählte. »Fünfhundert Mark. Da muss eine alte Frau lange für stricken. Wo hast du die denn her?«

Ruckartig drehte sich Streich um, so schnell, dass ihm schwindelig wurde. Er funkelte Bommel an, worauf der das Geld gleich wieder weglegte.

»Schon gut, schon gut. Man wird ja mal fragen dürfen.«

Ein paar Minuten später stand ein Becher mit dampfendem Kaffee vor Streich, der sich inzwischen an den Tisch gesetzt hatte.

»Trink!«, forderte ihn Bommel auf, ihm gegenüber auf die Kante des Tisches gestützt, der bedenklich ächzte. Vorher hatte er noch das Fenster aufgerissen. »Stinkt hier wie im arabischen Männerpuff!«, hatte er naserümpfend ausgestoßen.

Streich trank in kleinen Schlucken und ließ sich von seinem Gast die Zigaretten von der Fensterbank reichen. Bommel schmiss die Packung und die Zündhölzer vor ihn auf den Tisch neben den Becher. Mit zittrigen Fingern fummelte sich Streich eine Kippe heraus und schaffte es mit dem dritten Versuch, sie anzuzünden. Mitleidlos beobachtete Bommel ihn dabei.

Nach dem zweiten Kaffee kam er zur Sache. Am offenen Fenster stehend, gab er ihm ein Zeichen, zu ihm zu kommen.

»Die zwei Garagen und der Lagerraum dahinten …«, er deutete mit dem ausgestreckten Arm zum anderen Ende des Geländes, »ich habe einen Mieter dafür gefunden. Ich weiß nicht, was da für ein Dreck drin rumliegt. Aber der muss raus, komplett. Ich stelle dir einen Hänger in den Hof, auf den kannst du alles draufschmeißen.«

Er blickte Streich an. Der starrte nach draußen.

»Bis Freitag ist das fertig, verstanden? Kannst dich endlich mal nützlich machen.«

Streich nahm zitternd einen Schluck vom Kaffee und verschüttete dabei ein wenig. Bommel machte einen Schritt zur Seite. »Pass doch auf! Muss nicht jeder rumlaufen wie du!«

»Wer will die Garagen?«, fragte Streich.

»Kann dir egal sein«, blaffte ihn Bommel an. »Mach einfach deine Arbeit.«

Streich schluckte seinen Ärger hinunter.

»Ist mir auch egal. Nur ... falls da jemand kommt, den ich nicht kenne.« Das Sprechen strengte Streich an.

»So schnell kommt da keiner«, erklärte Bommel.

»Hat dahinten außer dem Tischler eigentlich sonst noch jemand ... Räume gemietet?« Es sollte beiläufig klingen.

»Sonst noch jemand? Meinst du jemand Bestimmtes?« Bommels Blick und Stimme hatten nun etwas Lauerndes.

»Man könnte hier doch Autos unterstellen ... Sind schließlich Garagen ... Das bringt gutes Geld.«

Bommel ließ ihn nicht aus den Augen. »Pass auf, Streich!«, ermahnte er ihn schließlich. »Deine Aufgabe ist es, aufzupassen, dass hier keiner rumläuft, der nicht hier rumlaufen darf, verstanden! Kinder eingeschlossen. Ist das klar! Mehr hat dich nicht zu interessieren!«

Streich ließ es dabei bewenden.

»Einen Moment«, ächzte er, als Bommel sich zur Tür aufmachte. Fragend blickte er Streich an.

»Es ist der dreißigste.« Er rieb Zeigefingerspitze und Daumen aneinander.

»Übermorgen ist der erste«, wies ihn Bommel zurecht. »Und du hast doch Geld.« Er deutete Richtung Plattenspieler.

Streich blieb hartnäckig und streckte seine Hand aus. Widerwillig griff Bommel in seine Hosentasche, ließ die Scheine auf den Küchentisch fallen und wandte sich ab.

Streich fasste ihn an der Schulter. »Bin ich eigentlich hier gemeldet?«

»Wozu denn? Ist nicht nötig!«, erwiderte Bommel, ohne sich umzudrehen, und verschwand in dem schmalen Treppenhaus.

Am Nachmittag suchte Streich Ali auf. Fünf, sechs Kunden standen am Wasserhäuschen, grüßten kurz. Er bestellte ein Bier.

»Was Neues wegen dem Anschlag?«, fragte er, während Ali ihm die Flasche reichte.

Der schüttelte den Kopf. »Nee, nur das, was du schon gelesen hast. Rote Hand. Klingt wie Jerry Cotton oder so. Die Franzosen sollen es sein. Führen ja schon wieder Krieg.«

»Gegen die Kommis«, warf ein Mann ein, der sich neben Streich stellte und eine Packung Zigaretten haben wollte. »Befreiungskampf«, sagte er verächtlich. »Hängen überall die Russen drin. Hätten wir die vor Moskau nur … aber die Generäle …«

»Ist gut Ewald«, beschwichtigte Ali. »Wenn es nur nach dem Führer gegangen wäre, stünden wir heute am Pazifik …« Er lachte.

Gekränkt zog Ewald davon. »Der Führer ist nicht vergessen. Merkt euch das«, rief er aus, ohne sich umzudrehen.

»Kennst du einen Lorenz?«, fragte Streich.

»Lorenz«, wiederholte Ali nachdenklich und schüttelte den Kopf.

»Gut angezogen. Hochnäsig. Fährt eine Isabella.«

Ali überlegte und beugte sich dann über die Auslage. »Herbert, komm mal rüber!«

Ein Mann mit Stirnglatze und mächtigem Bauch tapste zu ihnen. »Was'n, Ali?«, fragte er.

Ali wiederholte Streichs Frage.

Herbert schob seine Unterlippe vor und fuhr sich mit der Hand über den Bauch.

»Jau, den kenn ich. Schnösel vor dem Herrn. Macht auf dicke Hose. Ist aber alles von Papi. Und wo der es her hat, der alte

Herr ... weiß sich immer mit den richtigen Leuten gutzustellen ...
war schon vor tausend Jahren so.« Er grunzte zufrieden.

»Wo wohnt der?«, hakte Streich nach.

Herbert drehte sich mühevoll um und blickte Streich in die
Augen. »Warum willste denn das wissen?«

»Habe mit dem Herren was zu klären.«

Herbert schaute zu Ali, der nickte.

»Nicht weit von hier, schickes Häuschen.« Er nannte ihm die
Adresse.

Streich bestellte zwei Bier, schob eines davon zu Herbert.

»Danke, der Herr!«, sagte der spöttisch und ging wieder.

Streich rief sich das Foto Mühlbauers in Erinnerung und überlegte,
ob er den Mann schon einmal auf dem Gelände gesehen hatte.
Er wusste von einer Garage, in der ein Vorkriegswagen stand, da
hatte in den ersten Wochen, nachdem er in die Wohnung gezogen war, ein junger Kerl dran geschraubt, aber dann war der irgendwann nicht mehr gekommen. Wo könnte Mühlbauer seinen
Wagen untergestellt haben? Bommel hatte vehement reagiert, als
er nach den Mietern der Garagen fragte. Nur weil es ihn nichts
anging? Oder weil da tatsächlich jemand seinen Wagen unterstellte, von dem niemand etwas wissen dufte?

Zunächst aber kümmerte sich Streich um Lorenz und machte
sich noch am späten Abend, mit der einsetzenden Dämmerung,
auf zu der Adresse, die ihm Herbert am Wasserhäuschen genannt
hatte.

Als er in die Straße einbog, fiel ihm gleich die Isabella ins Auge.
Das Haus, vor dem sie am Gehweg parkte, war weder sehr groß
noch protzig. Alt, schon vor der Jahrhundertwende gebaut, mit
einem kleinen Anbau neueren Datums, einem Garten und Bäu-
men zur Straße hin. Ein Tretroller lag verloren auf dem Rasen.
Die anderen Häuser in der Gegend waren in einem ähnlichen Stil

erbaut, kleine Nuancen oder Anbauten gaben jedem eine eigene Note. Die Gaslaternen verstärkten die idyllische Anmutung. Ein Mann mit einem Pudel kam ihm entgegen und verbarg nicht seine misstrauischen Blicke, mit denen er den Fremden bedachte. Streich nickte ihm zu und ging weiter. Zweifellos war der Mann stehen geblieben und sah ihm nach.

Neben der Isabella verlangsamte er seine Schritte und betrachtete den Wagen. Am hinteren Kotflügel erkannte er die Beule. Das genügte ihm.

Am Dienstag ging Streich lustlos zu den Garagen hinüber. Sie befanden sich am anderen Ende des Geländes, zwei Garagen und rechts daneben ein kleiner Lagerraum, eine ehemalige Werkstatt, wie ein verblichenes, stark angerostetes Blechschild am Tor verriet. Streich begann mit der äußeren Garage, die jemand zum Entsorgen von Steinen und Sand benutzt hatte. Die großen Steine trug Streich zu dem Hänger, den ihm Bommel hingestellt hatte, alles andere brachte er mit Eimern hinaus und schüttete es dazu. Tage in sengender Hitze. Stein um Stein schleppt er auf die vier Meter breite Piste, um sie zu befestigen. Alles mit der Hand. Sie haben nur Spaten, Spitzhacken und Fäustel. Und Maschinenpistolen. Immer griffbereit. Hoffentlich zeigen sich bald ein paar Fellaghas, denkt er, er ist zum Kämpfen hier, nicht zum Straßenbau. Er und zwei Kameraden haben getrunken. Viel zu viel, haben in der Kaserne gesungen, laut, fast gebrüllt. Die Wache hat die Rebellen erst spät gehört. Wegen ihnen. Zwei Wochen Straßenbau ist die Strafe. Gut fahren würden sie damit, hat der Kommandant das Urteil kommentiert. Bei anderen wären sie an die Wand gestellt worden. Gelacht hat er. Jetzt baut er die Piste, damit sie mit ihren Fahrzeugen schneller zu den Einsatzorten fahren können. Einheiten der Réserve générale sind unterwegs, spüren die Fellaghas auf, jagen sie, töten sie. Dann kommen die regulären

Einheiten und erledigen den Rest. Die Sonne brennt unerbittlich. Alle Stunde eine kurze Pause zum Trinken. Dann weiter. Stein um Stein. Zwei Wochen. Die kalten Nächte. Einer desertiert. Mit seiner Waffe. Weit wird er nicht kommen. Sie werden ihn erschießen. Das schlimmste Vergehen: Desertion. Das allerschlimmste: Desertion mit Waffe. Da ist die Erschießung definitiv.

Die Pausen beim Ausräumen nutzte er dazu, die Türen der anderen Garagen und Lagerräume zu überprüfen. Alle waren verschlossen.

Während dieser Suche glaubte er einmal, das Mädchen zu sehen, ein Schatten zwischen zwei Garagen, einen Block in der Hand, aber als er hinging, war sie wie vom Erdboden verschluckt.

Am nächsten Tag setzte er seine Arbeit in der zweiten Garage fort, musste sie dann jedoch abbrechen, weil der Hänger voll war. Von einer Telefonzelle aus benachrichtigte er Bommel, anschließend besuchte er Ali, der ihm nach kurzem Gruß ein Bier reichte.

Streich zündete sich eine Morris an. Ali kam heraus, stellte sich zu ihm und blickte auf seine verschmutzte Kleidung.

»Bin am Räumen«, erklärte er und wechselte gleich das Thema. »Gibt es was Neues zu dem Anschlag?«, fragte er. Ali blätterte seine Zeitungen durch und blieb so auf dem aktuellen Stand.

»Nee«, erwiderte er. »Französischer Geheimdienst. Mehr nicht. Da scheint keiner größeres Interesse dran zu haben. Aber wenn dich das interessiert, frag Ferdinand, der kennt sich aus.«

Streich machte ein verächtliches Gesicht.

Der rote Rudi stellte sich zu ihnen. »Ihr redet über die Anschläge ...« Es war mehr eine Feststellung als eine Frage.

Ali nickte, worauf Rudi aus der hinteren Hosentasche eine Zeitung zog.

»Hier, das müsst ihr lesen ...«, begann er, doch Ali entriss sie ihm und sah sich das Blatt an.

»*Freies Wort*«, zitierte er den Namen. »Das ist doch aus der Zone … so ein Kommunistenblatt.«

»Zone!«, echauffierte sich Rudi. »Die DDR ist ein eigenständiger Staat, in dem nicht, wie hier, alte Nazis das Sagen haben. Und das *Freie Wort*, weißt du überhaupt, was das ist? So hieß 1933 …«

Streich wandte sich ab und las. *Wann gedenkt die Bundesregierung endlich zu handeln*, war der Artikel überschrieben.

Bei Mord kann es keine politische Rücksichtnahme geben
Bereits im Januar dieses Jahres sicherten französische Geheimdienstvertreter die Einstellung der Attentate zu – Trotzdem wurde Puchert acht Wochen später in Frankfurt meuchlings ermordet – Bonn sollte auch andere Möglichkeiten in Erwägung ziehen, um Paris zu der notwendigen Achtung gegenüber der deutschen Souveränität zu bewegen.

»Das ist ein Kommunistenblatt, das hat in meiner Hütte nichts verloren.«

»Du hast ja keine Ahnung. Adenauer, der Kriegstreiber …«

Wie lange denkt die Bundesregierung noch tatenlos mitanzusehen, wie die Bundesrepublik von den Mordspezialisten französischer Geheimdienste zu einem Nebenschauplatz des »schmutzigen Krieges« in Algerien gemacht wird? Vor der Presse hat jetzt der Frankfurter Oberstaatsanwalt Heinz Wolf bekanntgegeben, was schon seit Langem allenfalls nur für das offizielle Bonn ein sorgsam gehütetes Geheimnis war: Die insgesamt sechs seit 1956 in Westdeutschland verübten Attentate, bei denen vier Menschen getötet und drei zum Teil schwer verletzt worden sind, gehen ausschließlich auf das Konto der französischen Terroristengruppe »Die Rote Hand«, deren engste Verbindung zum offiziellen Abwehrdienst Frankreichs, zum sogenannten …

»Und wo sind denn all die Nazis untergekommen. Doch nicht in der DDR.«

»deuxième bureau«, der Oberstaatsanwalt als nahezu erwiesen ansieht. Bei allen Mordanschlägen sind unbeteiligte Bürger der Bundesrepublik auf das Schwerste gefährdet worden. Als verantwortlich für die Attentate sucht die Frankfurter Mordkommission die Agenten Jean Viary, Christian Durieux und Jean Baptiste Cottem. Wolf kündigt an ...

»Hörst du mir überhaupt zu?«

Ein Schlag mit der Faust auf die Ablage riss Streich aus seiner Lektüre.

Mit hochroten Köpfen standen sich der rote Rudi und Ali gegenüber. Er nahm sein Bier, ging ein paar Meter zur Seite, ersetzte seine aufgerauchte Zigarette durch eine neue und dachte nach.

So selbstsicher, wie der Schwarzhaarige und das Narbengesicht in seiner Wohnung aufgetreten waren, wussten sie um die Protektion, die sie genossen. Also stimmte das, was die Zeitung schrieb. Wenn Mühlbauer, wie offensichtlich dieser Puchert, die Warnungen nicht ernst nahm, dann stand er auf der Abschussliste der Roten Hand.

Streich hatte kein Problem damit, es herrschte Krieg, und dieser Mühlbauer kannte die Regeln. Er selbst wollte allerdings nichts damit zu tun haben. Das Geld und der Akteneintrag, ja, aber ohne Ärger mit der Polizei oder wem auch immer. Genau den würde er aber bekommen, wenn Mühlbauer mit seinem Wagen in die Luft flog. In einer der Garagen vor seiner Wohnung. Er musste unbedingt verhindern, dass der Anschlag dort verübt wurde.

»Streich, willst du?« Ali stand vor ihm und machte eine Geste, als würde er rauchen. Rudi war nicht mehr da. »Hat genug von meinem revanchistischen Geschwätz, hat Rudi gemeint und ist gegangen«, erklärte Ali.

Streich nickte.

»Komm mit!«, forderte der Einarmige ihn auf. Streich folgte ihm an die Hintertür des Wasserhäuschens, wo eine Stange Zigaretten den Besitzer wechselte.

»Kannst mir das Geld die Tage geben«, meinte Ali, »gestern war ja erst der erste, und dein Bommel ist bekannterweise nicht der Pünktlichste.«

Wortlos griff Streich in seine Hosentasche und reichte ihm das Geld.

»Es geschehen noch Zeichen und Wunder«, kommentierte Ali gespielt erstaunt.

»Was ist heute für ein Tag?«

»Mittwoch«, antwortete Ali.

Der Hänger stand schon geleert im Hof vor den Garagen, als Streich zurückkam. Er eilte nach oben und begann, sich für seinen Besuch bei Gilla fertig zu machen. Wenn Ali nicht erwähnt hätte, dass heute der erste war, er hätte seinen Mittwochstermin glatt vergessen. Das war ihm vorher noch nie passiert.

Pünktlich um acht betrat er ihr Zimmer. Sie lächelte ihn an, und ihm schien, dass darin auch eine Erleichterung lag. Vielleicht fürchtete sie nach seinem letzten Besuch, wegen des Bildes von ihr mit ihrer Nichte, dass etwas zwischen sie getreten sein könnte und er nicht mehr kommen würde. Doch zu ihrer Beruhigung verlief auch ihre weitere Begegnung nach dem gleichen Ritual wie in all den Monaten zuvor. Anschließend paffte er an seiner Zigarre, während sie ihre zweite Zigarette anzündete.

»Hat Drei-Finger-Diether noch mal was gesagt?«

Sie schüttelte den Kopf. »Hat genug anderen Ärger im Moment. Irgendwer versucht, ihm seine Mädchen abzuwerben.«

»Weißt du, wie der Kerl heißt, dem ich eine verpasst habe?«

»Nein, warum?«

Streich zog an der Zigarre. »Nur so, ist doch interessant, was das für Kerle sind, die es nötig haben, eine Hure zu verprügeln …«

»Arm ist der jedenfalls nicht, was ich gehört habe. Aber so sind sie, die Herren, die draußen von Sauberkeit und Ordnung reden. In den eigenen Vorgarten lassen die sich nicht gucken, und sie wissen auch, warum … Bist du dem über den Weg gelaufen?«

Streich schüttelte den Kopf. »Ist mir gerade nur so eingefallen.« Damit nahm er einen letzten Zug und lag danach schweigend da. Gilla war anders als die Huren, die er vor ihr in seinem Leben kennengelernt hatte. Sie war selbstbewusst und hatte den Zuhälter sicher nur, weil es sich so gehörte, nicht weil sie ihn brauchte. Wie wurde eine Frau wie sie nur zur Hure? Und warum? Ob sie von einem anderen Leben träumte? Er rief sich das Bild mit ihrer Nichte in Erinnerung. Ihren Blick.

Am nächsten Tag wurde Streich mit dem Räumen der zweiten Garage fertig. Gegen sechs Uhr schüttete er den letzten Eimer Schutt auf den Hänger und machte sich anschließend auf den Weg zu Franz Jung, den er an diesem Abend jedoch nicht im Boxclub antraf. Irgendwo trinken, wurde ihm erklärt, er wäre im Moment ungenießbar, weil er Max gegen den Ratschlag aller hatte antreten lassen und der, grün und blau geschlagen, jetzt im Krankenhaus lag.

Daraufhin leistete Streich sich eine Trambahn zurück zu seiner Wohnung, mit dem Geld der beiden Franzosen in der Tasche ging das. Er wollte gerade in den Hof abbiegen, da sprangen aus einem Fahrzeug, das er nicht beachtet hatte, zwei Männer. Streich ballte schon die Fäuste, als er den Schwarzhaarigen und Narbengesicht erkannte.

»Los, rein!«, forderte ihn der Große auf und drängte Streich in die Einfahrt. »Hast du den Wagen gefunden?«, fragte er, ohne jede Höflichkeitsfloskel.

»Nein!«

»Wie nein? Das Geschäft geht bald über die Bühne, wenn Mühlbauer nicht …«

»So einfach ist das nicht …«

»Natürlich ist das einfach. Eine ganz einfache Aufgabe«, unterbrach ihn der Schwarzhaarige. »Du sagst uns, wo das Auto steht, wie wir am besten rankommen und …«

Streich fiel ihm ins Wort. »So war das nicht abgemacht. Ich sollte nur nachschauen, wo der Wagen steht …«

»Nichts da!« Die Augen des schlanken Mannes funkelten. »Wenn der Wagen hier ist, will ich auch wissen, wie wir an ihn herankommen. Verstanden?«

»Ihr wollt ihn also …«

»Das geht dich nichts an. Statt zu den Nutten zu gehen, solltest du lieber deine Arbeit machen.« Aus seiner Hosentasche holte er ein Foto und hielt es in den schwachen Lichtschein einer der Lampen im Hof. »Hier, schau dir an, was die Schweine mit den Waffen machen, die sie von Leuten wie Mühlbauer bekommen.«

Das Bild zeigte einen verstümmelten Mann in der Uniform eines französischen Soldaten, dessen Gesicht ein einziger Brei war und dem beide Hände abgeschnitten worden waren.

»Das müssen wir beenden. Sieh hier!« Er zog ein anderes Foto hervor. Ein junger Soldat mit kreisrundem Loch in der Stirn lag im Staub einer unbefestigten Straße. »Oder hier!« Ein blasser junger Soldat, dessen Kehle weit aufklappte. »Der war übrigens auch bei einer Nutte … Musst vorsichtig sein, Vier-auf-einen-Streich. Und spätestens übermorgen will ich wissen, was mit dem Auto ist.«

Damit ließen ihn die beiden stehen und verschwanden so schnell in der Dunkelheit der Nacht, wie sie gekommen waren.

Racheengel

Bis um fünf Uhr am Nachmittag hatte Streich auch die ehemalige Werkstatt ausgeräumt, der Hänger stand beladen im Hof. Es fehlten nur noch der Schutt und der Müll, den jemand in die Grube in der Mitte der Halle geworfen hatte. Früher war sie benutzt worden, um bequem an der Unterseite von Autos arbeiten zu können, als diese Funktion nicht mehr nötig war, hatte man Abfall hineingeworfen, bis die Grube mit dem Hallenboden fast eine ebene Fläche bildete. Streich war versucht, es dabei zu belassen, und ging nach draußen, um der staubigen Luft zu entkommen und eine Zigarette zu rauchen.

Nacheinander verließen die Arbeiter aus der Tischlerei das Gelände und grüßten stumm zu ihm herüber. Streich nahm einen letzten Zug und warf den Stummel auf den Boden, als ein Wagen heranrauschte und einige Meter neben ihm scharf abbremste. Er hob seinen Blick. Ein beiger Mercedes. Bommel stieg aus.

»Und?«, fragte er, ohne vorher zu grüßen.

Streich blickte ihn nur kurz kalt an, nahm dann eine neue Kippe aus der Schachtel, zündete sie an und inhalierte.

Bommel wollte zum Sprechen ansetzen, überlegte es sich anders, ging stattdessen zum Hänger und inspizierte ihn.

»Noch viel da drin?«, fragte er, nachdem er zu Streich zurückgekehrt war. Er deutete auf die Halle.

Streich nahm einen tiefen Zug, bevor er antwortete. »Musst nachschauen!«

Zornig blickte Bommel ihn an und ging wortlos an ihm vorbei in die Halle, blieb dort einige Momente, während der Streich sich nicht rührte, nur rauchte. Dann erschien Bommel wieder und verschwand gleich darauf in einer der bereits geräumten Garagen. Danach kam die andere dran.

»Gut!«, begann er, als er wieder vor Streich stand. »Die Grube räumst du noch aus, verstanden?!«

Damit ging er zu seinem Wagen, ließ sich schwer auf den Sitz fallen und fuhr los, nur wenige Zentimeter an Streich vorbei. Der schnippte den Rest der Zigarette auf das Auto. Worauf Bommel es sich nicht nehmen ließ, zum Abschied zu hupen.

Das Motorengeräusch verklang. Es war wieder ruhig auf dem Gelände. Streich ging in seine Wohnung und öffnete eine Flasche Bier, wollte erst seinen Plattenspieler anstellen, überlegte es sich dann aber anders. Er ging wieder nach unten, stellte sich vor die Grube und betrachtete das Geröll und den Müll, bevor er damit begann, Schutt, verrottete Ersatzteile, Kisten mit Papieren und Akten nach draußen zu schleppen. Erst konnte er nur eine, dann zwei der Stufen hinabsteigen, zwei weitere Stunden dauerte es, bis Streich zum Grund der Grube vorgedrungen war. Der Hänger war inzwischen übervoll, was nicht mehr darauf passte, hatte er daneben gestapelt.

Eine schwere Kiste und ein großes, morsches Brett, das plan an der Wand lehnte und von der Kiste gestützt wurde, waren alles, was er noch hinausschaffen musste. Die Kiste war voller Besteck, Teller, Tassen und Becher, vieles davon zerbrochen. Das Blumenmotiv einer Tasse erinnerte ihn an die, die Lidia ihm geschenkt hatte, und er stellte sie beiseite. Leer konnte er die Kiste ohne Probleme nach draußen tragen. In dem Moment, in dem er sie neben dem Hänger abstellte, hörte er aus der Halle einen lauten Knall. Drinnen erkannte er, dass das Brett ohne den Halt der Kiste an die gegenüberliegende Wand gekippt war. Aber nicht das überraschte Streich und ließ ihn schnell die Stufen hinunter in die Grube eilen. Das Brett hatte einen Gang verschlossen, der nun sichtbar geworden war. Er drückte sich an dem Brett vorbei in den Durchlass, aus dem ihm ein muffiger Geruch entgegenschlug. Die Wucht des Aufpralls hatte Staub aufgewirbelt, der nun die Luft füllte und es ihm zusätzlich erschwerte zu erkennen, was in dem Gang war und wohin er führte.

Hustend stieg Streich die Stufen wieder nach oben, um sich zu orientieren. Links lagen die beiden Garagen, die er ausgeräumt hatte, rechts, in der Richtung, in die der Gang führte, kam bald schon die Außenmauer des Geländes.

Eine Zigarette lang betrachtete er den Gang und überlegte, wohin er führen konnte, denn die Wand der Halle war etwa drei Meter von der Grube entfernt. Streich rannte nach draußen und erkannte sofort, dass die Halle eigentlich viel größer sein musste, die Außenmauer des Geländes lag mindestens sieben oder acht Meter entfernt. Also musste sich zwischen der Außenmauer des Geländes und der Wand der Halle mit der Grube ein weiterer Raum befinden, der aber nicht vom Hof aus zu erreichen war. Das war ihm vorher nie aufgefallen.

Aus seiner Wohnung besorgte er sich eine Taschenlampe, vergewisserte sich noch einmal, dass er alleine auf dem Hof war, und wollte gerade die Halle betreten, als vom Eingang des Geländes Lärm zu hören war, den er schnell als Kindergeschrei identifizieren konnte.

Nur wenig später, die Dämmerung hatte eingesetzt, kamen sie angerannt. Wie schon die vorherigen Male jagte eine Meute wilder Jungs hinter Lidia her und schrie ihr wüste Beschimpfungen zu. Wie immer trug sie einen Block bei sich. In der Aufregung hatte keiner von ihnen Streich bemerkt. Lidia war die Erste, die ihn sah, dann auf ihn zulief und sich hinter ihn stellte. Zornig funkelte sie die fünf Jungen an, die in einigen Metern Abstand vor Streich stehen blieben. Nur Peter Lorenz wagte sich näher heran und stellte sich provozierend vor Streich.

»Polackenpack!«, rief er ihr entgegen und sah sich Beifall heischend zu den anderen Jungs um. Die waren unentschlossen, was sie machen sollten. »Ich sage meinem Vater, dass Sie mich wieder geschlagen haben. Der hat gesagt, dass Penner wie Sie ins Gefängnis gehören.«

Streich blieb ruhig. Er spürte, dass alle auf eine Reaktion von ihm warteten. Er blickte kurz über seine Schulter zu Lidia. Auch ihr war anzusehen, dass sie mit etwas rechnete, ihn regelrecht aufforderte, gegen die Jungs vorzugehen.

Streich schob die Taschenlampe in seine Hosentasche und steckte sich eine Zigarette an, ohne Hast.

»Ihr habt gesehen, dass er mich geschlagen hat!« Verhalten nickten zwei oder drei der Jungs hinter ihrem Wortführer. »Und mein Vater wird dafür sorgen, dass der Penner ins Gefängnis kommt.«

Streich harrte noch ein paar Sekunden aus, dann machte er einen Schritt auf Peter zu, der nun doch vom Mut verlassen wurde und ein Stück zurückwich.

»Angst?«, fragte Streich ruhig.

Peter machte eine herablassende Geste.

»Ich kann riechen, dass du Angst hast.«

Zwei der Jungs mussten sich ein Grinsen verkneifen.

»Das Polackenmädchen soll herkommen … und uns verraten, wo ihr Versteck ist«, forderte er mit unsicherer Stimme.

»Versteck?«, wiederholte Streich.

»Die hat ein Versteck hier. Wo sie all die geklauten Sachen hinbringt.«

Streich sah kurz zu Lidia.

»Der lügt«, rief sie und sah Peter dabei angriffslustig an.

»Komm mal her!« Streich unterstützte die Aufforderung mit

seinem Zeigefinger und ging dabei auf den Jungen zu, der ihn zögernd ansah. »Ich tu dir nichts, keine Angst. Ich will dir nur etwas sagen. Und zwar nur dir.«

Bedächtig trat er auf den Jungen zu, dem anzumerken war, dass er schwankte, was er tun sollte.

»Komm!« Streich rückte einen Meter zur Seite.

Die Jungs und Lidia blickten zwischen ihm und Peter hin und her, gespannt, wie der Junge reagieren würde. Der folgte Streich, hielt dabei aber einen Sicherheitsabstand.

Als sie sich so weit entfernt hatten, dass die anderen sie nicht mehr hören konnten, beugte sich Streich vor und flüsterte etwas in Peters Ohr. Der schien nicht zu verstehen, und Streich wiederholte seine Worte.

Einige Sekunden verharrten die beiden in ihrer Position, dann rief Peter aus, auch für die anderen verständlich: »Sie lügen doch!«

»Frag deinen Vater! Dann sehen wir weiter.«

Peter war unsicher und gab mit einem Mal das Zeichen zum Aufbruch.

»Wir kriegen dich schon noch«, konnte er dennoch nicht unterlassen, Lidia zuzurufen, während er sich, gefolgt von den anderen, die Streich neugierig anblickten, in Richtung Ausgang entfernte. »Du wirst uns noch verraten, wo dein Versteck ist.«

Lidia hatte sich nicht von der Stelle gerührt, sie sah den Jungs nach, bis sie aus ihrem Blickfeld verschwunden waren, dann wandte sie sich zu Streich um.

»Was haben Sie dem gesagt?«, fragte sie.

»Unwichtig«, erwiderte Streich. »Der wird dich jedenfalls nicht mehr ärgern.«

»Ich will das wissen!«, forderte sie, aber Streich blieb bei seinem Nein.

»Du hast ein Versteck?«, wollte er stattdessen wissen.

»Unwichtig«, bekam er zur Antwort.

Damit eilte sie an ihm vorbei zur Einfahrt, wo sie kurz stehen blieb und sich noch einmal zu ihm umdrehte. Streich war ihr langsam ein Stück gefolgt, er wollte sichergehen, dass Lidia das Gelände auch tatsächlich verließ, bevor er sich an die Untersuchung des Ganges machte.

Er wartete eine Zigarettenlänge, dann nahm er die Taschenlampe aus seiner Tasche, schloss hinter sich die Hallentür, schritt die Stufen in die Grube hinab, schob das Brett noch ein Stück zur Seite und betrat den Gang, der nicht breiter als siebzig Zentimeter und nicht höher als anderthalb Meter war, sodass er sich gebückt vorwärtsbewegen musste. Schon nach einigen Schritten endete der Gang. Streich stellte schnell fest, dass es ein Holzbrett war, das ihn am Weitergehen hinderte. Da er vermutete, dass es ebenso wie in der anderen Halle mit einer schweren Kiste gesichert war, drehte er sich um, ging in die Hocke, lehnte seinen Rücken gegen das Brett und begann zu drücken. Minuten später war er schweißnass und der Spalt groß genug, dass er sich hindurchquetschen konnte.

Der Schein seiner Taschenlampe schnitt eine Schneise in die Dunkelheit. Der Gang endete nicht in einer Grube wie drüben, sondern an einem schmalen Aufstieg, der etwa zwei Meter von der Wand entfernt in einen Raum führte, der sehr viel länger als der war, aus dem er kam, und dadurch etwas von einem Schlauch hatte. Und am Ende dieses Schlauchs, vor einem Tor, stand ein Wagen.

Streich leuchtete umher, aber außer dem Auto konnte er nichts erkennen. Langsam näherte er sich dem Fahrzeug, umrundete es. Es war ein Mercedes, ein Adenauer, das größte Modell des Herstellers. Der Schein der Taschenlampe reflektierte auf dem polierten grauen Lack. Die Sitze waren mit hellem Leder bezogen, das Lenkrad aus weißem Bakelit, das Armaturenbrett holzgetäfelt.

Zu Streichs Überraschung war die Beifahrertür nicht verschlossen. Er ließ sich auf den Sitz fallen und suchte nach etwas, das ihm definitiv verriet, dass er in dem Wagen von Rolf Mühlbauer saß. Aber alles war so aufgeräumt und sauber, dass nur die Pracht des Wagens auf den reichen Waffenhändler hindeutete.

Er öffnete das Handschuhfach und fand eine geladene Walther PPK. Endgültige Sicherheit, in dem Wagen Mühlbauers zu sitzen, gab ihm eine Visitenkarte.

Streich legte beides zurück, schloss die Tür des Wagens und inspizierte das Tor und das daran befindliche Schloss. Es war, wie er schnell feststellte, von hoher Qualität, es würde einigen Aufwand erfordern, es aufzubrechen.

Auf dem Weg, den er gekommen war, kehrte er zurück, stellte Brett und Kiste wieder an die ursprüngliche Stelle und verließ das Gelände. Inzwischen war es dunkel geworden, und er lief an der Außenmauer entlang bis zu der Stelle, an der sich die Halle befinden musste, die er vor wenigen Minuten durch den unterirdischen Gang verlassen hatte. An der Kopfseite befand sich das Tor, das er innen gesehen hatte. Dieser Mühlbauer brauchte, um an seinen versteckten Wagen zu gelangen, das Gelände also nicht einmal zu betreten.

> J'sais pas son nom, je n'sais rien d'lui.
> Il m'a aimée toute la nuit,
> Mon légionnaire!
> Et me laissant à mon destin,
> Il est parti dans le matin
> Plein de lumière!

Die Musik rauschte an Streich vorbei. Er starrte aus dem Fenster in die Dunkelheit, die Zigarette im Mund. Eine einzige Laterne tauchte den vorderen Bereich in ein schummriges Licht, das die Konturen der Mauern und Gebäude auflöste. Dahinten im Hof, am Ende, in der Ecke, wohin kein Strahl mehr reichte, war die Garage mit dem Außenzugang. In der Mühlbauers Wagen stand.

> Mon légionnaire!
> Y avait du soleil sur son front
> Qui mettait dans ses cheveux blonds
> De la lumière!

Das letzte Wort hallte in Streichs Ohren nach, er wartete, bis es tatsächlich verklungen war, bevor er sich umwandte, um die Nadel erneut aufzulegen.

Er hielt den Tonarm in der Hand, da hörte er ein Knacksen auf der Treppe. Er hatte zu unterscheiden gelernt, ob das Wetter das Holz arbeiten ließ oder jemand vorsichtig die Stufen hinaufschlich. Er setzte die Nadel in die Rille, wartete, bis die Musik einsetzte und die Piaf zu singen begann …

> Il avait de grands yeux très clairs
> Où parfois passaient des éclairs

… dann bewegte er sich leichtfüßig zur Tür, erkannte dabei, dass etwas darunter durchgeschoben wurde, ein Blatt oder ein Brief, und riss sie auf.

Ein Schrei. Lidia! Sie schoss auf und wollte die Treppe hinunterrennen, doch Streich war schneller, packte sie am Kragen und führte das Mädchen in seine Wohnung, wo er sie auf dem Stuhl am Tisch mit dem Plattenspieler absetzte. Danach schloss er die Tür und hob das Blatt auf.

Lidia starrte das Musikgerät an. Streich blieb an der Tür stehen, ließ sie zur Ruhe kommen und betrachtete die Zeichnung. Sie zeigte das Brustbild eines Menschen, dessen Gesicht eindeutig Streichs Züge trug, aber auch etwas von einem Engel hatte.

Flügel waren an seinem Rücken angedeutet. In den Händen hielt dieser »Engel« einen Speer und ein Schwert, das von Flammen umzüngelt war. Unten rechts in der Ecke des Blattes entdeckte Streich ein verschämt anmutendes »L«.

»Für mich?«, fragte er.

Das Mädchen nickte stumm.

»Das bin ich?«

Sie sah ihn an.

»Soll ich die Jungs mit dem Schwert bekämpfen?«

Wieder erwiderte sie nichts, blickte nur weiter in seine Richtung.

»Darfst du so spät noch raus? Hast du keine Angst vor den Jungs?«

Sie antwortete mit einem verächtlichen Blick. »Meine Mama ist bei ihrem Freund. Sie hat einen neuen Freund.«

»Magst du ihn?«

Sie ließ sich Zeit, sah sich in der Wohnung um. »Ich kenne ihn nicht.«

Lidia stand auf, schritt zur Spüle, ging weiter zum Fenster und sah, wie es Streich eben noch getan hatte, hinaus in die Nacht. »Er ist reich, hat Mama gesagt. Er hat ein großes Haus und ein großes Auto. Da ziehen wir hin. Und ich darf in dem großen Auto mitfahren.«

Die Nadel hatte die Auslaufrille erreicht, Streich hob sie an und legte sie in die Ruhestellung. Lidia ging in der Wohnung umher, in das kleine Nebenzimmer, in dem sein schmales Bett stand. Er folgte ihr, blieb aber in der Tür stehen.

»Es ist dreckig hier. Räumst du nicht auf?« Lidia fuhr mit dem Finger über die Kante des Bettgestells und betrachtete danach ihre Fingerspitze. Vorwurfsvoll. »Die Leute reden, wenn es so dreckig ist. Sagt meine Mama. Ich muss immer aufräumen.« Lidia trat an die kleine Holzkiste neben dem Bett, die ihm als Ablage diente.

Streich machte einen Schritt in ihre Richtung, wollte verhindern, dass sie … aber er war zu langsam. Sie hatte das verblichene Foto bereits in der Hand, betrachtete es, ging, weil es in der kleinen Kammer zu dunkel war, wie selbstverständlich an ihm vorbei in die Küche und hielt dabei das Bild so, dass er es ihr nicht entreißen konnte.

Am Küchentisch schaute sie sich das Foto konzentriert an. Streich blieb in der Tür stehen.

»Wer ist das?«, fragte Lidia schließlich. »Deine Tochter?«

Streich schüttelte stumm den Kopf.

»Deine Freundin?«

Er sah sie nur an.

»Sie ist jung.«

Wieder reagierte er nicht.

»Lebt sie nicht hier bei dir?«

Streich ging zur Wohnungstür und öffnete sie.

»Du musst nach Hause!«, forderte er das Mädchen auf.

»Du hast viele Geheimnisse«, stellte sie fest, während sie das Bild auf den Tisch neben ihre Zeichnung legte, aufstand und langsam an Streich vorbeiging, der ihr nach unten folgte.

»Ich bringe dich nach Hause!«, sagte er schließlich an der Einfahrt, doch sie lief einfach los und rief ihm über die Schulter zu: »Ich habe keine Angst.« Trotzdem ging er ihr ein Stück hinterher, bis sie verschwunden war. Dann kehrte er zurück in seine Wohnung, legte ein weiteres Mal die Nadel auf die Platte und zählte … eins, zwei, drei … schaffte es bis sieben, dann wandte er sich den beiden Bildern auf dem Tisch zu. Irgendwann spät in der Nacht fuhr er mit dem Zeigefinger über das Foto der jungen Frau, war versucht, es zu zerknüllen, zu zerreißen, doch er besann sich eines Besseren, stand auf und stellte sich ans Fenster.

Einer von uns

Leonardo! Leonardo gewinnt den Schlussspurt! Was für ein Rennen!« Die Stimme des Sprechers auf dem Turm überschlug sich. Auf den letzten einhundert Metern hatte der Hengst noch drei Pferde überholt.

Streich zerriss seinen Wettschein, trank den Rest aus der Bierflasche und schleuderte sie wütend von sich. Fast das gesamte Geld, das er noch besessen hatte, hatte er auf eine Stute namens Albertina gesetzt. Sie kam als Letzte ins Ziel.

»Sie können die Flasche hier nicht einfach so rumschmeißen!«, wurde er von einem Mann in dunklem Anzug zurechtgewiesen.

Streich fuhr herum und sein Blick genügte, dass der Mann einen Meter zurückwich und ihn in Ruhe ließ.

Wütend trabte er zur Getränkeausgabe. Für ein letztes Bier reichte sein Geld noch.

Er war raus auf die Pferdebahn gefahren, weil er es in seiner muffigen Wohnung nicht mehr ausgehalten hatte. Raus aus seinen vier Wänden. Raus aus dem Hof. Weg von den Hallen. Er brauchte Luft zum Atmen. Raum zum Nachdenken. Er ahnte, nein, er wusste, dass, egal was er machen und wie er sich entscheiden würde, sich gehörig etwas ändern würde in seinem Leben. Aber vielleicht wollte, vielleicht brauchte er genau das. Oder sollte er etwa noch bis zu seinem Lebensende in dieser feuchten Bude wohnen und sich von einem Fettwanst schikanieren lassen? Er brauchte keine Millionen, keine Karriere, kein Auto, das von

Jahr zu Jahr größer wurde, keine Gesellschaften, auf die man ihn einlud. Ihm reichte eine Arbeit, die ihm ein Auskommen gab, ihm reichte Respekt und dass man ihn in Ruhe ließ.

Es war kühl an diesem Sonntag, und die meisten zogen den geschützten Innenraum vor, nach jedem Rennen verschwanden die Besucher sofort, um sich erst wieder bei der Ankündigung des nächsten Starts nach draußen zu wagen. Mürrisch schob ihm der Mann an der Getränkeausgabe das Bier über den Tresen. Streich knallte sein Geld hin und trank.

»Na, Vier-auf-einen-Streich, schlecht gelaufen?«

Er musste sich nicht umdrehen, um zu wissen, wer da hinter ihm stand. Waren ihm der Schwarzhaarige und das Narbengesicht gefolgt? In der Tram hatte er sie nicht bemerkt.

»Zwei Bier!«

Streich wandte sich um. Der Schwarzhaarige zahlte und nahm die Flaschen, Narbengesicht grinste ihn an.

»Kommen Sie!«, forderte er Streich auf und marschierte los, hinter die Tribüne, zu dem Baum, an dem er schon mit Großmanns Männern gestanden hatte, als die ihm seinen Gewinn abgenommen hatten.

Der Schwarzhaarige öffnete die beiden Flaschen, reichte eine Narbengesicht und stieß mit ihm an, hielt die Flasche Streich entgegen, der die Geste ignorierte und aus seiner Flasche trank.

»Pech gehabt eben, was? Viel Geld verloren?« Der Schwarzhaarige sah Streich provozierend an.

Der erwiderte den Blick.

»Hier hat das keine Folgen. Außer, dass das Geld weg ist. Im Krieg ist das anders. Da hat alles Konsequenzen.«

Streich war unklar, ob der Mann eine Antwort erwartete. Der Schwarzhaarige griff in seine Jackentasche und entnahm ihr ein Bündel Geldscheine.

»Damit könnte man lange wetten ...«

Streich schwieg noch immer. Er trank einen Schluck, stellte die Flasche dann neben sich auf den Boden, um eine Zigarette aus der Packung zu fummeln.

Narbengesicht gab ihm Feuer und spielte dabei einen Moment zu lange mit der Flamme vor Streichs Gesicht.

»Zur Sache!«, sagte der Schwarzhaarige ernst. »Wo steht Mühlbauers Wagen?«

Streich inhalierte, wartete, blies dann den Rauch aus, knapp an ihren Gesichtern vorbei.

»Warum seid ihr euch so sicher, dass er bei mir im Hof steht? Ist vielleicht eine Fehlinformation.«

»Wir wissen es einfach. Woher, hat dich nicht zu interessieren.«

»Wenn ihr den Kerl in die Luft jagt, bin ich der Erste, bei dem die Polizei anklopfen wird. Und wer sagt mir, dass man mich nicht schon mit euch gesehen hat?«

Narbengesicht verzog verächtlich den Mund, der Schwarzhaarige antwortete.

»Wer sagt, dass es dazu kommen wird? Mühlbauer ist gewarnt worden. Er hat ein sehr gutes Angebot bekommen, wenn er nicht an die Fellaghas liefert …«

»Warum wollt ihr dann wissen …«, unterbrach ihn Streich, doch der Franzose schnitt ihm gleich das Wort ab.

»Weil es immer Dummköpfe gibt. Dummköpfe, die ihre Chance nicht erkennen. Aber Pucherts Schicksal dürfte Mühlbauer Warnung genug sein.«

Zur Bekräftigung trank er einen Schluck. »Wir wollen uns nur alle Möglichkeiten offenhalten. Für den Fall, dass er doch ein Dummkopf ist«, fügte er hinzu, trank die Flasche leer und warf sie ins Gebüsch. Dann nahm er noch einmal das Geld hervor und hielt das Bündel vor Streichs Nase.

»Das sind zweitausend Mark.«

Streich ließ sich Zeit. Die beiden Männer sahen sich in die Augen, Narbengesicht trat zur Seite und pinkelte.

»Und der Eintrag?«, fragte Streich schließlich.

»Wird gelöscht.«

»Erst die Löschung, dann die Information.«

»So viel Zeit haben wir nicht.« Der Schwarzhaarige klang jetzt ungehalten.

»Ich glaube schon«, widersprach Streich und versuchte, ruhig zu sprechen. »Ihr müsst Mühlbauer warnen, er muss antworten, vielleicht noch eine Warnung … Zeit ist genug. Und kein Attentat auf dem Gelände!«

»Quatre d'un coup! Der Name eines guten Soldaten. Aber das war einmal. Du hast Scheiße gebaut, Vier-auf-einen-Streich! Und wenn du uns jetzt nicht sagst, wo der Wagen steht, dann ist das alles, was von dir bleibt.«

Nun war es Streich, der sich abwandte und hinter den Baum trat, um zu pinkeln. Als er zurückkam, standen die beiden Franzosen noch genau so da, wie er sie verlassen hatte.

»Viertausend und der Eintrag«, forderte er ohne Umschweife. »Und kein Attentat auf dem Hof«, fügte er hinzu.

Die beiden sahen sich an.

»Gut«, gab der Schwarzhaarige schließlich nach.

»Das Geld sofort …«

Der Schwarzhaarige zögerte einen Moment, bevor er in seine Jackentasche griff und das Bündel, das er eben schon in der Hand gehalten hatte, wieder hervorzog. Dann nahm er aus einer anderen Tasche ein weiteres Bündel, zählte einige Scheine ab und reichte beides Streich, der das Geld in seiner Hand wog und einsteckte.

»Und?!«, forderte der Schwarzhaarige ungeduldig.

Streich beschrieb die Halle, in der der Wagen stand und wie sie hineingelangen konnten. Kaum hatte er seinen letzten

Satz beendet, wusste er, dass es ein Fehler war, die Information weiterzugeben.

»Na also, Vier-auf-einen-Streich, du bist ja doch einer von uns. Gegen die Terroristen. Legio patria nostra. Wir sehen uns!«

Es klang wie eine Drohung.

Das Attentat

Streich sieht nach rechts. Behr, ein Bayer, liegt da, Schussverletzung am Bein, die Hose schon blutgetränkt, er nickt ihm zu. Er zeigt dem Verletzten vier Finger seiner rechten Hand. Behr nickt wieder. Sie kennen sich schon lange. Ein paar Meter weiter in der Vertiefung hantiert Léaud, ein Franzose aus Bordeaux, an seiner Maschinenpistole. Sie ist heiß geworden, Ladehemmung. Drei gegen vier. Das heißt, zwei und ein Verletzter. Streich hat das Kommando. Die Verantwortung. Sie waren mal sechs. Krug, der Schlesier, liegt tot hinter ihnen, Kopfschuss. Kadowksi, Pole, und der Italiener Rossi sind auf eine Mine getreten. Rossi war sofort tot, Kadowski, dem die Explosion beide Beine abgerissen hat, schrie noch minutenlang, bis er verblutet ist.

Streich hat die Männer hierhergeführt, gegen den Befehl seines Offiziers. Aber er hatte eine Entscheidung treffen müssen. Und die war falsch gewesen. Falsch und tödlich. Er will zumindest die beiden verbliebenen Männer, Behr und Léaud, hier rausbringen. Lebendig.

Vier Rebellen hat er ausfindig machen können. Offenbar gut bewaffnet. Meist ist das nicht der Fall, ihre Feuerkraft völlig unterlegen. Er schaut zu Léaud hinüber. Der gibt ihm ein Zeichen, dass seine Maschinenpistole wieder funktioniert. Er nickt ihm zu, hebt den Kopf, schaut über den Rand der Vertiefung, blickt zu der Felsformation, hinter der er ihr Versteck vermutet. Auf halbem Weg liegt ein Felsblock, keinen Meter hoch und nicht viel breiter. Da muss er hin. Er gibt Léaud ein Zeichen, ihm Deckung zu geben. Der hebt seine Maschinenpistole, schießt Dauerfeuer in die Richtung, wo sie die Fellaghas vermuten. Streich springt auf, rennt, spürt die Kugel, die ihm am Ohr vorbeizischt, sieht einen Rebellen auf ihr Versteck zulaufen, eine Handgranate werfen. Streich reißt im Laufen seine Maschinenpistole herum, schießt auf den Mann, der, bevor er ihn erwischt, den Sicherungsstift aus der Granate zieht und wirft ... eins, zwei, drei ... zielgenau fliegt sie auf die Vertiefung zu. Streich sieht den Mann zu spät, der vor ihm auftaucht, ein Messer in der Hand ... vier, fünf, sechs ... Sie müsste schon längst explodiert sein. Ein Blindgänger? ... sieben ... Nur dank einer schnellen Drehung seines Körpers kann er dem Stich ausweichen, nutzt die ins Leere gehende Bewegung des Mannes, um ihm den Kolben seiner Waffe über den Schädel zu ziehen ... acht, neun, zehn ... Er zieht in einer geschmeidigen Bewegung sein Messer aus dem Schaft und stößt es seinem Gegner in den Hals ... elf ... Ein Aufschlagzünder, schießt es ihm durch den Kopf ... zwölf ...

Der Krach ist ohrenbetäubend, das Bett wackelte vom Druck der Explosion, Streich schreckte hoch, sprang auf, lief zum Fenster, sah gleich die Rauchsäule, genau da, wo die Halle mit Mühlbauers Mercedes stand.

Er fluchte. Keine Woche Zeit hatten sie dem Mann gelassen. Hatten ihn gegen die Abmachung hier, auf *seinem* Gelände, in die Luft gejagt.

Er konnte den Ärger, der jetzt auf ihn zukommen würde, regelrecht spüren. Während er sich Hose und Hemd überzog, hörte er schon die Sirenen von Polizei und Feuerwehr. Er war kurz versucht, nach unten zu eilen, verkniff es sich dann aber doch, schaltete stattdessen den Tauchsieder ein und zündete sich eine Morris an.

Ali hatte endlich wieder eine Lieferung erhalten. Gestern am Abend, kurz vor Schließung des Wasserhäuschens, hatte Streich sich noch mit Nachschub versorgt. Sie hatten sich über den Anschlag auf Puchert unterhalten, und Ali hatte ihm in absoluter Kurzform die Neuigkeiten aus der Zeitung zusammengefasst: »Es gibt keine.« Keine Festnahmen, keine Namen, nichts. Nur Mutmaßungen. Nur Dementis.

Das Wasser begann zu sprudeln, Streich schüttete es über das Pulver in seiner Tasse, sog den aufsteigenden Kaffeeduft ein, wartete, pustete und nahm schließlich einen ersten Schluck, als die Martinshörner den Hof erreichten.

Mit der Tasse in der Hand trat er ans Fenster und beobachtete, wie ein kleinerer Feuerwehrwagen sich in den hinteren Teil des Hofgeländes bewegte. In Schlangenlinien umfuhr er langsam die vielen Schlaglöcher. Über die Dächer hinweg konnte er bald den Bogen des Löschwassers sehen, das auf die Halle niederregnete. Ein Polizeiwagen kurvte unten umher, blieb mitten im Hof stehen. Einige Schaulustige wagten sich durch die Einfahrt auf das Gelände, wurden aber sogleich von einem Polizisten zurechtgewiesen, in dem Streich einen der beiden Männer erkannte, die erst vor Kurzem mit Lorenz bei ihm gewesen waren.

Der Schwarzhaarige und Narbengesicht hatten nie etwas anderes vorgehabt, als den Mann in die Luft zu jagen. Hier auf dem Gelände. Wahrscheinlich hatten sie ihn zu dem Zeitpunkt ihres Gesprächs auf der Rennbahn schon gewarnt und ihm gedroht, genügend Zeit dafür hatten sie nach dem ersten Gespräch in seiner Wohnung gehabt. Und ihn hatten sie benutzt. Dass er die Informationen lieferte. Dass er von ihnen ablenkte, denn die Polizei würde sich nun sicher auf ihn konzentrieren. Als möglicher Täter war er ja geradezu perfekt.

Streich versuchte, sich an die Namen der beiden Ordnungspolizisten zu erinnern, die sich jetzt dort unten mit zwei anderen Männern unterhielten und dann zu ihm heraufschauten.

Heinz Baum ließ es sich nicht nehmen, selbst zu klopfen. Hinter ihm wartete Graf. Sie traten nacheinander in die Wohnung, gefolgt von den beiden Männern, die Streich schon unten im Hof gesehen hatte.

»Tag …«, begann Baum kurz angebunden, doch der ältere der beiden Männer unterbrach ihn mit einer herrischen Handbewegung.

»Rösch, Kriminalpolizei Frankfurt, das ist mein Kollege Hellmann. Sie sind …?«

Streich stellte seine Tasse auf den Tisch, auf dem, wie er jetzt bemerkte, noch Lidias Zeichnung und das Foto mit dem Porträt der jungen Frau lagen. Er schob beide unter das Grammofon.

»Also!?«

»Arnolt Streich«, erwiderte er, »Arnolt mit t.«

»Hier gemeldet?«

Während Rösch die Fragen stellte, ging Hellmann, der eine Mappe in den Händen hielt, in dem Zimmer umher und sah in den Schlafraum. Baum und Graf standen derweil am Rand und beobachteten das Ganze.

»Nein, das haben wir schon …«, wollte sich Baum einmischen, doch Rösch schnitt ihm mit einer scharfen Handbewegung das Wort ab.

»Wollte mein Vermieter machen«, sagte Streich.

»Also nein. Wie heißt ihr Vermieter?«

»Bommel.«

»Karlheinz. Dem gehört das ganze Gelände.«

Dieses Mal reagierte Rösch nur mit einem angedeuteten Kopfnicken auf Baums erneute Einmischung.

»Was machen Sie hier?«

»Hausmeister.«

»Sie kennen sich auf dem Gelände also aus?!«

Streich nickte.

»Sie reden nicht viel.« Der Polizist wartete einen Moment. »Soldat?«

Streich nickte erneut.

»Fremdenlegion«, erklärte Baum. Rösch ging nicht darauf ein. »Wehrmacht?«

Streich nickte.

»Wo?«

»Polen, Russland, Griechenland, Frankreich.«

»Und das mit der Legion«, er sah kurz zu Baum, »stimmt?«

Streich nickte erneut.

»Sie wissen, was da in der Garage stand?«

Streich schüttelte den Kopf.

»Ich denke, Sie sind Hausmeister hier. Da sollten Sie doch wissen, was sich in den Räumen befindet.«

»Bommel hat mir nicht die Schlüssel zu allen Hallen gegeben.«

»Warum?«

Streich antwortete mit einem Schulterzucken.

Hellmann hatte seine Inspektion der Wohnung beendet, stellte sich an die Wand, nahm aus seiner Tasche einen Block und begann damit, sich Notizen zu machen.

»Der Mann will hier Wohnungen bauen«, erklärte Baum, der seine Einlassungen nicht lassen konnte.

Rösch wandte sich ihm jetzt zu.

»Machen Sie sich nützlich und holen Sie mir mal diesen Bommel.«

Baum blickte den Kommissar wütend an, sagte aber nichts und gab Graf einen entsprechenden Wink, der daraufhin die Wohnung verließ.

Rösch wartete, bis dessen Schritte auf der Treppe verklungen waren.

»Was wissen Sie denn?« Der Kommissar gab sich keine Mühe, seinen spöttischen Tonfall zu unterdrücken.

Streich ließ sich Zeit. »Die meisten Garagen sind leer, dahinten ist eine Tischlerei, in ein paar der anderen sollen Autos stehen. Die Besitzer kenne ich aber nicht.«

»Die kommen nicht, um nach ihren Wagen zu schauen?«

»Nie einen gesehen.«

»Und«, Rösch ging an Streich vorbei zum Fenster und forderte ihn auf mitzukommen, »dahinten«, er zeigte die Richtung mit seinem ausgestreckten Arm an, »da, wo es gehörig gerumst hat heute Morgen, das wissen Sie auch nicht, wer da seinen Wagen abgestellt hat.«

Streich schüttelte den Kopf.

Auf der Treppe war Getrampel zu hören, in das sich das Schnauben Bommels mischte.

»Meine Herren«, begrüßte er die Runde und sah finster zu Streich herüber.

»Herr Bommel?«, fragte Rösch und blickte verächtlich auf den fettleibigen Mann. Schweißperlen glänzten auf seiner Stirn. Er atmete schwer.

»Ja, der bin ich.«

»Sie sind der Besitzer dieses ... Geländes?«

»Jawoll. Ehrlich erworben. Ich werde hier neue Wohnungen errichten. Schon bald. Wir brauchen Wohnraum in der Stadt.«

»Stadt ohne Raum ...«, kommentierte Rösch giftig und sah zu den Ordnungspolizisten. »Sie haben bestimmt unten noch zu tun.«

Im ersten Moment verstanden die beiden nicht, doch dann gab Baum Graf ein Zeichen zu gehen.

»Die Garage, die in die Luft geflogen ist, war die vermietet?«

Bommel zögerte, ihm war anzusehen, dass er überlegte, welche Antwort klug war.

»Ja«, erklärte er schließlich. »An Rolf Mühlbauer. Geschäftsmann.«

»Geschäftsmann.« Rösch behielt Bommel im Auge. »Und was für Geschäfte machte der Herr Mühlbauer?«

»Machte?«, entgegnete Bommel erschrocken.

»Wir gehen davon aus, dass er mit seinem Wagen in die Luft gesprengt wurde.«

Während er das sagte, sah er zu Streich.

»Das ist ja … schrecklich.«

»Kannten Sie den Mann gut? Persönlich?«

Bommel wiegelte ab. »Kennen ist zu viel gesagt. Wir haben uns einmal getroffen, als er die Garage gemietet hat. Das Geld hat er immer pünktlich bezahlt.«

»Ich habe Sie gefragt, ob Sie wissen, was Herr Mühlbauer beruflich gemacht hat.«

Nun hatte Röschs Blick etwas Lauerndes.

»Er war Geschäftsmann, das sagte ich doch bereits.«

»Das klingt sehr allgemein.«

»Wie ich schon sagte, ich kannte den Mann kaum.«

»Und dieser Herr hier«, Rösch wandte sich Streich zu, der dem Gespräch scheinbar uninteressiert zugehört hatte.

»Passt hier auf. Er hat die letzten Tage … ja, genau, dass mir das vorher nicht schon eingefallen ist«, er schlug sich theatralisch mit der flachen Hand gegen die Stirn. »Streich hat die drei Garagen daneben, also, neben der … die in die Luft … da ist auch eine Halle, also, der hat die ausgeräumt.«

Röschs Mimik ließ nicht erkennen, ob er dieser Bemerkung besonderes Gewicht beimaß.

»Und … ja … er hat mich auch gefragt, wer hier sonst so seine Autos abgestellt hat.«

Röschs Interesse war nun doch geweckt.

»Wann war das?«

Bommel schloss kurz seine kleinen Augen. »Vor zwei Wochen. Ja, so etwa vor zwei Wochen muss das gewesen sein.«

»Ein Grund?« Er blickte Streich an.

»Kein Grund.«

»Geht es genauer?«

»Bommel wollte, dass ich die Garagen ausräume. Da hat es mich eben interessiert, wer hier so was mietet.«

»Und früher nicht?«

»War mir egal.«

Rösch war offensichtlich nicht zufrieden mit der Antwort, hakte aber nicht weiter nach und wandte sich stattdessen nochmals Bommel zu.

»Warum haben Sie die Garagen räumen lassen? Ausgerechnet die Garagen, die neben dem Explosionsort liegen?«

Bommel war die Unruhe anzusehen, die diese Frage bei ihm auslöste. Die Schweißperlen auf seiner Stirn vermehrten sich.

»Heiß hier«, begann er. »Kann ich ein Glas Wasser …?«

Rösch nickte, Streich trat zum Spülbecken und füllte ein benutztes Glas mit Wasser.

Angewidert betrachtete Bommel es, trank aber schließlich.

»Also!«, forderte ihn Rösch auf.

»Zufall. Irgendwo muss ich doch anfangen. Hier sollen neue Wohnungen hin. Es gibt immer noch nicht genug Wohnungen in der Stadt. Und hier, das ist eine gute Lage, guter Stadtteil …«

»Schon gut«, schnitt ihm Rösch das Wort ab. »Hellmann, zeigen Sie mal die Zeichnung!«

Der Angesprochene steckte den Block, in dem er seine Notizen gemacht hatte, ein und kam mit einer Mappe auf seinen Vorgesetzten zu, aus der er ein Blatt Papier nahm und es vor Streich hielt.

»Kennen Sie die Person? Schon mal gesehen? Das Blatt lag draußen und hat etwas gelitten.«

Die Feuchtigkeit hatte einige Konturen verwischt, zudem war

das Papier aufgeweicht und an ein paar Stellen eingerissen. Dennoch erkannte Streich ohne Mühe den Schwarzhaarigen.

Er schüttelte den Kopf. »Nie gesehen.«

»Ehrlich?«, fragte Hellmann jetzt. »Mir schien eben, dass Sie …« Weiter sprach er nicht.

Tatsächlich war Streich kurz zusammengezuckt, als er das Bild betrachtet hatte, aber nicht wegen der abgebildeten Person, sondern weil ihm sofort klar war, wer das Bild gezeichnet hatte.

»Nein«, bekräftigte er noch einmal. »Den habe ich noch nie gesehen.«

Währenddessen zeigte Hellmann die Zeichnung auch Bommel, der den Kopf schüttelte.

»Sie wissen …«, setzte Rösch an, doch lautes Getrampel von der Treppe ließ ihn innehalten. Nur Sekunden später stand Graf in der Tür.

»Herr Kommissar Rösch«, stieß er gehetzt hervor, »können Sie bitte kommen. Es gibt noch einen Toten.«

»Wir hören uns«, sagte der zu Streich, gab Hellmann ein Zeichen zum Aufbruch, dann folgten die beiden Graf nach unten.

Bommel stand neben dem Tisch und sah zu dem Plattenspieler.

»Du hast nichts damit zu tun, Streich?«, fragte er zögerlich.

Ein verächtlicher Blick war die Antwort.

Bommel blickte noch immer auf das Gerät.

»Sag mal, stehst du auf kleine Mädchen …«

Streich trat neben ihn und erkannte, dass Bommel auf das Foto starrte, das er offenbar nicht weit genug unter das Grammofon geschoben hatte. Er nahm das Bild an sich.

»Steck deine Nase in deine Sachen, Bommel!«, zischte er zornig.

»Schon gut, schon gut«, beschwichtigte der, »jedem das Seine, heißt es doch so schön. Aber du weißt doch, was die Leute … und eine Hand wäscht die andere.« Er machte eine Pause, überlegte, sah dann wieder zu Streich. »Ich werde denen sagen, dass ich in der Halle neben der«, er machte eine ausholende, breite Geste, »die du ausräumen solltest, ein paar wertvolle Sachen untergestellt habe, Bilder, Teppiche und so weiter. Die hast du noch nicht rausgeräumt ... und sind jetzt leider auch in Mitleidenschaft ...«

Er sah Streich verschwörerisch an.

»Raus!«, war dessen eindeutige Antwort.

Blicke

Streich blickte vor sich hin, wie er das schon Hunderte Male in Indochina und in Algerien getan hatte, in Polen, Russland, Griechenland und Frankreich. Dastehen, aus einem Fenster oder einem Unterschlupf schauen, einem Graben, einem Mauerdurchbruch, einen Punkt fixieren, einem Gedanken folgen, in die Ferne schauen. Und die war keine Frage von Kilometern, von Horizonten oder Unendlichkeit. Der Blick alleine war es, der an einem Gebüsch, den Weiten der Steppe, dem undurchdringlichen Grün des Dschungels, den Steinmonumenten in der Wüste oder den Häuserlabyrinthen in der Kasbah endete. Dahinter ging es immer weiter. Dahinter lag das Unsichtbare. Gefahr und Freiheit zugleich. Blicke zu einem Gegenüber, erfassen, was es vorhat, welcher der nächste Schachzug sein könnte, Blicke.

Im Hof flatterte das Absperrband im Wind. Ihm war untersagt worden, dahinterzugehen, um die Untersuchungen nicht zu behindern.

Gestern hatte er den ganzen Tag am Fenster gestanden und in den Hof gestarrt. Als lägen da die Antworten auf die Fragen, die er nicht gestellt hatte. Oder nicht stellen hatte wollen. Es war eine Leere in ihm. Nur das Wissen, dass sich etwas ändern würde. Wie vor einem Angriff. Ruhig bleiben und dennoch angespannt, um sofort reagieren zu können. Bloß vorher keine Kräfte, keine Konzentration vergeuden. Die Piaf lief, er rauchte und betrachtete den verlassenen Hof. Das flatternde Band. Den Nieselregen, der wie ein feiner Schleier in der Luft hing. Den Arbeitern aus der Tischlerei war gestattet worden, zum Arbeitsantritt und nach deren Ende den Hof zu überqueren. Mürrisch und zähneknirschend hatten sie eingewilligt. Er hatte die Diskussion zwischen Baum und den Tischlern beobachtet. Mundbewegungen, gestikulierende Hände.

Auch heute fielen die kleinen Tropfen gleichförmig vom Himmel, wie an einer Kette aufgereiht. Feine Fäden, in die am Mittag ein Opel fuhr. Ruckartig bewegten sich die kleinen Scheibenwischer hin und her. Streich kniff seine Augen zusammen. Der Wagen wendete und stand schließlich mit der Schnauze zur Straße. Die Türen blieben noch einige Momente geschlossen. Wie in einem Film, allein um die Spannung zu steigern. Dann stiegen Rösch und Hellmann aus. Der Kommissar hatte den Wagen gesteuert, sein Assistent hinten gesessen. Wie eine Choreografie, und er, Streich, saß in der Loge: Das Öffnen der Türen, das Aussteigen, das Schließen. Hellmann trat an die Beifahrertür, riss sie auf. Drei Schlitzaugen am Ende des unbefestigten Weges, an dem, neben dem Wagen, das Hauptquartier des Generals untergebracht ist. Was haben die hier zu suchen? Streich überlegt, ob er sie schon einmal gesehen hat, ob sie zum Tross gehören. Er schaut den Capitaine an, der auf dem Rücksitz des amerikanischen Jeeps sitzt. Er scheint nicht beunruhigt. Die Blicke der Schlitzaugen entgehen Streich nicht. Soldatenblicke. Verständigungsblicke. Er kennt sie. Kennt die Gefahr, die sie bedeuten. Er zieht seine Pistole aus dem Holster am Gürtel, entsichert, legt an. Die drei springen zur Seite, hinter ihnen, verdeckt von einem großen, dichten Busch, steht ein Maschinengewehr, daran ein weiteres Schlitzauge. Streich schießt. Zwei der vorderen Angreifer fallen sofort um. Der dritte läuft in den Busch. Das Maschinengewehr beginnt zu rattern. Streich hört die Einschläge der Kugeln in das Metall des Jeeps, den Schrei des Capitaine. Er schießt dem Fliehenden in den Rücken, springt zur Seite, erkennt aus dem Augenwinkel, wie der Maschinengewehrschütze seine Waffe in seine Richtung dreht, dabei das Feuer nicht unterbrechend. Aus dem Hauptquartier Getrampel von Stiefeln auf dem hölzernen Vorbau der Hütte, zwei Militärs sinken sofort getroffen zu Boden. Streich leert sein Magazin in Richtung des Maschinengewehrs, das mit einem Mal verstummt. Er stürmt darauf zu, sieht den Mann dahinter, blutend, aber noch nicht tot, wie er versucht, wieder die Waffe zu erreichen. Er verlangsamt seine Schritte, bis er noch zwei Meter von dem Schützen entfernt ist. Er wechselt sein Magazin, ruhig, wartet, sieht den Mann an, der ihn anschaut, ohne Regung. Streich tritt noch einen Meter vor und schießt dem Kerl eine Kugel in den Kopf. Neben Hellmann stand nun ein Mann, gerade Haltung, und sah zu ihm herauf. Hellmann öffnete einen Regenschirm, reichte ihn dem Mann, der vom Auto wegging, in den Hof, das Absperrband mit seiner freien Hand hinunterdrückte und einen großen Schritt darüber hinweg machte, die Schirmspitze steil in den Himmel gerichtet. Er verschwand zwischen den Garagen, Rösch und Hellmann schritten in Richtung Haus. Streich nahm an, dass sie unter dem Vorbau, vor dem Regen geschützt, auf den Mann warteten. Drei Minuten später tauchte er wieder auf.

Streich harrte am Fenster aus, bis es klopfte, zählte … eins, zwei, drei … wartete das Ende des Refrains ab … vier, fünf, sechs …

Il était minc', il était beau,
Il sentait bon le sable chaud,
Mon légionnaire!

… sieben, acht, neun …

Y avait du soleil sur son front
Qui mettait dans ses cheveux blonds
De la lumière!

… zehn … Es klopfte erneut, fester … elf, zwölf … Streich blickte kurz auf seinen Abrisskalender, 12. April, Sonntag, und las den Kalenderspruch: »Nur wer sein Ziel kennt, findet den Weg.« Dann durchschritt er den Raum, hob im Vorbeigehen die Nadel von der Platte und öffnete die Tür.

»Geht das nicht schneller!«, raunzte ihn Rösch an und drängte sich an Streich vorbei in die Wohnung. Hellmann folgte ihm, stellte sich neben seinen Chef, der ans Fenster getreten war und hinausschaute. Streich beachtete die beiden nicht, er blickte zur Tür, in die nun der dritte Mann trat.

»Dr. Knecht«, stellte ihn Rösch vor. »*Das* ist Arnolt Streich.« Er legte eine Betonung hinein, als wäre Streich ein Ausstellungsobjekt.

Der Mann betrat wortlos die Wohnung, musste wegen seiner Größe den Kopf beim Durchschreiten des Türrahmens einziehen, inspizierte den Raum und setzte sich ungefragt auf einen der beiden Stühle am Tisch. Dann besah er sich den Plattenspieler und blickte Streich anschließend aus wachen Augen unverwandt an.

Dem war klar, dass der Mann kein einfacher Polizist war. Politiker oder Geheimdienst, nahm er an und wartete, dass einer seiner Gäste das Gespräch eröffnete.

»Herr Streich«, begann Rösch, »noch einmal: Sie wussten nicht, dass in der Garage ein Wagen stand?«

Der Angesprochene nickte.

»Es gibt offensichtlich einen Zugang aus dem Nachbargebäude. Einen Gang, in der Grube. Kannten Sie den?«

»Nein!«, antwortete Streich dieses Mal.

»Wie kann das sein? Sie haben die Garage doch in den Tagen vorher ausgeräumt.«

Streich zündete sich eine Zigarette an und zog zweimal tief, bevor er antwortete.

»Das habe ich nicht beachtet.«

»Wie das?« Rösch klang erbost. »Sie hatten doch einen Auftrag.«

»Die Halle ausräumen. Nicht die Grube.«

»Das klingt nicht wirklich überzeugend.«

Streich inhalierte wieder.

»Glauben Sie, dass ich die Bombe gelegt habe?«

Nun war es Rösch, der sich eine Zigarette anzündete.

»Sie sind nicht alleine.«

Streich blickte sich in der Küche um, als suchte er jemanden.

»Lassen Sie die Scherze!«, schnauzte ihn Rösch an. »Sie wissen, was ich meine!«

Dr. Knecht, der bislang regungslos zugehört und starr zur Tür geschaut hatte, wandte seinen Kopf langsam um, blickte Streich an. Dabei wedelte er den Zigarettenqualm, der in seine Richtung gezogen war, mit einer ebenso unwilligen wie herrischen Geste beiseite.

»Herr Streich!« Er machte eine Pause, wartete. »Der Tote … die Person, die diese Garage gemietet hatte … heißt Mühlbauer. Rolf Mühlbauer. Sie kennen ihn nicht? Der Namen sagt Ihnen nichts?«

Streich verneinte.

»Rolf Mühlbauer steht im Verdacht, Waffen an die FLN zu liefern. Ihnen brauche ich nicht zu sagen, was dieses Kürzel bedeutet?!«

Streich schwieg, doch das schien Dr. Knecht nicht zu stören. Er wandte seinen Blick kurz Rösch zu und erklärte: »Front de Libération Nationale, die Nationale Befreiungsfront in Algerien, die es sich zur Aufgabe gemacht hat, das Land an sich zu reißen. Ihr militärischer Arm heißt ALN.« Er klang sehr überheblich, und das sollte auch so sein. »Armée de Libération Nationale.«

Streich konnte nicht erkennen, ob der Mann eine Reaktion von ihm erwartete.

»Sie waren in der Fremdenlegion.« Er hatte seine Aufmerksamkeit wieder von Rösch abgewendet und sah, wie zuvor, Richtung Tür.

Streich nickte.

»Wie lange?«

Streich zog an seiner Zigarette … eins, zwei, drei … Er zog noch einmal, beobachtete den Mann auf dem Stuhl neben dem Plattenspieler. Dessen Miene blieb undurchdringlich … vier, fünf, sechs … »Dreizehn Jahre«, antwortete er schließlich und schnippte den Zigarettenrest ins Spülbecken, knapp an Hellmann vorbei.

»Eine lange Zeit. Da bekommt man viel mit. Sie sprechen Französisch?«

»Leidlich.«

Dr. Knecht gab einen Laut von sich, aus dem sich nicht schließen ließ, ob er seinem Gegenüber glaubte.

»Fellaghas … nicht wahr, so nennen Sie die Einheimischen dort.«

Streich nickte, doch Dr. Knecht konnte das nicht sehen. Es schien ihn nicht zu stören.

»Haben diese Fellaghas viele Ihrer Kameraden umgebracht?«

»Im Krieg sterben Menschen«, antwortete Streich.

»Krieg?«, wiederholte Dr. Knecht. »Das ist ein Wort, das man in Frankreich nicht gerne hört. Krieg führen Staaten gegeneinander. Algerien ist, zumindest im Verständnis unserer Nachbarn, aber kein eigenständiger Staat, sondern ein integraler Bestandteil der Französischen Republik, bestehend aus drei Départements. Diese … Menschen, gegen die Sie gekämpft haben, sind Rebellen. Terroristen.« Er machte eine Pause.

Erneut war Streich unklar, ob der Mann eine Antwort erwartete. Er schwieg.

Dafür sprach Dr. Knecht weiter. »Da es also keinen Staat gibt, können diese Rebellen auch keine Waffen kaufen. Sie brauchen

Männer, die sie ihnen besorgen und über die Grenze schmuggeln. Und dafür sind Männer wie Mühlbauer zuständig. Männer, denen es um Profit geht, nicht um Werte wie Nationalstaatlichkeit oder Recht. Verstehen Sie das?«

Streich antwortete wieder nicht, und auch dieses Mal schien ihm, dass es den Mann nicht interessierte, was er dachte oder sagte.

Plötzlich stand Dr. Knecht auf und trat so nahe an Streich heran, dass er dessen Rasierwasser riechen konnte. Vor allem aber konnten weder Rösch noch Hellmann, die beide neugierig die Szene beobachteten, verstehen, was er ihm ins Ohr flüsterte.

»Wenn so ein Scheißkerl wie dieser Mühlbauer draufgeht, weil er den Hals nicht voll genug bekommen kann, ist mir das egal. Wenn das aber hier in Deutschland passiert, hat mir das nicht mehr egal zu sein. Wenn dann aber der Geheimdienst eines befreundeten Landes dahintersteckt, wird das ein Problem. Wenn Sie also etwas wissen, Herr Streich …«

Der wartete wieder, zählte … eins, zwei, drei … »Ich kenne weder Mühlbauer noch weiß ich, wer hinter diesem Anschlag steckt.« … vier, fünf, sechs … »Und um es mit Ihren Worten zu sagen, es ist mir auch egal.« … sieben, acht, neun … »Bis auf den Ärger, den ich habe, weil es anscheinend reicht, in der Legion gewesen zu sein …« Weiter kam Streich nicht, da Dr. Knecht sich abwandte und sich wieder auf den Stuhl setzte.

Dafür trat nun Rösch vor.

»Streich, wir haben die zweite Person, die bei dem Anschlag getötet wurde, identifiziert.«

Er machte eine Pause.

»Meta Dargatz. Kennen Sie die Frau?«

Streich benötigte einige Sekunden, um den Namen einer Person zuzuordnen. Starr blickte er vor sich hin, wollte verbergen, dass er überlegte, was Lidias Mutter mit dem Waffenhändler zu tun hatte.

»Nein«, beantwortete er schließlich die Frage. »Ist sie auch Waffenhändlerin?«

Rösch sah ihn erbost an. »Nein. Meta Dargatz ist nach unseren bisherigen Erkenntnissen die Geliebte von Rolf Mühlbauer gewesen. Die beiden wollten gemeinsam in Urlaub fahren.«

Er sah Streich an, der sich eine weitere Zigarette anzündete. Er inhalierte mehrmals tief, verschaffte sich Zeit. Das hatte die Frau also in Bezug auf ihre ärmlichen Lebensverhältnisse gemeint. Sie hatte »aber nicht mehr lange« gesagt, als sie ihn im Hof aufgesucht hatte. Und Lidia hatte von einem neuen, reichen Freund ihrer Mutter gesprochen.

»Es wundert mich, dass Sie die Frau nicht kennen. Es gab da eine Anzeige gegen sie. Von einem Herrn Lorenz, weil sie dessen Sohn geschlagen haben. Verwickelt in den Streit war auch Lidia Dargatz, die vierzehnjährige Tochter von Meta Dargatz.«

»Ich weiß nicht, wie das Mädchen heißt, und die Frau habe ich nie kennengelernt.«

»Aber das Mädchen kennen Sie?«

»Ich habe dem Mädchen gegen ein paar Jungs geholfen, die sie verfolgt haben. Da war auch der Sohn von diesem Lorenz dabei.«

»Seltsam. Wir haben die Aussage von …«, er überlegte einen Moment, »… Josefa Strack, einer Bekannten von Frau Dargatz, dass die Sie aufsuchen wollte. Wegen der Anzeige.«

Streich zuckte mit den Schultern. »Vielleicht wollte sie das.«

»Sie sind nicht sehr kooperativ, Streich. Ob Sie sich das mit Ihrer Vergangenheit leisten können?«

»Sind *Sie* das?« Mit schneidend kalter Stimme unterbrach Dr. Knecht den Kommissar. In der Hand hielt er ein Blatt, das er unter dem Plattenspieler hervorgezogen hatte. Rösch griff danach und betrachtete es.

»Das sind Sie, Streich.«

Der reagierte nicht.

»Wer hat das gezeichnet?«

Wieder schwieg er.

»Ein Arbeiter aus der Tischlerei hat erklärt, dass die Tochter der Toten zeichnet. Viel zeichnet. Von ihr stammt wahrscheinlich auch die Zeichnung, die nach dem Attentat im Hof gefunden wurde und die möglicherweise einen der Attentäter zeigt. Wenn Sie nun eine Zeichnung von diesem Mädchen besitzen, scheint ihr Verhältnis zu der Kleinen doch enger gewesen zu sein.«

»Ich habe ihr gegen die Jungs geholfen«, erwiderte Streich lakonisch.

»Ein Racheengel«, sinnierte Dr. Knecht. »Ich hoffe, Sie machen keinen Fehler, Streich, und wissen, auf wessen Seite Sie stehen.«

»Wo ist das Mädchen jetzt?«, stellte er eine Gegenfrage.

Dr. Knecht ließ sich viel Zeit mit der Antwort.

»Bei einer Bekannten der Mutter. Vorerst. Das Jugendamt wird sich um die Kleine kümmern.«

Damit erhob er sich und verschwand grußlos durch die Tür. Rösch und der stumme Hellmann blickten sich kurz an, dann folgten sie ihm. In der Tür blieb Rösch stehen, als er bemerkte, dass er die Zeichnung noch in der Hand hielt, ging die wenigen Schritte zum Tisch zurück und ließ sie fallen.

Dann war nur noch das Getrampel der Männer auf der Treppe zu hören. Streich nahm seine Packung Morris und zog die letzte Kippe heraus. Die Schachtel zerknüllte er und warf sie gegen den Kalender.

Folter

Ferdinand Broich stand seit einer Stunde bei Ali, bestellte, obwohl es erst drei Uhr am Nachmittag war, sein drittes Bier. Seine Krawatte hatte er abgelegt und in die Jacketttasche gestopft. Seine Augen flirrten unruhig umher. Er nahm einen Schluck und wischte sich mit dem Handrücken einen Rest Flüssigkeit von den Lippen. Er war aus der Redaktionskonferenz geworfen worden, nachdem er vehement darauf bestanden hatte, über den neuen Anschlag mit zwei Toten schreiben zu dürfen. Ein älterer, in seinen Augen abgehalfterter und ausgebrannter Kollege ohne jeden Ehrgeiz hatte den Auftrag bekommen. Für Broich, und das hatte er in seiner Erregung nicht für sich behalten können, ein Indiz dafür, dass man in der Chefetage nicht daran interessiert war, die wahren Hintermänner der Anschläge auf die Waffenhändler zu benennen.

Er hatte schon zweimal über den Mordanschlag an Georg Puchert geschrieben, keine großen Berichte, aber er hatte Blut geleckt und gespürt, dass das ein Thema war, das die Politiker, die er interviewt hatte, wenn denn überhaupt einer dazu bereit war, möglichst kleinhalten wollten. Man ermahnte ihn, dass man in einer solch delikaten Angelegenheit bei Schuldzuweisungen, wie er sie mit seinen Fragen heraufbeschwöre, immer die Verhältnismäßigkeit im Auge behalten müsse. Der Vorwurf, der französische Geheimdienst stecke hinter diesen Anschlägen, womöglich mit Wissen der Regierung in Paris, war ja geradezu unglaublich und zweier Staaten, die dabei waren, ihre jahrhundertealte Feindschaft zu begraben und viele Partnerschaften, politische, wirtschaftliche und militärische, eingingen, unwürdig. Man vertröstete ihn, dass jeder Spur nachgegangen werde, aber dies brauche Zeit, und bis dahin solle man sich doch bitte jeglicher Spekulation enthalten.

Broich recherchierte auf eigene Faust weiter. Auch das gehörte zu dem Emanzipationsprozess von seinem Vater, einem Wehrmachtsoffizier, der den Verlust des Krieges und seines Nimbus nicht hatte verwinden können und seine Familie mit jedem Jahr, das seit dem Krieg vergangen war, mehr und mehr tyrannisierte. Besonders seinen zweiten Sohn Ferdinand, der kein Soldat geworden war und seinen Dienst in Jungvolk und Hitlerjugend nur widerwillig abgeleistet hatte. Zweimal war der Vater vorgeladen worden. Freundlich, aber bestimmt und mit Verweis auf seine eigene Karriere, hatte man ihn darauf hingewiesen, dass die Erziehung in der Familie, der Keimzelle des Volkes, beginne und man gerade jetzt, es war ein Jahr vor Kriegsende, von jedem Volksgenossen absoluten Einsatz erwarte.

Nach dem Krieg war Ferdinand zum Studium nach Frankfurt gegangen, weit weg von Hamburg und seinem Vater, der nun vom Vermieten der Wohnungen lebte, die seine Frau geerbt hatte. In Frankfurt lernte er einen Mann kennen, der in den nächsten Jahren sein Mentor werden sollte. Eugen Klammer war vor dem Krieg Journalist und Redakteur bei der *Frankfurter Zeitung* gewesen, hatte in seinen Artikeln keinen Hehl aus seiner Meinung über die Nationalsozialisten gemacht und sich auch nach der Machtübernahme nicht einschüchtern lassen. Mehrmals war er inhaftiert worden und hatte nur durch einige glückliche Umstände überlebt. Nach dem Krieg fasste er nur schwer wieder Fuß. Die Verbitterung über die Kollegen, die vor wenigen Monaten noch eifrig für die regimenahen Publikationen geschrieben hatten und sich nun als Widerstandskämpfer gerierten, trieb ihn in die Isolation. Er fühlte sich gedemütigt von dem Gegenwind, der ihm entgegenschlug, als er Entschädigung für das Unrecht, das man ihm angetan hatte, verlangte. Und schließlich war da die allgemeine Stimmung im Land, das Beharren auf dem Neuanfang und dem Vergessen des Geschehenen. Broich und er lernten sich in einer Buchhandlung kennen, als Ferdinand aus einer abseits abgestellten Kiste mit gebrauchten Büchern einen Roman von Siegfried Kracauer mit dem Titel *Ginster* herauswühlte, der sein Interesse geweckt hatte.

»Sie wissen, was Sie da in Händen halten?«, hatte Klammer Broich angesprochen, und es entspann sich daraus ein Gespräch, das die beiden später in einer nahen Wirtschaft bei mehreren Gläsern Apfelwein fortsetzten. In der Folge trafen sie sich immer wieder, und nach und nach erfuhr Ferdinand eine Geschichte jener zwölf Jahre, die er so ganz anders aus dem Mund seines Vaters gehört hatte.

Sie trafen sich nicht oft, drei- oder viermal im Jahr, aber dennoch übte Klammer auf Ferdinand einen nachhaltigen Eindruck aus, und die Nachricht, dass man den Mann erhängt in seiner Küche gefunden hatte, erschütterte ihn zutiefst. Aber je länger er über ihre Begegnungen und Gespräche nachdachte, desto verständlicher erschien ihm dessen Handeln. Klammer lebte ärmlich, ohne Anerkennung, und musste sich immer wieder Anfeindungen und Herabsetzungen gefallen lassen.

Broich, der gerade sein Studium der englischen und französischen Sprache, auch dies ein Affront gegen seinen Vater, beendet hatte, um den Beruf des Lehrers zu ergreifen, entschloss sich daraufhin, Journalist zu werden, und bewarb sich auf eine Volontärstelle bei einer Zeitung in Frankfurt.

Er fühlte sich Klammers Erbe verpflichtet, und die Geschichte um die Mordanschläge auf die Waffenhändler und der Umgang von Regierung und Behörden bei der Aufklärung offenbarte in seinen Augen genau jene Doppelmoral, die Klammer am eigenen

Leib erfahren hatte und die für den mehr und mehr politisierten Broich auch auf die politische Klasse der Bundesrepublik zutraf.

Was Broich mindestens genauso ärgerte, war, dass man, um ihn zum Stillhalten zu bringen, die journalistische Ethik bemühte. Man gehe erst dann mit Informationen an die Öffentlichkeit, wurde er belehrt, wenn sie absolut wasserdicht, die Beweise hieb- und stichfest seien und jeglicher kritischen Befragung stand-hielten.

Es war ja auch ein zu tollkühner Gedanke, dass der französi-sche Geheimdienst in Deutschland bombte und Menschen um-brachte, wo man doch endlich, nach zwei grauenvollen Kriegen, wie man nicht müde wurde zu betonen, an der Annäherung dieser beiden Nationen arbeite, die sich in den vergangenen Jahrzehnten und Jahrhunderten als ewige Erbfeinde betrachtet und bekriegt und so viel Leid über unzählige Familien gebracht hatten.

Er könne verstehen, hatte der Chefredakteur *coram publico* ge-sagt, dass ein junger, ehrgeiziger Journalist hier die Chance eines Scoops sehe, aber seine Aufgabe sei es, die Dinge in die richtigen Bahnen zu lenken. Broich solle erst einmal die seiner Stellung entsprechenden kleinen Brötchen backen, Erfahrungen und Me-riten sammeln und die großen Themen den erfahrenen Kollegen überlassen. Seine Zeit werde noch kommen, sie alle hätten mal klein angefangen.

Broich war erzürnt und zeigte dies deutlich, sprach von Wahr-haftigkeit, unterstellte dem Chefredakteur, nicht an der Aufklä-rung interessiert zu sein, ein Wort gab das andere, jedes lauter, verbissener als das vorherige, bis das Gespräch beendet und Broich des Raumes verwiesen wurde.

Jetzt musste er seinen Groll mit Bier hinunterspülen. Aber nicht nur das Bedürfnis nach Reinigung hatte ihn hierherge-führt. Dieser Mann, der bei ihrem Zusammentreffen vor nicht allzu langer Zeit so abweisend reagiert hatte, als er Algerien und den Krieg, den die Franzosen dort führten, erwähnt hatte, war ein ehemaliger Fremdenlegionär. Er hatte es damals schon geahnt, und ein paar Nachfragen hatten ihm den Verdacht bestätigt. Vielleicht wusste der etwas, Fremdenlegionäre hielten, so erzählte man, auch nach dem Dienst untereinander Kontakt.

»Eine raffinierte Bombe«, erklärte Ali den vier Männern, die vor der Ausgabe seiner »Hütte« standen und angeregt miteinander diskutierten. Broich hörte zu. Der rote Rudi war ebenso dabei wie Herbert. »Die Bombe wird mit einem starken Magneten unter dem Fahrersitz angebracht. An dem Sperrsplint wird ein Nylonfaden befestigt und der führt zu einer Bleischeibe, die auf das Auspuffrohr gelegt wird. Wird der Motor gestartet, fällt die Bleischeibe durch die Vibrationen runter und reißt den Splint aus dem Zünder und … rums.«

Alle nickten bestätigend.

»Wirklich raffiniert«, warf einer in die Runde. »Ich war bei den Pionieren und kann aus Erfahrung sagen, einfach raffiniert. Raffiniert und wirksam.«

»Und da stecken die Franzosen dahinter?«, fragte jemand.

»Rote Hand. Steht doch in der Zeitung. Der Geheimdienst. Mannomann. Jagen hier einfach einen in die Luft …«

»Und die Frau dazu«, rief ein anderer dazwischen. »Wer weiß, was die gerade gemacht haben, als die Bombe …« Er lachte dreckig. »Bei den Erschütterungen …« Er sah sich Beifall heischend um.

»Idiot«, wies Ali den Mann zurecht. »Hast du nicht gehört, wie das funktioniert. Du musst den Motor starten …«

»Vielleicht sind die mit dem Fuß gegen den Zündschlüssel … Und wenn die nur heftig«, er deutete mit den Fingern eine Kopulation an, »dann reicht das auch schon.«

»Das ist deine schmutzige Fantasie«, lachte einer und schlug seinem Nebenmann mit der flachen Hand auf die Schulter.

»Tag, Streich!«, begrüßte Ali den Neuankömmling, den niemand von den anderen bemerkt hatte, weil sie zu sehr mit sich selbst beschäftigt waren. »Ein Bier?«

Alle starrten ihn an.

Streich nickte.

»Das war doch bei dir im Hof?«, fragte Herbert.

Streich nickte erneut, lustlos. Er hätte sich denken können, dass alle das wussten und ihn deswegen löchern würden.

»Erzähl mal!«, forderte ihn ein anderer auf.

»Ein Waffenhändler«, begann der rote Rudi und schob seine Mütze ein Stück in den Nacken. »Macht Geschäfte mit dem Tod anderer.«

»Wenn der es nicht macht, macht es jemand anders.«

»Fritze, Mensch«, wurde der letzte Redner zurechtgewiesen, »der beliefert die Kommis!«

Nun mischte sich auch Broich ein. »Wer sagt denn, dass die Algerier Kommunisten sind. Zuerst einmal kämpfen die gegen ihre Kolonialherren.« Er sah dabei kurz zu Streich hinüber, doch bevor der antworten konnte, ging Ali dazwischen.

»Das ist doch nicht die Frage gewesen. Herbert wollte wissen, ob Streich etwas gesehen oder gehört hat … oder?«

Herbert nickte beflissen.

Streich winkte ab. »Nur den Knall hab ich gehört. War ja auf der anderen Seite.«

»Kanntest du den Kerl?«

Streich verneinte und überlegte, wie er möglichst schnell von hier wegkommen könnte.

»Du musst den doch kennen«, beharrte Herbert.

Einer der anderen wusste es besser. »Die Einfahrt zu der Halle ist nicht auf dem alten Tankstellengelände. Da konnte man nur von außen reinfahren. Stand doch in der Zeitung.« Er klopfte auf eines der Blätter auf der Auslage.

»Ist das so?«, wollte nun Fritze die Bestätigung von Streich.

»Ja«, sagte der kurz und bestellte bei Ali drei Päckchen Zigaretten.

»Was glauben Sie?«, fragte Broich, nachdem Streich sich aus einem der Päckchen eine Zigarette genommen und angezündet hatte. »Stecken die Franzosen dahinter? Der französische Geheimdienst? Man munkelt was von Roter Hand?«

»Keine Ahnung.« Er zog an seiner Zigarette. Ali schob ihm eine geöffnete Flasche zu und stieß mit einer zweiten dagegen.

Broich ließ nicht locker.

»Sie waren doch in der Fremdenlegion und bestimmt auch in Algerien …«

Streich fuhr herum und baute sich vor Broich auf. »Deswegen muss ich noch lange nicht wissen, ob da ein Geheimdienst dahintersteckt. Ich war Soldat.«

»Legionäre sollen, wie man hört, auch nicht gerade zimperlich mit ihren Gefangenen sein«, beharrte Broich hartnäckig.

»Reden Sie immer über Dinge, von denen Sie keine Ahnung haben? Sie sind doch bei der Zeitung …«

Broich ließ sich davon nicht beeindrucken, griff in seine Jackentasche und zog ein dünnes rotes Buch hervor, im Format eines Schulheftes.

»Kennen Sie das?«, fragte ihn der Journalist und hielt ihm den Umschlag vor die Nase.

Streich kniff seine Augen zusammen. Henri Alleg, las er, *Die Folter*, darunter stand auf Französisch *La Question*. Er schüttelte den Kopf.

»Dieser Mann«, Broich tippte auf den Buchumschlag, »Alleg, ein Journalist, wurde während der Schlacht von Algier gefangen genommen und gefoltert.« Er sah Streich herausfordernd an. »Von Soldaten. Fremdenlegionären.«

Streich trank unbeeindruckt aus seiner Flasche und versuchte, den Mann zu ignorieren. Die anderen beobachteten gespannt die Szene, mehr noch auf eine Reaktion Streichs wartend als auf den Ausschnitt, den Broich nun zum Besten gab. Scheinbar willkürlich hatte er eine Seite aufgeschlagen:

Lorca schnallte mich auf das Brett, eine neue Sitzung mit elektrischer Tortur begann. »Diesmal ists der ›große Eugen‹«, sagte er. In den Händen meines Peinigers sah ich einen viel größeren Apparat, und auch bei den Schmerzen empfand ich einen Unterschied in der Stärke. Anstelle der schnellen und spitzen Bisse, die mir den Körper zu zerreißen schienen, war jetzt ein viel größerer Schmerz, der sich tief in alle Muskeln einbohrte und sie verzerrte. Ich lag verkrampft auf meinen Fesseln, presste die Kiefer auf meinen Knebel und hielt die Augen geschlossen. Sie hörten dann auf, aber das nervöse Zittern dauerte an.

»Kannst du schwimmen?«, fragte Lorca, über mich gebeugt. »Du wirst es jetzt lernen. Los, zum Wasserhahn!«

Sie hoben das Brett auf, an das ich noch immer gefesselt war, und trugen mich in die Küche. Dort legten sie es mit dem Kopfende auf das Spülbecken. Zwei oder drei Paras hielten das andere Ende. Die Küche war nur von dem schwachen Licht des Gangs erhellt. Im Halbdunkel erkannte ich Inulin, Carbonare und den Hauptmann Devise, der anscheinend die Leitung des Unternehmens übernommen hatte. Am vernickelten Wasserhahn, der über meinem Gesicht glänzte, befestigte Lorca einen Gummischlauch. Er umwickelte meinen Kopf mit einem Tuch, indes Devise zu ihm sagte: »Stecken Sie ihm einen Knebel in den Mund.« Durch das Tuch kniff mir Lorca die Nase zusammen. Er schob mir ein Stück Holz zwischen die Lippen, um mich daran zu hindern, den Mund zu schließen oder den Schlauch wegzustoßen.

Als alles fertig war, sagte er zu mir: »Wenn du reden willst, brauchst du nur die Finger zu bewegen.« Und er öffnete den Wasserhahn.

Das Tuch saugte sich schnell voll. Das Wasser floss in meinen Mund, in meine Nase, über mein ganzes Gesicht. Eine Weile konnte ich noch kleine Atemzüge machen. Ich versuchte durch Zusammenziehen der Kehle so wenig Wasser als möglich zu schlucken, solange ich konnte, Luft in meine Lunge zu schöpfen, um gegen das Ersticken anzukämpfen. Aber bald konnte ich nicht mehr. Ich glaubte zu ertrinken, und eine quälende Angst, die Angst vor dem Tod, überfiel mich. Ohne mein Zutun streckten sich alle Muskeln meines Körpers, um mich der Atemnot zu entreißen, doch vergeblich. Gegen meinen Willen bewegten sich die Finger an meinen beiden Händen. »Es ist so weit. Er wird reden«, sagte eine Stimme.

Broich machte eine Pause. Streich hatte sich zwei Meter zur Seite bewegt, trank scheinbar unbeeindruckt sein Bier und rauchte, während die anderen um den Journalisten herumstanden. Doch bevor der Erste einen Kommentar abgeben konnte, las Broich weiter. »Noch einen kleinen Abschnitt«, sagte er:

Das Wasser hörte auf zu fließen, man nahm mir das Tuch ab. Ich atmete auf. Im Halbdunkel sah ich die Oberleutnants und den Hauptmann, Zigaretten zwischen den Lippen. Sie schlugen mit vollen Kräften auf meinen Leib, um mich so weit zu bringen, das geschluckte Wasser wieder auszuspeien. Betäubt von der eingeatmeten Luft, spürte ich kaum die Schläge. »Nun?« Ich blieb stumm. »Er hält uns zum Narren. Legt ihm den Kopf wieder drunter!« Dieses Mal schloss ich die Fäuste so fest, dass sich die Fingernägel in die Handballen eingruben. Ich war entschlossen, nicht mehr die Finger zu bewegen. Lieber beim ersten Strahl sofort ersticken! Ich fürchtete eine Wiederkehr dieses schrecklichen Augenblicks, wo sich mein Bewusstsein verdunkelte, obwohl ich mich zugleich mit allen Kräften gegen das Sterben wehrte. Ich bewegte nicht mehr die Finger, aber ich musste noch dreimal diese Höllenangst erdulden. Im letzten

Augenblick ließen sie mich Atem holen, während sie mir das Wasser
herauspressten.
Beim letzten Mal verlor ich das Bewusstsein.

Broich klappte das Buch zu. »Und das ist nur eine Szene. Alleg ist einer der wenigen, die die Folter in den französischen Gefängnissen lebend überstanden haben. Dessen Leiche man nicht irgendwo im Straßengraben gefunden hat.«

Streich stand noch immer abseits. Regungslos.

»Erinnern Sie sich?«, warf Broich ihm entgegen.

Die anderen öffneten den Kreis, den sie um den Journalisten gebildet hatten, erwarteten eine Reaktion.

»Sie sind doch bei der Zeitung«, erwiderte Streich, um Ruhe bemüht. »Schreiben kann man viel.«

»Apropos Zeitung«, mischte sich der rote Rudi ein, »habt ihr das Bild in der Zeitung gesehen?«

»Welches Bild?«, fragten Herbert und Fritze gleichzeitig, was Streich nutzte, um sich wieder abzuwenden.

Ali schob eine Zeitung über den Tresen, blätterte die entsprechende Stelle auf und tippte mit dem Finger darauf.

»Hier«, sagte er und las die Überschrift laut vor: »Wer kennt diesen Mann? Wer hat diesen Mann in den letzten Tagen gesehen?«

Streich kam nun doch näher und beugte sich vor. In der Zeitung war die Zeichnung von Lidia abgedruckt worden, die Zeichnung, die die Kommissare ihm gezeigt hatten, die Zeichnung, auf der man, mit wenig Fantasie, den Schwarzhaarigen erkennen konnte.

»Irgendwie habe ich das Gefühl, das Gesicht schon mal gesehen zu haben«, sagte Ali und kniff seine Lippen zusammen. »Aber ich komm einfach nicht drauf.«

Streich nahm sich das Blatt.

»Wo haben die das Bild her?«

»Steht nicht drin.«

»Hallo, Streich, ist was?«

Der betrachtete intensiv das Bild und überlegte, ob Lidia durch den Abdruck in Gefahr war. Wenigstens wurde sie in dem Artikel nicht namentlich genannt, und der Schwarzhaarige und Narbengesicht waren nach dem Anschlag, wenn sie halbwegs schlau waren, sicher sofort nach Frankreich zurückgekehrt.

»Nein, nein«, erwiderte Streich, »hab mir nur das Bild genauer angeschaut. Ist ja kaum was drauf zu erkennen.«

»Das denke ich auch«, stimmte ihm Ali zu.

»Vielleicht ist der ja von der Roten Hand …«, begann Broich und wandte sich Streich zu, doch der raffte seine Zigarettenpackungen zusammen, steckte sie ein und ging ohne einen Gruß davon.

Kleine Mädchen

Mit Franz Jung war nicht viel anzufangen. Zwei junge Kerle, die noch trainierten, erklärten ihm, dass ihr Chef heute mal wieder unerträglich sei und sich in sein Büro zurückgezogen und die Tür abgesperrt habe. Streich musste mehrmals klopfen und drohen, die Tür einzutreten, bis sich Jung aufrappelte und ihm öffnete. Dabei fiel er auf die Knie und versuchte unbeholfen, es wie ein Versehen aussehen zu lassen, was die Sache aber nur noch offensichtlicher und entwürdigender machte. Jung war sturzbetrunken, fand, als sie endlich Platz auf den Sesseln gefunden hatten, nur schwer seine Worte, begann im einen Moment von den alten Zeiten in der Legion zu schwärmen, um wenig später über die Verkommenheit des Boxgeschäftes zu lamentieren, über die Vorschriften, die Konkurrenz und darüber, dass es keine guten Boxer mehr gebe. Am Ende glitt er ins Weinerliche ab, was Streich unangenehm berührte.

Erst nachdem er ihm einen starken Kaffee zubereitet hatte, kam der Mann ein wenig zu sich, und Streich erfuhr, dass die Polizei auch bei dem Boxclubbesitzer gewesen war.

»Wieso denn bei dir?«, fragte Streich überrascht. »Du hast mit den Typen doch gar nichts zu tun.«

Jung legte ein verzerrtes Grinsen auf und erklärte dann, dass die Behörden ganz genau wüssten, wer in der Legion war.

»Wieso das denn?«, wollte Streich wissen. »Was haben die davon?«

Wieder bekam Jung nur ein albernes Grinsen zustande. »Für

die sind wir unsichere Kantonisten. Verkaufen unseren Arsch an andere. Vaterlandslose Gesellen«, lallte er und lachte. Es hatte fast etwas Irres. »Die haben ganze Karteikästen voll mit Namen. Von uns allen.« Er schwieg und sank für einen Moment in sich zusammen, berappelte sich und sah Streich kampflustig an. »Wir haben doch hier … nichts verloren, Arnolt. Nichts. Keiner will uns hier. Und wir wollen doch auch nicht hier sein. In diesem Glitzer. Alles, was hier zählt, ist Geld. Autos, Geschäfte … Das ist doch alles Mist … ein verhurter Mist ist das.« Er schnaufte, sank wieder kurz zusammen. »Man braucht uns nicht. Wir sind Penner. Abschaum. Die Leute lachen über uns. Ehre, Respekt, da scheißen die drauf!« Unbeholfen sah er sich um. »Gibt es hier nichts zu trinken? Trinken gegen all die Scheiße!« Mit einem Mal fixierte er Streich. »Und du? Ist es bei dir besser? Hockst da in deinem Loch. Von Bommels Gnaden.« Er lachte kurz auf. »Du warst ein guter Soldat.«

Streich winkte ab, wollte das nicht hören.

»Einer der besten«, fuhr Jung unbeirrt fort. »Diese Geschichte … da haben sie dich gefickt … Und das mit den Augen … lass dir halt 'ne Brille machen … ist doch nicht so schlimm …« Jung erregte sich beim Sprechen so sehr, dass er aufstand und wild mit den Armen fuchtelte. Doch plötzlich schien ihn alle Kraft zu verlassen. Er fiel in den Sessel zurück und schloss die Augen.

Streich gab ihm Zeit.

»Wie geht es Max?«, wollte er schließlich wissen.

Einen Moment hielt Jung inne, es schien, als überlege er, wer oder was das sei, bis Streich erklärte: »Dein Junge, der vermöbelt wurde …«

»Vermöbelt«, wiederholte Jung, strich mit seinem Zeigefinger über die Sessellehne und begann unvermittelt zu lachen. »Dem Jungen geht es gut … ja, ja … hat der nicht verdient. Hab dem die Papiere besorgt …«

»Papiere?«, fragte Streich.

»Der …«, er schien nach dem Namen zu suchen.

»Max.«

»Ja, genau, sag ich doch, der … Max … hat keine Eltern, niemand … Ich hab ihm Papiere besorgt. Ausweis und so. Wie echt. Nicht zu erkennen, dass die … du weißt schon.« Er lachte kurz. »Von … meinem eigenen Geld … 'ne ganze Stange … Und zum Dank? … Lässt er sich vermöbeln.« Er lachte wieder und streichelte erneut die Lehne des Sessels.

»Grüß ihn von mir«, sagte Streich im Aufstehen, klopfte Jung auf die Schulter, der sich ebenfalls erheben wollte, den Versuch aber gleich wieder abbrach.

Draußen rief Streich den beiden Jungs, die ihr Training inzwischen beendet hatten und auf einer Bank vor dem Ring saßen, zu, dass sie sich um ihren Boss kümmern sollen.

Es regnete, als er auf die Straße trat. Er drückte sich an die Hauswand und fand ein wenig Schutz unter dem vorspringenden Dachgiebel, wo er sich eine Morris ansteckte. Den Schatten nahm er wahr, spürte auch die Gefahr, aber es war zu spät. Plötzlich standen sie rechts und links von ihm, und der Lauf einer Waffe drückte durch seine Jacke.

»Vier-auf-einen-Streich, so sieht man sich wieder. Welch ein Vergnügen!« Streich spürte den Atem des Schwarzhaarigen an seinem Ohr. Warum waren diese Kerle nicht schon längst über alle Berge?

»Gute Arbeit, Vier-auf-einen-Streich«, sprach der Mann weiter in seinem süffisanten Tonfall. »Einer weniger. Und du hast …«

»Was wollt ihr?«, fragte Streich und blies den Zigarettenrauch in das Gesicht des Schwarzhaarigen.

Dessen Augen funkelten, aber er gab sich unbeeindruckt. »Es gibt ein Problem … Mais non, zwei Probleme, Vier-auf-einen-Streich.«

»Arnolt!«, fauchte er den Mann zornig an.

»So empfindlich, unser lieber … Arnolt …« Der Schwarzhaarige blickte an Streich vorbei zu Narbengesicht, der daraufhin den Druck mit der Pistole erhöhte.

Streich versuchte, ruhig zu bleiben. »Eure Probleme.«

»Ja, die Probleme«, begann der Schwarzhaarige. »Da ist ein Bild. In der Zeitung. Gar nicht schlecht getroffen. Vielleicht ein bisschen schmal«, er fuhr sich mit Daumen und Zeigefinger übers Kinn. Seine Gesichtszüge verhärteten sich und er wurde ernst: »Ich will wissen, wer das gemacht hat.« Er blickte Streich in die Augen. »Keine Ahnung, Arnolt?« Er dehnte den Namen.

»Ich habe es nicht gezeichnet«, entgegnete er.

»Das dachte ich mir. Also wer dann? Es muss jemand auf dem Gelände gewesen sein.« Er machte eine Pause und steckte sich nun selbst eine Zigarette an. Ein Mann unter einem Schirm eilte vorüber, einen Spitz an der Leine führend, kurz vor ihnen beschleunigte er seine Schritte, schielte zu ihnen herüber.

»Arnolt«, sagte nun Narbengesicht und imitierte die gedehnte Aussprache seines Gefährten. Er unterstrich die Aufforderung mit zwei Stößen seiner Waffe. »Es gibt da ein … jeune fille … sie hat das Bild gemalt.«

»Woher wisst ihr das?«, entfuhr es Streich.

Beide lachten. »Oh, là, là, Arnolt, die kleinen süßen Mädchen, die magst du … weißt du noch … Oran?«

Streich ignorierte die Pistole und schlug dem Schwarzhaarigen, der die letzten Worte gesagt hatte, einen Haken unters Kinn. Der taumelte zurück. Narbengesicht hieb ihm den Knauf der Pistole in den Nacken und wollte gleich nachsetzen.

»Arrête la merde, connard!«, unterband das der andere. Streich rieb sich mit der Hand den Nacken.

»Mach keine Dummheiten, Arnolt!«, fauchte ihn der Schwarzhaarige an.

Ein paar Sekunden belauerten die drei einander.

»Das Mädchen«, der Schwarzhaarige trat an Streich heran, »hat das Bild gemalt. Und sie hat auch noch etwas gefunden. Etwas, das«, er machte eine Pause und sah Narbengesicht wütend an, »er verloren hat. Nicht gut. Gar nicht gut. Die Zeichnung … dass es die gibt, passiert, aber das andere … nur weil er es verliert …«

»Pas encore!«, entgegnete Narbengesicht aufgebracht. Es klang, als hätten sie schon öfters darüber gestritten.

»Eine Brieftasche. Mit Papieren. Wichtigen Papieren. Nicht gut, wenn die falschen Leute die …«

»Das Mädchen hat sie«, ergänzte Narbengesicht. »Dein Mädchen.«

»Und?«, fragte Streich, der seinen Kopf hin und her rollte, um den Schmerz aus seinem Nacken zu vertreiben.

»Und?!« Der Schwarzhaarige lachte. »Du bringst uns das Mädchen. Mit der Brieftasche.«

»Warum seid ihr euch so sicher, dass sie sie hat?«, fragte Streich.

»Wer sonst.«

»Vielleicht ich … Oder die Polizei.«

»Keine Späße, Vier-auf-einen-Streich!«, warnte ihn der Schwarzhaarige. »Du bringst uns das Mädchen!«

Streich sah an dem Mann vorbei auf die Straße, wo der Regen eine große Wasserfläche gebildet hatte, deren Oberfläche der Wind kräuselte. Er kniff seine Augenlider zusammen. Lichtpunkte tanzten darauf. Konturlos, ein Meer von Blitzen.

»Das Mädchen! Sie haben das Mädchen!«, hört er einen Legionär rufen. Zwei Männer haben ihn auf die Straße gezerrt, kaum bekleidet. Oben herrscht Tumult. Ein Fenster wird geöffnet. Das Fenster des Zimmers, in dem er eben noch auf dem Bett gelegen hat. Er sieht das Mädchen, die Augen aufgerissen. Sie schreit ihn an. Ihn. Dann hängt sie mit einem Mal über der Brüstung. Schreit stumm. Ihr zitternder Körper hängt an einem Arm. Einen kurzen

Moment ist das Gesicht des Sous-Lieutenants zu sehen, Augen, die nur ihn anschauen. Die sich vergewissern wollen, dass er sieht, was jetzt geschieht. Er lässt das Mädchen los.

»Vier-auf-einen-Streich?! Hast du verstanden?!« Narbengesicht stieß ihn an. »Das Mädchen! Und die Brieftasche! Oder willst du etwa, dass man dich für den Mörder von Mühlbauer hält?« Der Schwarzhaarige lachte, gab ihm einen Klaps auf den Oberarm.

Dann gingen sie, unbeeindruckt vom Regen, davon. Streich sah ihnen nach. Zündete sich eine Morris an.

Vor ihm knallt der Körper auf den Asphalt. Die aufgerissenen Augen starren ihn an. Er tritt zurück, schaut über die Schulter. Kein Mensch zu sehen. Oben aus dem Fenster ein Lachen.

Fragewunden

Völlig durchnässt erreichte Streich seine Wohnung, ließ in der Küche seine Kleidung neben den Tisch fallen, legte sich nackt mit einer Flasche Wermut auf den Boden und starrte zur Decke hinauf. Von der Lampe im Hof drang ein Rest Licht durch das Fenster. Regentropfen schlugen gleichmäßig gegen die Scheibe. Warten. Worauf? Den Feind? Welchen?

Er trank. Starrte. Trank. Die Kälte des Fußbodens kroch in seinen Rücken. Füllte seinen Körper. Er zitterte. Trank. Warf die Flasche um. Die Flüssigkeit breitete sich auf dem Boden aus. Der süßliche Geruch des billigen Alkohols füllte die Luft. Dann ein Knacken, ein Stöhnen, ein Ächzen. Er ballte die Fäuste. Wartete.

Ein Hämmern gegen die Tür riss ihn aus seinem Dämmer.

»Streich, mach auf!«

Er starrte weiter die Decke an. Eins, zwei, drei …

»Streich!«

… vier …

»Mach auf! Ich weiß, dass du da bist! Verdammt!«

Streich erhob sich. Er schwankte. Stolperte … fünf, sechs … Wieder ein Schlag.

»Ich trete gleich die Tür ein!«

Er stand auf … sieben … machte einen Schritt zur Tür, glitt in der Pfütze aus, knickte ein, fing sich … acht … war bei der Tür, öffnete, stand nackt vor Bommel, der ihn erst überrascht, dann angeekelt ansah, sich an ihm vorbei in die Wohnung drückte und dabei den Lichtschalter umlegte. Die Deckenleuchte sprang an.

»Hast du gesoffen?« Er machte einen Bogen um die Pfütze und schob mit dem Fuß die nassen Kleider zur Seite. »Zieh dir was über!«

Streich folgte ihm, hob die Flasche auf, trank den verbliebenen Schluck, ließ sich auf den Stuhl am Tisch fallen, nach wie vor nackt, packte den Tonarm, setzte die Nadel neben die Platte. Erst beim dritten Versuch traf er die Rille. Bommel schaute ihm dabei herablassend zu.

Ein Knistern.

Bommel tippte ungeduldig mit den Fingern auf dem Tisch. Streich wartete auf die Stimme. Das Begehren.

Il avait de grands yeux très clairs
Où parfois passaient des éclairs
Comme au ciel passent des orages.

»Nein! So geht das nicht, Streich!«

Bommel schob seinen Körper an den Tisch, nahm den Tonarm und legte ihn ab. Die Piaf verstummte.

Streich wollte aufspringen und stieß sich das Knie am Tisch, der Plattenspieler wackelte.

»Bleib sitzen, Streich!«

Er sah seinen Vermieter einen Moment an, blieb tatsächlich auf dem Stuhl und machte ein fahriges Handzeichen, dass Bommel beginnen sollte.

»Du steckst in der Scheiße, Streich! Verdammt tief in der Scheiße!«

Er machte eine Pause. Wartete auf eine Reaktion. Vergeblich.

»Weißt du, Streich, das könnte mir eigentlich scheißegal sein. Aber mir wollen die auch an den Arsch …«

Wie durch einen Schleier drangen Bommels Worte in sein Hirn, als hätten sie auf dem langen, langen Weg durch all die Windungen seines Gehörgangs mehr und mehr an Kraft verloren.

»Da kommen Leute, die wollen was von einem Bild wissen. Dann von einer Brieftasche. Von einem Mädchen. Verstehst du das, Streich?«

… zehn … oder? … neun …

»Unfreundliche Leute. Sehr unfreundlich. Zeigen nicht mal ihr Gesicht. Aber drohen mir. *Mir!*«

… zwölf, dreizehn …

»Hörst du mir überhaupt zu, Streich? Bist du so abgefüllt …«

Er schüttelte verächtlich seinen Kopf.

»Ich glaube, du hast ganz mächtig die Scheiße am Hacken. Und ich, Streich, verstehst du, ich will von der Scheiße nichts abkriegen.«

»Beruhig dich, Bommel!«

Die falschen Worte. Der wurde nur noch wütender.

»Ich soll mich beruhigen?! Beruhigen?!«

… vierzehn, vierzehn …

»Was hast du damit zu tun, Streich? Mit dieser Explosion. Den Toten. Warum hast du mich nach den Autos gefragt? War das wirklich bloß Zufall?«

… vierzehn …

Streich streckte seine Hand, griff nach dem Tonarm, bekam ihn erst beim zweiten Mal richtig zu fassen, und da erklang die Stimme der Piaf:

Il était plein de tatouages
Que j'ai jamais très bien compris.
Son cou portait: »Pas vu, pas pris.«
Sur son cœur on lisait: »Personne.«
Sur son bras droit un mot: »Raisonne«.

»Wenn die dich fertigmachen, ist mir das egal ...«, Bommel sprach immer erregter, Streichs Teilnahmslosigkeit machte ihn aggressiv und hilflos. »Aber du ziehst andere da mit rein.« Er sah Streich an, wollte ihn mit seinem Blick zwingen, zu ihm zu schauen. »Gerber! Du weißt, wer Gerber ist?«

Keine Reaktion.

... fünfzehn ...

»Der Vorarbeiter aus der Tischlerei unten. Weißt du, wo der jetzt ist?«

... sechzehn ...

»Im Krankenhaus. Ich habe den Mann gefunden. Als ich dich gesucht habe. Hier unten. Vor deiner Tür. Übel zugerichtet. Nase gebrochen. Zwei Finger gebrochen. Rippe angeknackst. Beide Augen zugeschwollen.«

... siebzehn ... Er war wieder im Rhythmus. Erleichtert.

»Zwei Männer waren das, Streich! Geht dir ein Licht auf? Zwei Männer. Erinnerst du dich. Auch bei mir waren zwei Männer. Von Gerber wollten die wissen, wer hier so auf dem Gelände rummacht. Außer dir. Von wem die Zeichnung sein könnte. Kapierst du? Die Zeichnung ... Weißt du jetzt, von wem ich rede? Das Mädchen. Dann gingen ihm die Lichter aus. Ist jetzt im Krankenhaus. Wird dauern, bis der wieder auf dem Damm ist.«

... achtzehn ...

»Hängst du da mit drin, Streich?«

... neunzehn ...

»Die Polizei hat dich auch auf dem Kieker.«

Lumière!

Abdrücke

Die Bilder an der Decke hatte er noch nie bemerkt. Verwischte Fratzen, die ihn höhnisch auslachten, die aussahen, als wollten sie sich zu ihm herablassen. Er kniff seine Augen zusammen, und aus den Zeichnungen wurden Dreck, Wasserschäden, Schlieren, Essensreste, die irgendwann einmal an die Decke geschleudert worden waren und sich mit den Jahren hineingefressen hatten.

Mühsam drehte er sich zur Seite, blickte in die Pfütze neben seinem Kopf, sah an sich herunter, an seinem nackten Körper. Übergroß die Mahnmale der Kriege, die Schrammen, Narben, Verwachsungen.

Langsam richtete er sich auf. Versuchte, sich an die Nacht zu erinnern. Der Schwarzhaarige. Narbengesicht. Bommel.

Und alle hatten sie etwas mit dem Mädchen zu tun. Wollten wissen, wo sie war.

Die Zeichnung.

Als er endlich aufrecht stand, musste er einen Moment innehalten, um das Karussell in seinem Kopf zu beruhigen, schlich dann zur Spüle, schaltete den Tauchsieder ein und stellte sich ans Fenster. Es hatte aufgehört zu regnen, zarte Ausläufer von Sonnenstrahlen fingen sich auf den Pfützen. Eine seltsame Ruhe strahlte dieses Bild aus, das, noch bevor das Wasser kochte, durch das ruckartige Bremsen eines Opels gestört wurde.

Rösch und Hellmann sahen, fast obligatorisch, zu ihm herauf, nachdem sie aus dem Wagen gestiegen waren. Er blieb am Fenster stehen, wartete auf das Klopfen, begann zu zählen … eins, zwei, drei … brach das Spiel ab, schaltete den Tauchsieder aus, streifte die noch feuchte Hose über seine Beine und öffnete die Tür. Unten hörte er die beiden Männer, ging zurück und stellte sich wieder ans Fenster.

Auf der Schwelle blieben sie stehen, sahen ihn an, bemerkten die Pfütze. Hellmann sog vernehmlich die Luft ein.

»Sie könnten mal lüften!«, schlug Rösch vor.

Streich achtete nicht darauf. Er schüttete das Wasser aus dem Tauchsieder in einen Becher, gab das Kaffeepulver hinzu, rührte.

»Guten Morgen!«, grüßte er seine Besucher, nachdem er mit all dem fertig war.

Rösch und Hellmann traten nun in die Wohnung und machten dabei einen großen Bogen um die Pfütze. Beide Männer in Anzügen, beide frisch rasiert.

Streich nippte an seinem Kaffee.

»Sie kennen Hans-Georg Gerber?« Diesmal war es Hellmann, der die Frage stellte. Wieder hielt er einen kleinen Block in der Hand, um sich Notizen zu machen.

»Nein«, antwortete Streich lapidar.

»Der Mann arbeitet hier!« Er sah den ehemaligen Legionär erwartungsvoll an.

»Ich kenne die Leute nicht mit Namen.«

»Na gut, Streich«, griff Rösch in das Gespräch ein. »Gerber arbeitet in der Tischlerei. Hier, in einer der Hallen. Die kennen Sie, oder?«

Streich nickte.

»Gut! Der Mann ist gestern zusammengeschlagen worden. Gelinde ausgedrückt … Ihr Vermieter, dieser …«

Hellmann sprang ihm bei. »Bommel.«

»Ja, Bommel hat ihn gefunden und ins Krankenhaus gebracht. Dem Mann ist übel mitgespielt worden. Trägt die Handschrift von Profis.« Er sah Streich an, der erwiderte den Blick ungerührt, trank dann einen Schluck, um sich anschließend aus der auf der Fensterbank liegenden Zigarettenschachtel eine Morris zu fingern und anzuzünden.

»Und Sie glauben, dass ich …?«, fragte Streich zwischen zwei Zügen.

Rösch schüttelte langsam den Kopf. »Ich würde Ihnen das zutrauen, ja, aber ich glaube nicht, dass Sie das waren. Warum auch.« Er ließ sein Gegenüber nicht aus den Augen.

Hellmann schrieb fleißig mit.

»Ich vermute«, begann Rösch und trat ein Stück näher an Streich heran, »dass das die gleichen Leute waren, die für das da«, er deutete mit einer Kopfbewegung in Richtung der Garage, in der Mühlbauer in die Luft gejagt worden war, »verantwortlich sind. Meine Vermutung, Streich, ist, dass die von Gerber wissen wollten, von wem die Zeichnung stammt, die in der Zeitung abgedruckt ist.«

»Und?«

»Und?« Rösch dehnte das kurze Wort. »Gerber sagt nichts. Hat die Männer nicht erkannt, behauptet er. Weiß angeblich nicht, was die wollten. Komisch, oder? Wird zusammengeschlagen. Einfach so.«

Streich schwieg, rauchte, trank. Ignorierte die nasse Hose an seinen Beinen.

»Streich!« Rösch schaffte es, noch eine Nuance ernster zu werden. »Haben Sie etwas gesehen? Haben Sie diese Männer gesehen?«

»Ich bin gestern Abend erst spät nach Hause gekommen.«

»Das beantwortet nicht meine Frage.«

»Ich habe nichts gesehen. Als ich kam, war niemand hier.«

Rösch nickte und sah kurz zu Hellmann, der weiter Notizen in sein Buch eintrug.

»Und niemand hat Sie kontaktiert, hat nach dem Mädchen gefragt?«

Streich schwieg.

»Sie müssten doch die erste Adresse für diese Leute sein. Wohnen hier. Arbeiten hier. Sind Tag und Nacht hier. Und … das Mädchen kennen Sie auch. Die Zeichnung … die ist doch von der Kleinen?«

»Bei mir war niemand!«, stellte Streich kategorisch fest und trank den Rest des inzwischen abgekühlten Kaffees in einem Zug aus.

Rösch beobachtete ihn, wollte zu einer Erwiderung ansetzen, unterließ es dann aber doch.

»Streich, Sie müssen mit aufs Präsidium. Wir brauchen Ihre Fingerabdrücke.«

In der Polizeidirektion ließ man ihn warten. Er saß in einem kühlen Flur und starrte die gekalkte Wand ihm gegenüber an. Kaltes Licht aus Neonröhren erhellte den langen, hohen Gang. Dass Gerber, zusammengeschlagen und eingeschüchtert, den Kommissaren nichts gesagt hatte, verwunderte ihn nicht. Doch er war sicher, dass der Schwarzhaarige und Narbengesicht von ihm erfahren hatten, was sie wissen wollten. Dass das Mädchen sich oft auf dem Gelände aufhielt, dass die Zeichnung von ihr stammte, ihren Namen vielleicht. Und er war sich sicher, dass sie die Möglichkeiten und auch die nötige Skrupellosigkeit besaßen, um herauszubekommen, wo Lidia wohnte. Er musste ihnen zuvorkommen. Das hatte er auf der Herfahrt auf der Rückbank des Opels beschlossen.

Fast eine Stunde musste er in dem kühlen Flur ausharren, auf einem Stuhl, der viel zu niedrig für ihn war. Immer wieder liefen Menschen an ihm vorbei, schauten kurz auf ihn herunter. Er ignorierte ihre Blicke, wusste, dass der Stuhl genau aus diesem Grund nicht höher war: Er sollte sich klein fühlen. Eine Erniedrigung. Auch eine Form der Folter, anders als die, die er kennengelernt und angewandt hatte, aber das Ziel war das gleiche: Den anderen gefügig machen, ihm die Würde nehmen, ihn sich selbst verachten lassen.

»Streich!« Ein Mann, über dessen mächtigen Bauch sich zwei Hosenträger spannten, stand in der Tür rechts von ihm und sah griesgrämig zu ihm herüber.

Streich blickte auf, der Dicke forderte ihn mit einer Bewegung seiner Hand auf, zu ihm zu kommen.

Er erhob sich langsam und trat in einen dunklen Raum, in dem nur die schwache Birne einer Schreibtischlampe ein klein wenig Orientierung bot.

Der Dicke dirigierte ihn zu dem Tisch, auf dem die Lampe stand. »Setzen!«

Streich nahm Platz. Vor ihm auf dem Tisch lag ein Blatt Papier mit zehn Feldern, für jeden Finger eins. Daneben ein schwarz getränktes Stempelkissen.

»Zuerst den rechten Daumen!«

Sowie Streich den entsprechenden Finger auf das Kissen gelegt hatte, packte der Dicke zu und drückte ihn fest in das weiche Bett, bewegte ihn kurz nach rechts und links, um ihn dann zu einem der Felder zu führen. Dabei tat er völlig unbeteiligt. Routine. So, wie Streich es selbst kannte, aus den Kellern. Als harmloser Beginn dessen, was folgen sollte. Und sie wussten alle, was folgen würde. Die Schreie derer, die vor ihnen in diesem Raum waren, hatten sich in ihre Ohren, in ihr Hirn eingebrannt. In jede Faser ihres Körpers. Deshalb hatten sie diesen Raum für die Verhöre ausgesucht, zwischen den Zellen, in denen man den Schreien nicht entgehen konnte. Tag für Tag, Nacht für Nacht. Für Streich war es eine Notwendigkeit. Im Krieg. Nichts Persönliches. Wie für die meisten. Es gab aber auch die anderen. Die taten es mit Begeisterung.

Nacheinander führte der Dicke den Ablauf mit allen Fingern

der rechten Hand durch. Streich schien, dass der Mann fester drückte, als es nötig gewesen wäre.

Danach kam die linke Hand dran. Kaum hatte er den Daumen vom Stempelkissen auf das Blatt gelegt, wurde die Tür geöffnet. Die Schritte der eintretenden Person spürte Streich mehr, als dass er sie hörte. Dann war es wieder still, bis auf das Schnaufen des Dicken, der nun Streichs linken Zeigefinger auf dem Blatt hin und her rollte, noch fester als davor.

»Sie waren in der Legion, Streich!« Dr. Knecht gab seiner Stimme einen harten Klang. Ihn schien nicht zu stören, dass Streich nicht antwortete. »Indochina?!«

Streich brummte.

»Dien Bien Phu? Einer der Tapferen? Einer von denen, die sinnlos geopfert wurden?! Von einer unfähigen militärischen Führung?! Verheizt?!«

Der Dicke nahm den Mittelfinger, drückte kurz zu. Streich biss die Zähne zusammen.

Streich brummte wieder etwas Unverständliches.

»Nein, da waren Sie nicht dabei, Streich. Sie waren keiner der Helden von Dien … Bien … Phu. Oder besser der verheizten Trottel von Dien … Bien … Phu.« Dr. Knecht ließ zwischen den einzelnen Wörtern bedeutungsschwangere Pausen. »Nein, Sie waren in Saigon. Lazarett. Verletzung an der Schulter. Ist das wieder …«

Woher wussten die das? Der Dicke stieß wie aus Versehen gegen die verbrannte Stelle an der Schulter. Streich zuckte zusammen, musste mit aller Kraft einen Schmerzschrei unterdrücken. Ungerührt nahm der Dicke den nächsten Finger. Hier saß niemand in Zellen, die in Hörweite waren. Hier ging es nur um ihn.

»Dann Algerien. 1954.«

Die Angaben stimmten. Und Dr. Knecht sprach wie jemand, der wusste, dass er recht hatte.

Der Dicke drückte den Ringfinger auf das Blatt, verstärkte den Druck zusätzlich mit dem Nagel seines Zeigefingers, stach ihn in die Haut, als wollte er sie aufreißen. Streich war versucht, ihm den Ellenbogen in den Magen zu rammen.

»Die Schlacht von Algier! Waren Sie dabei?« Dr. Knecht stellte die Fragen ohne Rührung.

»Ja.«

»Und?«

Der Dicke packte nun den kleinen Finger, wälzte ihn erst rabiat auf dem Kissen, dann auf dem Papier, als wollte er ihn brechen. Streich fürchtete, dass der Schnitt, den ihm Großmanns Männer mit dem Messer zugefügt hatten, wieder aufriss.

»Wir haben gesiegt.«

»So behauptet man in Frankreich. Es wurden dort ja auch sehr ... nennen wir es ... harte Maßnahmen durchgeführt. Waren Sie daran beteiligt?«

Streich schwieg und spürte gleich wieder den Fingernagel des Dicken. In dem schummrigen Licht versuchte er zu erkennen, ob das der einzige Finger war, dessen Nagel so lang war.

»Was ich sagen will ...«, Dr. Knecht machte eine Pause, während der der Dicke Streich mit einem Schlag auf die verbrannte Stelle an der Schulter aufforderte, aufzustehen.

»Da rüber!«, zischte er ihm ins Ohr. Erst jetzt erkannte Streich die Messlatte an der Wand.

»Hinstellen!« Kaum stand Streich vor der Messlatte, bekam er von dem Dicken eine Pappe in die Hand gedrückt, darauf eine Nummer.

»Ich bin kein Verbrecher«, wehrte er sich und hielt die Pappe vor seinen Schritt, mit verdeckter Schrift.

Der Dicke riss sie ihm aus der Hand und knallte sie richtig herum gegen seine Brust. »Festhalten!«, befahl er.

»... ist, dass die Franzosen nicht zimperlich sind, wenn es um ihre Interessen geht.« Dr. Knecht vollendete seinen Satz, als hätte es keine Unterbrechung gegeben. »Nicht dass ich ein solches Verhalten grundsätzlich missbilligen würde. Aber hier geht es um die Souveränität eines Staates. Des deutschen Staates, auf dessen Boden Verbrechen begangen wurden.«

Der Dicke hatte aus einer Ecke des Raumes eine Kamera auf einem Stativ herangeschleppt und baute sie anderthalb Meter vor Streich auf.

»Es ist nicht im Interesse des deutschen Staates, daraus eine Affäre zu machen. Dazu steht zu viel auf dem Spiel. Aber was ich nicht dulde …« Wie abgesprochen flammte der Blitz des Fotoapparats auf und blendete Streich. Unwillkürlich kniff er seine Augen zusammen.

»Umdrehen! Seitenansicht!«, kommandierte der Dicke.

»… ist, dass Deutsche, zumindest ihrem Pass nach, da als Helfer fungieren!«

Streich drehte sich langsam um.

Wieder flammte der Blitz auf. Dieses Mal war er vorbereitet.

»Was wissen Sie, Streich?«

»Andere Seite!«

Er begann, sich um einhundertachtzig Grad zu drehen, und zählte … vier, fünf, sechs …

»Sagen Sie mir nicht, dass es ein Zufall ist, dass Sie ausgerechnet dort wohnen, wo der Wagen des Mannes, der im Begriff stand, Waffen an die FLN zu liefern, in die Luft gesprengt wurde.«

… sieben, acht, neun …

Der Blitz riss für den Bruchteil einer Sekunde die Dunkelheit des Raums auf. Streich wandte seinen Kopf zu Dr. Knecht, aber mehr als einen Schatten, der durch die Tür auf der gegenüberliegenden Seite huschte, konnte er nicht erahnen.

Der Dicke ließ ihn noch einige Sekunden vor der Messlatte an der Wand stehen. »Fertig!«, sagte er schließlich, schlaff, kraftlos.

Er schaltete das Deckenlicht an, und zum ersten Mal konnte Streich den Raum in seiner Gesamtheit wahrnehmen. Kahle, weiß gestrichene Wände, in der Mitte der Tisch mit dem Stempelkissen und einem Holzkasten. Vor einer Wand stand eine schmale Kommode, darauf eine Thermoskanne, die der Dicke nun aufschraubte, um den Inhalt in den Deckel zu gießen. Der Geruch von scharfem Alkohol drang in Streichs Nase.

Der Dicke nahm einen Schluck, bemerkte Streichs Blick, setzte ab und deutete mit dem Kopf zur Tür. »Sie können gehen!«, sagte er, um gleich wieder zu trinken.

Draußen auf der Straße zündete Streich sich eine Zigarette an.

»Wir sehen uns, Streich!«

Das war Rösch, der mit Hellmann an ihm vorbei zu dem Opel lief, den sie bei ihrer Ankunft vor dem großen Gebäude der Direktion abgestellt hatten. Sekunden später brauste der Wagen mit hoher Geschwindigkeit an ihm vorbei.

Informationen

Bei Ali war nicht viel los. Drei Männer standen an der seitlichen Ablage, vor sich Bierflaschen und ein Teller mit Fleischwurst, von der sie sich nacheinander Scheiben abschnitten und in einen Berg Senf tunkten, bevor sie sie hinunterschlangen.

»Streich, Tag!«, begrüßte ihn der Einarmige. »Habe wieder Ware bekommen.«

Ohne die Antwort abzuwarten, verschwand er im Inneren des Wasserhäuschens und kam kurz darauf mit einer Stange Zigaretten, eingewickelt in eine Zeitung, zurück. Streich musste nichts sagen, als er die vor seinem Gast auf den Tresen legte.

»Zahlst beim nächsten Mal.«

Streich dankte es ihm mit einem Nicken. Das Geld, das er von dem Schwarzhaarigen auf der Rennbahn erhalten hatte, lag noch hinter der Spüle versteckt.

»Du hast doch ein Telefon …«, begann er, doch Ali unterbrach ihn mit einer Geste seiner gesunden Hand.

»Muss nicht jeder wissen, sonst kommen die alle hierher … und die Zahlungsmoral …«

Streich nickte. »Hast du auch ein Telefonbuch?«

»Na selbstredend«, antwortete der Kioskbesitzer stolz. »Name?«

»Josefa Strack.«

Streich hatte, als er bei der Polizei auf dem Gang warten musste, lange darüber gegrübelt, wie der Name der Frau lautete, von der die Polizei erfahren hatte, dass Meta Dargatz ihn aufsuchen wollte. Rösch hatte das beim vorletzten Besuch erwähnt.

Lange fiel er ihm nicht ein, doch schließlich fand er die Brücke: eine Nachbarin seiner Eltern, die ebenfalls diesen Vornamen trug. Als Kind hatte er sich oft über diesen so seltenen wie seltsamen Namen gewundert. Und Strack hieß ein Offizier, unter dem er in Russland gedient hatte, ein Feigling, der seine Männer grundlos in den Tod schickte, selbst aber stets in Sicherheit blieb.

»Hier.« Ali kam mit einem Lächeln zurück und legte das Buch vor Streich auf den Tresen. Der begann, gleich zu blättern. Ali beobachtete ihn gespannt.

»Große Literatur! Alle Achtung!«

Beide sahen überrascht auf. Broich stand neben ihm.

»Was wollen Sie?«, fauchte ihn Streich an.

»Die Frage sollte Ali stellen«, erwiderte der Journalist.

Der Einarmige machte eine beschwichtigende Geste Richtung Streich und sah den jungen Mann fragend an.

»Ein Bier!«, forderte der. »Wen suchen Sie denn?«

Streich, der gebeugt über dem Buch stand, erhob sich und baute sich vor Broich auf. »Das geht Sie gar nichts an«, sagte er. »Trinken Sie Ihr Bier und lassen Sie mich in Ruhe.«

»Vielleicht kann ich helfen …«

»Ich brauche Ihre Hilfe nicht.« Damit wandte Streich dem Mann seinen Rücken zu und beugte sich wieder über das Telefonbuch, während Broich von Ali eine geöffnete Bierflasche gereicht bekam. Ali bedeutete ihm mit einem Blick, ein paar Meter zur Seite zu gehen. Er kam dem nach und stellte sich zwischen Streich und die Wurstesser, die dem verbalen Schlagabtausch interessiert zugeschaut hatten.

Inzwischen hatte Streich die richtige Seite gefunden und ließ seinen Finger, den Kopf nah ans Buch gerückt, über die Namensreihen gleiten.

»Du solltest dir eine Brille besorgen?«, riet ihm Ali.

»Quatsch!«, war die Antwort des ehemaligen Legionärs, ohne

aufzuschauen. »Nichts!«, sagte er dann enttäuscht und stellte sich wieder aufrecht vor den Betreiber des Wasserhäuschens.

»Wen suchen Sie denn?«, rief Broich herüber.

Streich achtete nicht auf ihn und wandte sich stattdessen noch einmal an Ali. »Wie heißt doch gleich der Kerl, der auch Lorenz kannte?«

»Herbert.«

»Wann kommt der?«

»Fast täglich, aber zu unregelmäßigen Zeiten.«

»Hat die Person, die Sie suchen, etwas mit dem Anschlag zu tun?«

Broich hatte sich Streich auf zwei Meter genähert. Der wollte zu einer Erwiderung ansetzen, aber der Journalist war schneller. »Ich kann Ihnen helfen.«

»Ich brauche Ihre Hilfe nicht!«

»Nicht so schnell, Streich«, mischte sich Ali ein. »Sollte Herbert die Frau nicht kennen, dann wäre das doch eine Möglichkeit.«

Streich kämpfte mit sich, bis er schließlich doch nachgab. »Na gut!«

»Also, wen suchen Sie?«, fragte Broich.

Streich zögerte noch einen Moment, dann sagte er: »Josefa Strack.«

»Und die soll hier wohnen?«

»Nehmen wir an.« Ali antwortete für Streich.

»Bis wann wissen Sie das?« Streich klang ungeduldig.

Broich nahm einen Schluck aus seiner Flasche.

»Morgen Vormittag. Wenn es eilig ist, auch heute Abend.«

»Heute Abend«, entgegnete Streich bestimmt.

»Was ist mit der Frau?«

»Geht Sie nichts an.«

Doch Broich ließ nicht locker. »Hat sie mit dem Anschlag zu tun?«

»Ich habe es gewusst. Es ergibt keinen Sinn, mir von dem helfen zu lassen.« Streich sah Broich nicht an, sprach zu Ali.

»Ich finde für Sie die Adresse dieser Frau heraus, und Sie geben mir Informationen zu dem Anschlag …«

»Noch ein Bier!«, sagte Streich.

Ali verschwand, kam zurück und stellte die geöffnete Flasche vor Streich.

Er trank einen Schluck, dann drehte er sich so schnell zu dem Journalisten um, dass der erschrak. »Gut! Sie sagen mir, wo Josefa Strack wohnt. Ich gebe Ihnen Informationen.«

Nun zögerte Broich und blickte sein Gegenüber durchdringend an, bevor er seine Hand ausstreckte. Streich wartete kurz, nahm sie und drückte, so fest er konnte, zu. Immerhin zeigte der Journalist keinen Schmerz und machte sich dann gleich auf den Weg.

Streich blieb bei Ali, trank und rauchte, wechselte kurze Worte mit den anderen Gästen, die im Laufe des Nachmittags vorbeikamen. Auch Herbert war unter ihnen, doch er konnte mit dem Namen der Frau tatsächlich nichts anfangen.

Gegen vier Uhr, früher als erwartet, kam Broich zurück, Streich war bereits beim vierten Bier.

»Und?«, fragte er, nachdem sich der Journalist neben ihn gestellt, aber nichts gesagt hatte.

»Informationen«, verlangte der.

»Erst Sie«, widersprach Streich.

Beide sahen sich an, beobachtet von Ali und einigen der Umstehenden, die spürten, dass da etwas im Gange war.

»Josefa … ja?«

Streich nickte.

»Strack?«

Er nickte nochmals.

Broich nannte die Adresse. Es war nicht weit entfernt von dem Haus, in dem Lidias Mutter gewohnt hatte.

»Jetzt Sie!«, forderte der Journalist.

Streich wartete, tat, als überlege er. »Traue niemals einem Legionär!«, sagte er schließlich, trank sein Bier aus und verließ das Wasserhäuschen.

Alle sahen ihm nach. Broich benötigte einige Sekunden, um die überraschende Aussage zu verdauen, bevor er Streich nachlief.

»So geht das nicht. Wir hatten eine Vereinbarung.«

»Später vielleicht.«

Broich hatte ihn bald eingeholt und wollte ihn an der Schulter packen und festhalten, doch mit einer energischen Drehung seines Körpers schüttelte Streich ihn ab.

»Fassen Sie mich nicht an!«, drohte er ihm, dann ging er weiter.

Josefa Strack war eine auffällige Erscheinung. Das war selbst jetzt nicht zu übersehen. Schlank, mit kurzen blonden Locken. Die Tür war nur angelehnt gewesen, und Streich wusste, schon bevor er die Wohnung betreten hatte, dass etwas vorgefallen war. Die großen Ohrringe lagen neben ihr auf dem Boden, ihre Ohren waren blutverschmiert. Dort, wo einmal die Löcher für die Ringe gewesen waren, war die Haut eingerissen. Um ihren Mund hatte sich das Rot des Lippenstifts mit dem Blut gemischt, das aus ihrer Nase lief.

Die Frau lag auf dem Rücken, die Beine abgewinkelt. Sie lebte, war aber bewusstlos. Ihr Atem ging schwach, ihre Augen waren geschlossen, drei Finger gebrochen, und sie hatte Brandwunden auf den Unterarmen. Kein Zweifel, wer dahintersteckte. Bevor er sich um sie kümmerte, inspizierte Streich die Wohnung. Keine Spuren. Weder von Lidia noch von denjenigen, die Josefa Strack so zugerichtet hatten. Er fragte sich aber, woher sie von der Frau wussten und davon, dass Lidia bei ihr untergekommen war.

Aus der Küche besorgte er sich ein Glas mit Wasser und kühlte die Stirn der Frau, versuchte, sie aus der Ohnmacht zu holen. Kurz schlug sie die Augen auf, blickte den Mann über ihr erschrocken an und flüchtete sofort wieder in die Dunkelheit.

Beim zweiten Versuch blieb sie länger wach.

»Haben die Männer Lidia?«, fragte Streich. Er sprach langsam und überdeutlich. Er konnte nicht erkennen, ob sie die Frage überhaupt verstanden hatte. Mit einem feuchten Tuch aus dem Bad säuberte er ihr Gesicht vom Blut.

Nach einigen Minuten zeigte sie doch noch eine Reaktion und verneinte, wie in Zeitlupe, mit einer Bewegung ihres Kopfes.

»Lidia ist abgehauen?«, versicherte sich Streich.

Josefa Strack nickte, wieder unendlich langsam.

»Wohin? Wissen Sie, wohin?« Er schüttelte sie vorsichtig, um sie davon abzuhalten, wieder in Ohnmacht zu fallen. Aber vergeblich. Die Antworten hatten sie so viel Kraft gekostet, dass sie ihre Augen schloss und ihren Kopf schwer in Streichs Arm sinken ließ.

Vom Sofa nahm er ein Kissen und bettete ihren Kopf darauf, dann suchte er nach einem Telefon, konnte jedoch keines entdecken.

Nachdem er noch einmal nach Josefa Strack gesehen hatte, verließ er die Wohnung, ließ die Tür aber offen und klopfte bei den Nachbarn.

Nach einigen Sekunden wurde sie ihm von einer alten Frau geöffnet, die sich auf einen Gehstock stützte.

»Haben Sie ein Telefon?«, fragte er, doch die Frau blickte ihn verständnislos an.

Er wiederholte seine Frage, lauter als zuvor, doch die einzige Antwort war ein Griff der Frau an ihre Ohrmuschel. Streich sprach nun noch lauter. Die Alte schüttelte ihren Kopf, dafür beschwerte sich jemand aus dem Stock darüber.

»Was'n das für'n Krach hier?!«

»Rufen Sie einen Krankenwagen!«, brüllte Streich nach oben. »Frau Strack ist verletzt. Schnell!«

Dann lief er die Treppen nach unten. Ein anderer Mann im Parterre, der ebenfalls durch den Lärm in den Hausflur gelockt worden war, sah ihn erstaunt an. Streich drehte sein Gesicht instinktiv weg, wiederholte im Vorbeilaufen seine Aufforderung und verschwand.

Im Krankenhaus wollten sie ihn nicht zu Hans-Georg Gerber lassen. Um siebzehn Uhr ende die Besuchszeit, wurde ihm mitgeteilt, da könnten keine Ausnahmen gemacht werden.

»Nur eine Nachricht von seinem Sohn«, versuchte es Streich und lächelte die etwa fünfzigjährige Frau hinter dem Empfang an, doch die blieb hart.

»Sagen Sie mir wenigstens die Zimmernummer«, bat er und unterdrückte seine Wut, »dann kann Erwin, sein Sohn, ihm schreiben.«

Die Frau ließ sich Zeit, überlegte, zupfte ihre hellblaue Haube zurecht, blätterte unter der Theke in einem Buch, das sich Streichs Sichtfeld entzog, nahm einen Stift zur Hand, riss von einem Block ein Blatt Papier ab, kritzelte etwas darauf und reichte es dann über den Tresen. Ihr war anzusehen, dass sie sich dabei nicht ganz wohl fühlte.

Streich nahm das Papier, dankte freundlich, warf einen Blick darauf und ging zu dem Treppenaufgang, der auf die Stationen führte.

»He, das ist die falsche Richtung!«

Streich achtete nicht auf sie, lief weiter, riss die Tür zum Treppenhaus auf und eilte die Stufen nach oben. Im zweiten Stock entdeckte er an der Wand das Stationsschild und lief den Gang entlang, vorbei an abgestellten Betten. Der altbekannte Krankenhausgeruch stieg ihm in die Nase. Der Arzt beugt sich über ihn, sieht ihn lange an. Sein Blick ist vom Morphium vernebelt. Aus den Konturen des Gesichtes wird eine Grimasse, die ihn angrinst. Der Arm muss ab, sagt er, ist nicht mehr zu retten. Und zieht hinter seinem Rücken eine große Säge hervor, die er mit lustvoll blitzenden Augen vor Streich hin und her schwingt. Dieser Traum verfolgt ihn in den Wochen nach seiner Verletzung, fast jede Nacht, er schreckt aus dem Schlaf, stützt sich auf, nur mit seinem rechten Arm, bis er bemerkt, dass der linke noch da ist. So auch der Schmerz an der Stelle, an der die Haut verbrannt ist. Hinter sich hörte er eine Tür zufallen und die Stimme der Schwester: »Stehen bleiben!«

Er trat in das Zimmer, ignorierte die überraschten Blicke der Männer in den vier Betten, griff sich einen der Stühle und verkeilte ihn unter dem Türgriff.

»Hans-Georg Gerber?«, fragte er in die Runde.

Zögerlich hob sich ein Arm, aus dem letzten Bett in der Reihe, vor dem Fenster.

Er eilte an den anderen Patienten vorbei, von deren neugierigen Blicken begleitet. Trotz des geschwollenen Gesichtes erkannte Streich den Arbeiter aus der Tischlerei. Der richtete sich ein wenig auf, als er vor ihm stand, kurz zu dem verletzten Mann hinuntersah, sich dann einen Stuhl schnappte und sich so neben das Bett setzte, dass die anderen möglichst wenig von ihrem Gespräch mitbekommen würden.

In dem Moment begann jemand draußen an der Türklinke zu rütteln. »Aufmachen!«, hörte Streich erst die Stimme der Schwester, dann die eines Mannes. »Machen Sie sofort die Tür auf. Ich rufe die Polizei!«

Streich drehte sich kurz zu den drei anderen Männern in dem Zimmer um. »Die Tür bleibt zu!«, machte er unmissverständlich klar und wandte sich wieder Gerber zu.

»Lidia ist in Gefahr! Wo kann ich sie finden?«

Gerber atmete schwer.

»Sofort aufmachen!«, forderte nun eine dunkle Stimme, während gleichzeitig an die Tür geklopft wurde.

»Gerber!« Streich war kurz davor, die verletzte Hand des Mannes zu nehmen und zuzudrücken. In gedämpftem Ton versuchte er es erneut: »Sprechen Sie! Die Kerle, die sie so zugerichtet haben, suchen Lidia. Die anderen Kinder, die sie gejagt haben, haben von einem Versteck geredet. Wissen Sie was davon?«

Gerber zögerte, die Schläge an die Tür wurden heftiger.

»Wenn Sie nicht sofort aufmachen …!«

Gerber atmete tief ein, bevor er sich einen Ruck gab. »In der kleinen Halle neben der Tischlerei, da gibt es einen Dachboden. Da kommt man nur durch eine Luke hin. In der Decke. Ziemlich in der Mitte. Sieht man im Dunkeln nicht.«

Streich nickte, wollte aufstehen. Gerber hielt ihn mit seiner gesunden Hand fest. »Passen Sie auf die Kleine auf!«, bat er mit gepresster Stimme, das Sprechen strengte ihn sichtlich an.

Streich nickte, hatte aber den Blick auf die Tür gerichtet.

»Versprechen Sie es!«, forderte Gerber und krallte seine Finger in Streichs Arm. »Versprechen Sie es!«

»Ich verspreche es. Ich passe auf die Kleine auf!«, flüsterte er. Gerber ließ ihn los und fiel zurück ins Kissen, doch er bäumte sich noch einmal auf, hatte mit einem Mal Tränen in den Augen. »Ich habe …«, er schluckte. »Ich habe … denen das Versteck …« Er sackte zusammen, schluchzte.

Streich kannte das Ende des Satzes, blickte kurz über die Männer in den Betten hinweg, die alle neugierig die Szene beobachtet hatten, dann eilte er zur Tür, gegen die noch immer heftig geklopft wurde. Er umfasste die Klinke, trat mit dem Fuß den Stuhl beiseite, riss die Tür auf und rammte sich durch die mindestens sechs oder sieben Personen, die sich vor der Tür versammelt hatten. Sie waren so verdutzt, dass er genügend Vorsprung erhielt, um das Krankenhaus unbehelligt verlassen zu können.

Das Versteck

Keuchend näherte sich Streich in der Dämmerung dem ehemaligen Tankstellengelände. Er war außer Form, trotz der Liegestützen. Die Biere bei Ali. Die Zigaretten. Die Sauferei der vergangenen Nacht. All das hing ihm in den Knochen.

Im Schutz eines großen Baums blieb er stehen, beruhigte seinen Atem, wartete, trotz der Ungeduld, die an ihm nagte, und beobachtete die Straße und die Einfahrt. Er konnte nichts Verdächtiges erkennen. Er ließ seinen Blick über die auf beiden Seiten der Straße geparkten Autos schweifen. Sie schienen alle unbesetzt.

Schließlich schlich er nahe an den Häuserwänden entlang zur Einfahrt, wo er erneut innehielt und sich umsah. Schnell überquerte er den Hof und lief zu der Halle neben der Tischlerei. Die Arbeiter hatten schon Feierabend, die Fenster waren dunkel. Das Tor zu der Halle, in der sich Lidias Versteck befinden sollte, stand einen Spalt weit offen. Streich fürchtete sich vor dem, was er vielleicht gleich zu sehen bekäme.

Er lauschte ins Innere, doch alles war still. Langsam zog er das Tor auf, das leise Quietschen der Scharniere ließ sich nicht vermeiden. Wieder wartete er, starrte in die Dunkelheit. Schritt vor Schritt setzend stakste er vorsichtig durch den Raum, versuchte die Luke, von der Gerber gesprochen hatte, zu erkennen, aber das war unmöglich. Sein Blick verlor sich irgendwo in dem Schwarz über ihm. Stattdessen stolperte er über etwas, das auf dem Boden lag. Er kniete nieder und erkannte, dass es eine Leiter war.

Er umfasste eine der Sprossen, dabei stieß er sich einen Splitter tief in die Haut seines Zeigefingers. Mit den Zähnen zog er ihn heraus und drückte mit dem Daumen auf die Wunde, um den Blutfluss zu unterbinden.

Er hastete über den Hof zurück in seine Wohnung, riss von einem Lappen ein Stück ab, wickelte es um den verletzten Finger, holte seine Taschenlampe und begann mit der Erkundung der Halle.

Die Leiter wirkte achtlos auf den Boden geworfen. Er schwenkte den Lichtstrahl der Lampe nach oben, ließ sie an der Decke entlanggleiten, bis er die quadratische Luke entdeckte. Sie war so nahtlos eingearbeitet, dass sie tatsächlich nur schwer auszumachen war, wenn man nichts von ihr wusste.

Mit dem Ende der Leiter schob Streich die Luke ein kleines Stück auf, lehnte sie an, vergewisserte sich noch einmal, dass niemand draußen im Hof war, zog das Tor zu und stieg die morschen Sprossen hinauf, oben angekommen drückte er die Luke vollends auf. Das erforderte überraschenderweise wenig Kraft. Sie bestand nur aus einem dünnen Brett.

Langsam ging er auf dem Dachboden umher, dabei jeden Zentimeter des Raums mit dem Strahl seiner Taschenlampe ausleuchtend. Von Lidia keine Spur, aber dass vor ihm schon jemand hier gewesen war, war unschwer an dem Durcheinander zu erkennen. Die schmale Matratze war aufgeschlitzt und der Inhalt herausgewühlt worden, Bücher lagen verstreut auf dem Boden, dazwischen Dosen und kleine Kisten, deren Inhalte ausgeschüttet worden waren: Perlen, Murmeln, Bilder, ausgeschnitten aus Zeitschriften, Zeichnungen. Viele Zeichnungen, achtlos auf dem Boden zerstreut. Auf einer erkannte er sich, einen großen Stein schleppend, am Bildrand den Hänger.

Als Streich seinen Rundgang beendet hatte, stellte er sich in die Mitte des Dachbodens. Die Kerle der Roten Hand waren hier gewesen, daran gab es keinen Zweifel, und sie hatten den Raum systematisch durchsucht. Aber hatten sie gefunden, wonach sie suchten? Das Mädchen. Die Bilder. Die Brieftasche mit den Papieren, von denen der Schwarzhaarige und Narbengesicht gesprochen hatten. Deren Inhalt so kompromittierend war, dass sie alles daransetzten, sie wieder in die Finger zu kriegen, und nicht ins sichere Frankreich flüchteten.

Streich hielt Ausschau nach Spuren eines Kampfes, nach Blut, nach Kleiderfetzen, und entdeckte dabei in dem leicht schrägen Dach ein kleines, völlig verdrecktes Fenster, durch das man hinaussteigen konnte. Als Streich es öffnete, war es auch draußen völlig dunkel. Er kletterte hinaus und robbte sich in Richtung Hof. Links von ihm lag die Halle, in der Mühlbauers Wagen gestanden hatte, und wenn er sich ein Stück über den Rand beugte, konnte er den Eingang zu der Nachbarhalle sehen, in der sich die Grube befand, über die er in die Halle mit dem Automobil gelangt war. Der Weg, den auch die Bombenleger der Roten Hand genommen hatten. Von hier oben hatte Lidia die Männer beobachtet.

Nom de Guerre

Franz Jung steht neben ihm, blickt in die Grube. Vier Kommis, säuberlich übereinandergestapelt. Wie auf einem Fleischspieß! Aus dem Bauch des obersten ragt noch die Bambusspitze. Ein langsamer, ein qualvoller Tod. Eine Methode, die sie von den Viet Minh gelernt haben. Viele Kameraden haben sie durch diese Fallen verloren. Effizient. Grausam. Konische Löcher, zwei oder mehr Meter tief, einer oder mehrere lange Bambusstäbe, in den Boden gerammt, oben angespitzt. Verdeckt von einer dünnen Schicht Äste und Erde. Oft sind die Spitzen zusätzlich vergiftet. Fast unmöglich, die Kameraden da rauszuholen. Schrecklich, die oft stundenlangen Schreie. Nicht alle bringen es fertig, ihren Kameraden den Gnadenschuss zu geben.

Seit zwei Tagen sitzen sie in der Falle. Dauerregen, Überfälle, Schüsse. Zermürbung. Drei Männer haben sie schon verloren. Streich führt die Gruppe. In eine Falle. Ein Tal, ein Maschinengewehrnest irgendwo über ihnen, von dem aus sie in unregelmäßigen Abständen beschossen werden. Bis jetzt haben sie es noch nicht ausfindig machen können.

Dann wieder ein Überfall. Plötzlich sind sie vor ihnen, wie Geister tauchen sie aus dem Regen, aus dem Grün auf. Mit Messern, alten Revolvern, Macheten. Kampf Mann gegen Mann.

Sie wehren den Angriff ab. Ein Mann Verlust. Ein Verletzter. Schuss in den Oberschenkel. Doch dieses Mal machen sie fünf Gefangene, nur leicht verletzt. An Händen und Füßen gefesselt.

Verachtung im Blick, als Streich sie nach dem Standort des Maschinengewehrs fragt.

Keine Regung. Nichts.

Er nimmt den Ersten, stellt ihn mit dem Rücken an den Rand der Grube. Fragt ihn. Schweigen. Keine Regung. Nicht einmal ein Anzeichen, ob er die Frage überhaupt verstanden hat.

Ein Stoß, der Mann fällt, ein Schrei. Aufgerissene Augen starren ihn an.

Der Zweite. Wieder dieser tote Blick. Er schubst ihn an den Rand. Sieht ihn an. Ahmt das Rattern des Maschinengewehrs nach. Zeigt auf die umliegenden Hügel.

Keine Reaktion. Ein Stoß. Der Mann fällt. Die Bambusspitze bohrt sich durch seinen Brustkorb. Ein spitzer Schrei. Er beobachtet, wie der reglose Körper langsam nach unten rutscht, auf dem ersten liegen bleibt.

Auch der Dritte wird wie die beiden anderen an den Grubenrand gestellt. Noch einmal das nachgeahmte Maschinengewehrrattern, der Blick zu den umliegenden Hügeln, die gleiche tote Reaktion, der gleiche kurze Stoß aus dem Handgelenk. Kein Schrei.

Die Kameraden stehen um die Grube, sehen ihn an, warten, wie lange dieses Spiel noch weitergehen soll.

Der Vierte. Gleiche Position. Streich hebt seine Hände, um abermals das Maschinengewehr zu imitieren, da setzt es tatsächlich ein, die Kugeln schlagen nur zwei, drei Meter von ihnen ein, Erdklumpen spritzen auf, abgerissene Baumrinde fliegt ihnen um die Ohren. Sie schmeißen sich auf den Boden. Warten. Horchen. Schießen zurück. Blind. Ins dichte Grün.

Der Beschuss endet so abrupt, wie er eingesetzt hat. Liegen. Warten. Langsames Aufrichten. Greifen sie noch mal an? Der vierte Vietnamese steht nach wie vor an der Grube. Unverletzt.

Streich tritt zu ihm. Ein Stoß, der Mann fällt, ein Schrei. Der Spieß ist voll, die Spitze ragt nur wenige Zentimeter aus seinem Körper heraus.

Ein Gefangener ist noch übrig. Streich zückt sein Messer.

Hinter ihm raunt Franz: »Vier-auf-einen-Streich.«

Maurice sieht ihn an, versteht nicht. Franz überlegt lange, übersetzt dann: »Quatre d'un coup.«

Maurice schürzt anerkennend die Lippen.

Er geht auf den Viet Minh zu. Plötzlich Augen, die sprechen. Angst. Der Mann fällt auf die Knie. Streckt seinen Arm aus. Zeigt in das undurchdringliche Grün. Richtung Westen. Ahmt das Geräusch des Maschinengewehrs nach.

Streich reißt ihn hoch, stößt ihn vor sich her in die angegebene Richtung, befiehlt zweien seiner Leute mitzukommen.

Alle paar Meter bleibt er stehen, fürchtet eine Falle. Lauscht. Wartet. Dringt immer tiefer in den Dschungel vor. Dann ein Knacksen vor ihm. Drei Männer. Mit dem Maschinengewehr. Er blickt den Gefangenen an. Sieht, dass er überlegt zu schreien. Hält ihm mit der Hand den Mund zu. Ein Schnitt. Der Mann sackt in seinen Armen zusammen. Leise lässt er ihn zu Boden gleiten.

Das Maschinengewehr schleppen sie mit. Als Trophäe.

Verbrennungen

Ein leichtes Schaben riss Streich aus seiner Lethargie. Mit einem Mal war er hellwach, das Phlegma der letzten Stunden wie fortgeblasen. Die Nadel der Platte sprang in der Auslaufrille. Immerhin, sein Gehör funktionierte noch hervorragend. Er drückte die angerauchte Morris auf der Fensterbank aus, zog seine Schuhe aus und schlich auf Zehenspitzen zur Tür.

Die Ecke eines Blattes wurde darunter durchgeschoben, ein weißes Blatt. Streich umfasste die Klinke, zählte … drei, vier, fünf … und riss die Tür auf.

Ein Schrei, eine Person sprang auf, rannte die Treppe hinab. Doch Streich war schneller, bekam sie unten vor der Tür in den Hof zu fassen, hielt sie an den Armen.

»Aua!«, rief Lidia, während er sie nach oben mit sich zog, dabei seinen Griff lockernd.

In der Wohnung setzte er sie auf den Stuhl an dem kleinen Tisch, wo sie wie hypnotisiert auf den Plattenspieler starrte. Das gleichmäßige Springen der Nadel hatte etwas Einschläferndes. Ihren Block, den sie bei sich trug, schob sie unter ihre Jacke.

Streich trat neben das Mädchen, wusste nicht, was er sagen sollte, und legte die Nadel auf den Beginn des Liedes.

Il avait de grands yeux très clairs
Où parfois passaient des éclairs
Comme au ciel passent des orages.

173

Lidia, den Blick noch immer auf die Platte gerichtet, lauschte.

Erst jetzt bemerkte Streich, dass sie zitterte.

Il était plein de tatouages
Que j'ai jamais très bien compris.
Son cou portait: »Pas vu, pas pris.«
Sur son cœur on lisait: »Personne.«
Sur son bras droit un mot: »Raisonne«.

Er ging ins Nebenzimmer und nahm vom Bett eine Decke, die er der Kleinen über die Schultern legte. Sie zuckte kurz zusammen, nahm dann aber die Decke an den Ecken und zog sie eng um ihren Körper.

»Was singt die Frau?«

Streich sah kurz zu der rotierenden Platte. »Von der Liebe.«

Sie sah den Mann vor ihr mit großen Augen an. »Von was?«, erwiderte sie zweifelnd. Sie zitterte noch immer.

»Möchtest du etwas trinken?«

Streich war unsicher. Was tranken Mädchen in diesem Alter? Er hatte nur Kaffee und Bier in der Wohnung.

Er ging zur Spüle, füllte den Blechbehälter des Tauchsieders mit Wasser und schaltete den Heizstab ein. Sie beobachtete, wie er den Becher in der Spüle säuberte, Pulver hineinlöffelte und den Tauchsieder begutachtete.

»Wo warst du?«, fragte Streich, nachdem nichts mehr zu tun war, außer zu warten, bis das Wasser kochte.

Sie hob ihre Schultern. »Draußen.«

»Hast du die Männer gesehen?«

Sie zögerte, sah ihn unsicher an. Nickte schließlich. »Drei«, sagte sie, griff unter die Decke und zog nach einigem Wühlen mehrere Blätter hervor. Auf ihnen waren eindeutig der Schwarzhaarige und Narbengesicht abgebildet, dazu noch ein dritter

Mann, dessen hervorstechendstes Merkmal ein zugequollenes rechtes Auge war. Streich erkannte auf einigen der Zeichnungen die Perspektive von dem Dach, auf dem er am Abend noch gelegen hatte. Zwei der Bilder waren im Hof angefertigt worden.

»Die Männer suchen dich!«

Lidia nickte. »Sie waren bei Josefa.« Ihre Gesichtszüge verhärteten sich.

»Sie haben dich nicht gesehen?«

»Doch!«

»Und?«

»Ich war schneller. Ich habe mich versteckt und bin dann abgehauen. Ich bin schnell.« Stolz schwang in ihren Worten mit.

»Du weißt …« Streich brach den Satz ab. Zu spät.

»Sie haben Josefa geschlagen«, vollendete Lidia. »Ist sie tot?«

Streich wunderte sich über die Klarheit des Mädchens. Er schüttelte den Kopf.

»Gut!«, war Lidias lakonischer Kommentar.

Streich überlegte, ob er sie nach Gerber fragen sollte, verzichtete dann aber darauf.

»Die Männer waren auch in meinem Versteck«, erklärte sie von sich aus.

Streich schwieg.

»Ich habe sie gesehen. Sie wollen das hier, oder?«

Wieder wühlte sie unter der Decke in ihrer Jacke und zog eine Brieftasche hervor, die sie aufgeklappt vor Streich hinlegte, der einen Moment wartete, dann danach griff, die Papiere herausnahm und auseinanderfaltete. »Woher hast du das?«

Das Wasser begann zu kochen. Streich stand auf, schüttete es in den Becher, öffnete die Tür unter der Spüle, bückte sich und suchte, bis er den Zucker gefunden hatte. Er ließ etwas davon in die dampfende Flüssigkeit rieseln, rührte um, füllte wieder

Wasser in den Behälter, schaltete den Heizstab ein und ging mit dem Becher zurück an den Tisch.

Inzwischen war das Lied zu Ende. Lidia nahm die Nadel und setzte sie wieder auf.

Il avait de grands yeux très clairs

Sie roch an der Flüssigkeit, nippte, schrak ein wenig zurück. »Heiß!«, kommentierte sie, probierte aber gleich noch mal, nun vorsichtiger.

Streich überflog derweil die Papiere. Er musste nicht lange lesen, um deren Brisanz zu erkennen. Sie bestätigten, dass die Männer für den französischen Geheimdienst arbeiteten und dass ihnen im Bedarfsfall unbedingt geholfen werden müsse. Es waren Dokumente, die sie als Angehörige des diplomatischen Dienstes auswiesen. Sie genossen Immunität. Sprengstoff, wenn die Papiere in die Hände der deutschen Presse fielen.

Lidia trank den Kaffee in kleinen Schlucken. »Schmeckt gut«, sagte sie.

»Hast du Hunger?«

Sie nickte, trank, die Platte lief, Streich drehte den Ton leiser. »Ist das dein Plattenspieler?«, fragte Lidia.

Streich bestätigte. »Ein Geschenk. Von einem Kameraden.«

»Ein guter Freund von dir?«

Er nickte erneut, sah zur Seite, stand auf, schnitt von dem Rest des Brotlaibs, den er noch hatte, ein Stück ab und legte es vor Lidia. »Habe leider nichts für drauf.«

»Meine Mama hat gesagt …«, sie stockte, »… dass wir bald genug zu essen und zum Anziehen haben werden. Ein großes Haus. Und ein Auto. Und alles ganz ordentlich.« Sie sah sich um. »Nicht wie bei dir.« Sie sagte das mit einem seltsamen Tonfall.

Streich blickte sie überrascht an.

»Bei Mama muss immer alles ganz ordentlich sein.« Pause. »So gefällt mir das …« Pause. »Wo ist Mama jetzt?«, fragte sie.

Streich verstand die Frage nicht sofort.

»Ist sie schon im Grab?«, konkretisierte das Mädchen und erstaunte den ehemaligen Legionär mit der Nüchternheit, mit der sie diese Frage stellte.

»Ich weiß es nicht«, antwortete er zögerlich.

»Das Auto ist explodiert«, sprach sie weiter.

Streich nickte beiläufig.

»Ist sie …«, Lidia überlegte, »… ist Mama noch … ganz?«

»Ich glaube schon.«

»Kommt man in den Himmel, wenn man … nicht mehr ganz … ganz ist?«

Streich sah das Mädchen kurz an, brummte eine Bestätigung.

»Bist du sicher?«

»Ja.«

»Gut.« Sie trank einen weiteren Schluck.

»Wo willst du jetzt hin? Hast du Verwandte?«, fragte Streich nach einigen Sekunden, in denen sie beide geschwiegen hatten.

Lidia zuckte mit den Schultern. »Hat Mama nicht gesagt.«

»Hatte deine Mama Freunde?«

Sie schüttelte kurz den Kopf, hielt dann aber inne. »Doch, die Jo …«

»Jo?«, fragte Streich zurück.

»Die Josefa. Aber die hat gesagt, dass ich nicht bei ihr bleiben kann. Ich soll in ein Heim. Aber da will ich nicht hin.«

Streich überlegte, was er mit dem Mädchen machen sollte. Sie hier in seiner Wohnung lassen? Doch lange Zeit, darüber nachzudenken, hatte er nicht. Er wollte gerade aufstehen, um sich selbst einen Kaffee zu brühen, da wurde mit großem Getöse die Tür eingetreten und der Schwarzhaarige und Narbengesicht standen im Raum. Sie bauten sich vor Streich und Lidia auf.

»Was für eine schöne Überraschung!«, stellte der Schwarzhaarige in seinem fast perfekten Deutsch fest.

Streich sprang auf, doch Narbengesicht schlug sofort zu, so unvermittelt, dass der Schlag Streich mit voller Wucht traf und er ans Spülbecken zurückwankte. Hinter ihm brodelte das Wasser in dem Behälter mit dem Tauchsieder.

»Und da ist ja auch, was wir suchen«, stellte der Schwarzhaarige mit einem breiten Grinsen fest und griff nach der Brieftasche auf dem Tisch, während Narbengesicht, der Streich nicht aus den Augen ließ, ein Messer aus seiner Tasche zog und langsam auf Lidia zuging. Die wich zur Seite.

»Immer das gleiche Lied«, stellte der Schwarzhaarige nach einem kurzen Blick auf die Platte fest. »Die alten Zeiten, was Streich! Aber die sind vorbei!«

Narbengesicht lachte.

Der Schwarzhaarige blickte von den Papieren, die er schnell durchgeblättert hatte, auf, sah zu dem Mädchen, dann zu Streich. »Gute Arbeit, Vier-auf-einen-Streich, sehr gute Arbeit. Das Mädchen *und* die Brieftasche. Ich nehme an, du wolltest uns gleich informieren, dass du sie hast.«

Lidia starrte Streich an. Der lauschte auf das kochende Wasser in seinem Rücken.

»Tja, der gute Onkel Arnolt ist auch einer von den Bösen.« Der Schwarzhaarige genoss seinen Zynismus, lachte, nahm den Kaffeebecher vom Tisch, trank einen Schluck und spuckte ihn sofort auf den Boden.

»Was ist das denn für eine Brühe?! Merde!«

Für einen Moment hatte er alle Aufmerksamkeit auf sich gezogen. Das nutzte Streich, umfasste den heißen Behälter des Tauchsieders, unterdrückte den Schmerz in seiner Hand und schüttete das kochende Wasser Narbengesicht ins Gesicht. Er schrie auf, ließ das Messer fallen und riss seine Hände hoch.

Der Schwarzhaarige reagierte kühl, warf die Brieftasche auf den Tisch zurück und stürzte sich auf Streich, der jedoch den Heizstab, der auf die Spüle gefallen war, am Griff packte und ihn dem Angreifer an die Wange drückte. Sofort erfüllte der Gestank von verbranntem Fleisch die Luft. Er hatte den Mann direkt unterhalb seines linken Auges getroffen. Der Schwarzhaarige schrie, aber er gab nicht nach, griff nach dem Messer, das Narbengesicht, der sich noch immer die Hände vors Gesicht hielt, auf den Boden hatte fallen lassen und stieß damit nach Streich, der zur Seite auswich.

Lidia hatte hinter ihm Schutz gesucht. Dorthin versuchte der Schwarzhaarige zu gelangen.

»Los, raus!«, rief Streich ihr zu und stellte sich so zwischen die beiden, dass der Schwarzhaarige das Mädchen nicht erreichen konnte.

Lidia zögerte, machte nur einen kleinen Schritt.

»Los, zur Tür und weg!«

Der Schwarzhaarige stürzte sich auf ihn, trat in die Pfütze aus Kaffee und Wasser, die sich auf dem Boden ausgebreitet hatte, rutschte aus. Streich bekam die Hand mit dem Messer zu packen, nahm sie und schlug sie auf die Tischkante, drei, vier, fünf Mal, bis das Messer endlich auf den Tisch fiel.

Streich rammte dem Mann seinen Ellenbogen gegen die Brust, griff nach dem Messer und stieß es ihm direkt ins Herz. Über dem Tisch brach der Schwarzhaarige zusammen, sein Kopf schlug auf die Schallplatte. Sie zerbrach.

Lidia schrie auf. Streich sah zu ihr hinüber, bemerkte zu spät, dass der Aufschrei nicht dem Toten, sondern Narbengesicht galt, der sich wieder berappelt hatte und Streich mit der Faust auf den Hinterkopf schlug. Er taumelte nach vorne, Narbengesicht setzte ihm nach, umfasste mit beiden Händen seinen Hals und drückte zu. Streich wehrte sich, röchelte, versuchte, sich aus der

Umklammerung zu befreien, aber Narbengesicht war kräftig, und mit jeder Sekunde, die er ohne Luft blieb, schwanden seine Kräfte.

»Stirb, du Ratte!«, zischte ihm der Franzose mit Mordlust in der Stimme ins Ohr. Und er drückte noch fester zu. Streich krallte seine Finger in die Hände um seinen Hals, aber er bekam sie nicht gelöst. Ihm wurde schwarz vor Augen, er spürte, dass er die Besinnung verlor. Er versuchte, wenigstens Lidia ein Zeichen zu geben, dass sie verschwinden solle, solange Narbengesicht mit ihm beschäftigt war. Er blickte in die Ecke, in der sie gerade noch gestanden hatte, doch da war sie nicht mehr. Irgendwie war er erleichtert, dachte, dass er jetzt sterben könne, obwohl sein Körper diesen Gedanken nicht akzeptieren wollte. Er krallte die Fingernägel noch tiefer in das Fleisch der Hände, die seinen Hals würgten, da lockerte sich mit einem Mal der Griff, ein seltsamer Laut entwich dem Körper hinter ihm, dann sackte er zusammen.

Hastig befreite sich Streich, machte einen Schritt nach vorne, sog die Luft tief in seine Lungen, versuchte, sich zu orientieren, sah Narbengesicht, der auf den Knien hockte, die Augen verdreht. Hinter ihm stand Lidia, die mit beiden Händen die schwere Gusspfanne hielt, neben einem Topf und dem Tauchsieder die einzigen Kochutensilien, die Streich besaß.

Narbengesicht kämpfte gegen die Bewusstlosigkeit, er wollte sich aufrichten, aber es gelang ihm nicht. Streich trat neben ihn und schlug ihm mit aller Kraft gegen die Schläfe. Augenblicklich brach der Mann zusammen. Lidia ließ die Pfanne los, die mit einem lauten Krachen auf den Boden fiel.

Streich ging zum Spülbecken und schaufelte sich kaltes Wasser ins Gesicht. Da erst bemerkte er die Blutspritzer auf seinem Hemd. Lidia stand mitten im Raum und beobachtete ihn. Kurz überlegte er, dann kniete er sich neben Narbengesicht, durchsuchte dessen Taschen, fand ein Bündel Geldscheine und steckte sie ein.

»Serge?«

Streich erhob sich schnell und leise und straffte seinen Körper.

»Vous êtes encore là-haut? Tout va bien?«

Die Stimme kam von unten, der Tür zum Hof. Er sah zu Lidia hinüber und legte seinen Finger auf den Mund.

»D'accord!«, rief er zurück. »On a attrapé la petite.«

Er winkte Lidia zu sich und wunderte sich einmal mehr, wie unerschrocken sie wirkte. Mit kleinen Schritten kam sie zu ihm. Er dirigierte sie hinter die Tür, während er auf der anderen Seite Stellung bezog. Nur Sekunden später polterten Schritte nach oben.

»Depêchez-vous!«, rief der Mann, der, kaum dass er in der Tür stand, von Streich gepackt und mit dem Kopf gegen den Türrahmen gerammt wurde. Der Mann sackte zusammen, erhielt noch einen Schlag, dann eilte Streich zum Tisch und griff sich die Brieftasche. Er wollte schon wieder los, da nahm er noch einmal die Einzelteile der Schallplatte mit dem Lied der Piaf, besah sie sich kurz, warf sie zurück neben den Plattenspieler, riss seine Jacke vom Haken und packte Lidia an der Hand. Doch plötzlich schrie sie auf.

Streich drehte sich um und erblickte den Mann mit den auffallend blonden Haaren, der durch die Schläge doch nicht völlig ausgeknockt war, mit einer Pistole in der Hand. Er hatte Schwierigkeiten, sie gerade zu halten und seinen Gegner anzuvisieren. Streich stieß Lidia aus der Schusslinie und stürzte sich auf ihn. Ein Schuss löste sich, schlug hinter Streich in die Wand ein. Dann hatte er die Hand mit der Waffe fest umklammert und schlug sie auf den Boden, bis er sie losließ.

Streich nahm die Waffe und richtete sie auf den Kopf des Mannes, der ihn wütend und mit blutverschmiertem Gesicht anstarrte. Streich erhöhte den Druck auf den Abzug, da trat Lidia zwischen sie. Ihr Blick genügte, er ließ die Waffe sinken, hockte sich neben den Mann und schlug ihm den Knauf so fest gegen die Schläfe, dass er sofort umfiel. Mit wenigen Schritten war er bei der Spüle, holte das Geld aus dem Versteck und schob es in seine Jackentasche.

»Los!« In der Tür drehte er sich noch einmal zu dem Mann um. Er wusste, dass es ein Fehler war, ihn nicht zu erschießen.

Auf der Treppe rutschte er fast auf einem Blatt Papier aus. Er wollte es schon achtlos beiseitetreten, bückte sich dann aber doch, betrachtete die Zeichnung, sah kurz zu dem Mädchen, faltete sie und steckte sie in seine Hosentasche. Unten angekommen, drückte er die Tür ein Stück auf, lauschte und rannte dann zusammen mit Lidia über den Hof dem Ausgang zu.

Ein hübscher Junge

Eine Autotür fiel ins Schloss. Er nahm die Hand des Mädchens, beschleunigte seine Schritte und warf dabei einen Blick über die Schulter. Die DS. Der Motor wurde angelassen, heulte kurz auf, verfiel in ein leises, gleichmäßiges Näseln. Streich zog Lidia mit sich, sah sich wieder um. Den Wagen konnte er nur hören, nicht sehen, die Scheinwerfer waren nicht eingeschaltet und die Laternen spendeten nur wenig Licht, das sich auf den breiten Gehwegen zu beiden Seiten schnell verlor.

An der nächsten Querstraße bogen sie ab, der Wagen war nun nicht mehr zu hören. Nah der Hauswand liefen sie weiter. Streich überlegte, wo sie hinsollten. Raus aus der Stadt? Und dann? Wohin mit Lidia? Er versuchte, sich zu orientieren. Die Fenster in den Häusern waren bis auf wenige Ausnahmen dunkel. Dann war mit einem Mal wieder ein Wagen zu hören. Schnell schob Streich das Mädchen in eine Einfahrt, in die das Licht der Straßenlaternen nicht reichte. Sie stolperte, berappelte sich, er zog sie an sich, quetschte sich mit ihr gegen die Wand, wartete.

Es dauerte nicht lange, da hörte er das Rauschen der Reifen auf den Pflastersteinen. Der Wagen fuhr langsam, Streich spannte seinen Körper an, beugte seinen Kopf ein kleines Stück vor, hoffte, einen Blick auf das Auto werfen zu können.

Da schlich es schon vorbei. Ein kurzer Blick genügte Streich, die DS zu erkennen. Mit einem Händedruck gab er Lidia ein Zeichen, ruhig zu bleiben.

… fünf, sechs, sieben … Der Motor verklang zwischen den Häuserzeilen … acht, neun, zehn … Er wartete, zählte weiter … elf, zwölf, dreizehn …

Von dem Wagen war nichts mehr zu hören, alles war still. Streich trat einen Schritt vor, schlich aus der Einfahrt und schrak zurück. Nur drei oder vier Meter von ihm entfernt stand ein Mann, dick angezogen, Schirmmütze auf dem Kopf, unter der linken Achsel eine hölzerne Krücke. Eine Laterne beleuchtete ihn von hinten, ließ sein Gesicht im Schatten.

»Nicht erschrecken!«, sprach ihn der Mann an. »Kann nicht schlafen. Will nicht schlafen. Die Träume, wissen Sie …«

Streich erwiderte nichts.

»Hat es Ihnen die Sprache verschlagen?«

Er wartete einen Moment.

»Können Sie auch nicht schlafen?«

Streich zögerte, nickte dann.

»Na, das ist doch ein Anfang, so ein Nicken. Mir haben sie auf der Krim das Bein weggeschossen.« Er klopfte sich mit der rechten Hand auf die Brust. »Und was bleibt?« Er lachte, fast geräuschlos. »Ein Orden. Verwundetenabzeichen. In Gold.« Er lachte wieder. Trotzdem lag in seinen Worten eine Spur Stolz. Er lockte Streich mit einer Fingerbewegung zu sich. Mit ernster Stimme sagte er dann: »Glauben Sie nicht, was? Hier!« Erneut schlug er sich auf die Brust.

Streich trat noch einen Schritt näher heran. Tatsächlich heftete an der Brusttasche seiner arg mitgenommenen Jacke das Verwundetenabzeichen. Er selbst hatte nach der Geschichte in Polen das in Schwarz erhalten. Für das goldene musste man mehr als vier Mal verwundet worden sein oder entsprechend schwer. Die goldene Farbe war hier allerdings nur zu erahnen.

Streich trat ein wenig zur Seite und zwang den Mann auf diese Weise, sich so zu ihm zu drehen, dass von dem Licht in seinem

Rücken auch Strahlen in sein Gesicht fielen. Ein dichter Bart bedeckte Wangen und Kinn.

»Sie sehen nicht aus wie einer, der nicht schlafen kann«, stellte der Mann fest und ließ Streich nicht aus den Augen. »Eher wie einer, der nicht gesehen werden will. Sie haben den Blick der …«

Streich spannte seinen Körper an.

»Nein, nein«, beschwichtigte der Einbeinige, »nicht einer von denen, die im Krieg die Unschuldigen umgebracht haben. Nein, nein. Es gab in jeder Einheit einen oder zwei, die waren kalt, denen machte das Töten nichts aus, die konnten ihre Angst wegdrücken … so einer sind Sie. Sie haben diesen Blick … Immer auf der Hut. Immer wachsam.«

Der Mann kramte in seiner Tasche, doch Streich war schneller und hielt bereits seine Zigarettenpackung in der Hand, fummelte eine ein Stück weit heraus, hielt sie dem Einbeinigen entgegen. »Morris!«, stellte der anerkennend fest und nahm die Kippe. Er ließ sich von Streich Feuer geben und dankte es ihm mit einem Nicken. »Ah«, stieß er nach dem ersten Zug hervor, »das tut gut. Übrigens, ich heiße Egon.«

Streich zögerte. »Bertolt«, stellte er sich vor. In der Eile war ihm nichts Besseres als der Name seines toten Bruders eingefallen. Er steckte sich auch eine Kippe an.

»Und, Bertolt, wo warst du …«, setzte der Mann zu einer Frage an, unterbrach sich aber und lenkte seinen Blick an Streich vorbei.

»Du bist nicht allein.«

Lidia stellte sich neben Streich und starrte den fremden Mann an.

»Ist aber nicht deine Tochter?«

Streich nickte.

»Was macht die Kleine so spät draußen? Die gehört ins Bett.«

Lidia wollte zu einer Erwiderung ansetzen, doch Streich gebot ihr mit einer Handbewegung zu schweigen.

»Ich weiß nicht, was du vorhast, aber wenn die Schmiere dich mit der Kleinen sieht … das ist schon auffällig. Nicht dass … mir ist ja egal, was du machst, aber …«

Streich überlegte, sah kurz den Einbeinigen an, dann Lidia, begann in seiner Tasche zu kramen, wühlte aus dem Bündel, das er Narbengesicht abgenommen hatte, einen Schein heraus und hielt ihn dem Mann entgegen. »Die Mütze!«, forderte er.

Egon überlegte, betrachtete den Schein. »Fünfzig Mark«, sagte er schließlich. »Nicht schlecht, für das olle Teil. Du scheinst ja wirklich …«, er machte eine Pause. »Leg noch was drauf, und wir kommen ins Geschäft.«

Streich kniff die Lippen zusammen, spürte Lidias Blick, griff wieder in seine Tasche und zog einen Zwanzigmarkschein hervor.

Der Einbeinige ließ sich Zeit, willigte schließlich ein, griff nach dem zweiten Schein, den er sofort in seiner Hosentasche verschwinden ließ. »Gut, abgemacht!« Er nahm die Schiebermütze von seinem Kopf und hielt sie Lidia entgegen.

»Ist doch für die Kleine, nehme ich an«, sagte er.

Die machte eine abwehrende Bewegung.

»Na, na!«, beschwerte sich der Mann, »die ist sauber. Oder glaubst du etwa, ich hab Läuse? Die hab ich alle beim Iwan gelassen.« Er sah verärgert aus.

»Zieh an!«, befahl Streich streng.

Lidia nahm die Mütze und setzte sie auf den Kopf.

Streich betrachtete sie, hob die Mütze ein Stück an und wühlte ihre Haare darunter.

»Ein hübscher Junge«, stellte Egon anerkennend fest und pfiff leise durch die Zähne. »Mach dein Kreuz gerade, dann bist du noch ein Stück größer«, riet er ihr. »Siehst fast wie ein junger Mann aus.«

Das Mädchen zögerte, tat dann aber, wie ihr geheißen.

Tatsächlich war sie in der Dunkelheit nun kaum noch als Mädchen zu erkennen.

Doch dann blieb Egons Blick auf Lidias Rock hängen. »Aber das da geht gar nicht«, bemerkte er empört. »Was für ein Zufall …«, sprach er, nun wieder ruhiger, und sah Streich herausfordernd an. Der ahnte, was der Mann vorhatte. Geschickt ließ er seinen Rucksack zum Handgelenk auf der Krücke rutschen und begann mit der freien Hand darin herumzuwühlen, bis er eine Hose in der Hand hielt. »Zieh an!«, forderte er das Mädchen erneut auf, das zuerst einen Schritt zurück machte, dann aber wieder vortrat und die Hose entgegennahm. »Ist vielleicht ein bisschen groß für dich, aber die Beine kann man umkrempeln«, empfahl er. »Los mach schon …«

Streich fingerte derweil einen weiteren Schein aus seiner Tasche und reichte ihn dem Einbeinigen. Der schüttelte den Kopf.

»Schlechte Zeiten, weißt du, für einen wie mich. Papa Staat will solche wie mich am liebsten loswerden. Wir erinnern ihn an all den Dreck, du weißt schon …«

Streich zerrte noch einen Schein heraus.

»Nicht so geizig. Wir leben doch in der sozialen Marktwirtschaft, wie der Dicke immer sagt. Da muss für mich doch mehr rausspringen.«

Streich zögerte.

»Komm, sag nicht, dass du nichts mehr hast. Ich hab vielleicht ein Bein verloren, aber nicht meinen Verstand.« Er tippte sich mit dem Zeigefinger gegen die Stirn. »Und meine Augen, die sind auch noch ganz in Ordnung. Also!?«

Streich gab nach, kramte einen weiteren Zwanzigmarkschein aus der Tasche.

Wieder ließ sich der Einbeinige Zeit, doch dieses Mal willigte er ein. Lidia hatte die Verhandlung stumm beobachtet, mit der Hose in der Hand.

»Nun mach schon!«, wies der Einbeinige sie jetzt zurecht. »Der Herr hat bezahlt.«

Unsicher sah Lidia sich um und verschwand dann mit dem Kleidungsstück im Dunkel der Einfahrt.

Zwei Minuten später kam sie zurück, in der einen Hand ihren Rock, mit der anderen hielt sie den Bund der Hose zusammen. Die Hosenbeine schleiften über den Boden. Streich bückte sich, krempelte sie hoch, bis sie die richtige Länge hatten.

»Und hier …?« Lidia zupfte am Bund.

Egon wühlte nochmals in seinem Rucksack und hielt kurz darauf ein Stück Schnur in der Hand. »Bind sie damit fest!«, riet er ihr.

In der Zwischenzeit hatten beide Männer ihre Zigaretten aufgeraucht und warfen sie nun auf den Asphalt.

»Hast du noch eine? Bevor ihr geht. Oder zwei. Ist noch eine lange Nacht. Und selbst so eine Schnur …«

»Bist ja schlimmer als die Araber!«, kommentierte Streich.

»Araber?«, wiederholte Egon.

»Bei denen geht auch nichts ohne Handeln.«

»Ach, so einer bist du«, erwiderte er, ohne konkreter zu werden.

Streich entnahm der Packung drei Morris und reichte sie Egon.

»Ich will auch!«, forderte Lidia, die die Schnur mittlerweile durch die Hosenschlaufen gezogen und verknotet hatte. Sie drehte sich im Kreis. »Rutscht nicht mehr!«

Die Männer sahen ihr dabei zu. »Das geht ja schnell mit der Verwandlung«, sagte der Einbeinige und lachte. »Man könnte meinen, ich bewirke Wunder.«

Streich überlegte kurz, gab ihr dann eine Zigarette, die sie sich gleich zwischen die Lippen klemmte. Sie drückte sie so fest zusammen, dass Egon wieder lachen musste. »Na, na, du sollst sie nicht auffressen, sondern rauchen. Locker halten.« Er machte es vor, Lidia entspannte daraufhin ihre Lippen. »Na also, geht doch«, sagte er lobend, und Streich gab ihr Feuer.

Lidia zog so hastig, dass es eines zweiten und dritten Versuchs bedurfte, bis die Kippe brannte. Ihren ersten tiefen Zug quittierte sie mit einem kurzatmigen Husten, was den Einbeinigen erneut zum Lachen brachte. »Musst noch ein bisschen üben, was?«

Plötzlich ging nicht weit von ihnen entfernt ein Licht an, nur wenig später wurde ein Fenster geöffnet. »Habt ihr mal auf die Uhr geschaut!«, beschwerte sich eine männliche Stimme. »Schon lange nach Mitternacht. Da schlafen anständige Leute. Seid leise und verschwindet!«

Alle drei sahen hoch zu dem Fenster in dem Haus auf der anderen Straßenseite, in dem ein Mann seine Faust ballte und schüttelte, bevor er das Fenster wieder schloss. Sekunden später erlosch auch das Licht.

»Na, dann geh ich mal besser …«, verabschiedete sich Egon und strich sich mit der rechten Hand über die wenigen Haare auf seinem Kopf. »Seltsam, ohne Mütze«, sagte er noch und ging dann an den beiden vorbei, während Lidia vorsichtig einen Zug von der Zigarette nahm. Trotzdem musste sie husten, wenn auch schon weniger heftig als zuvor.

Domicile du jazz

Fast eine Stunde irrten sie durch die Straßen, sprachen kaum ein Wort miteinander. Liefen, horchten, drückten sich in Nischen und Einfahrten, hasteten über Kreuzungen. Jedes Mal, wenn Streich ein Auto hörte oder sich ihnen ein nächtlicher Spaziergänger näherte, suchte er ein Versteck und wartete, bis die vermeintliche Gefahr vorüber war. Er wunderte sich, dass das Mädchen keine Anzeichen von Müdigkeit zeigte. Vielleicht hatte sie die Zigarette, die sie unbedingt bis zu Ende rauchen wollte, aufgeputscht.

Unter einer Laterne hatte er, nachdem sie sich von Egon getrennt hatten, das Geld gezählt. Es waren annähernd fünftausend Mark, eine Summe, mit der er einige Zeit leben konnte. Aber wo sollte er hin? Ihm fiel nur Jung ein. Aber bei dem waren der Schwarzhaarige und Narbengesicht schon gewesen, sicher wussten auch ihre Hintermänner von ihm. Zu gefährlich. Außerdem wollte er Jung da nicht mit reinziehen. Also raus aus der Stadt. Aber dann war da ja noch Lidia. Was sollte er mit ihr machen? Mitnehmen? Verstecken?

Als er in einiger Entfernung einen einsamen Spaziergänger entdeckte, wies er das Mädchen an, in einem Hauseingang auf ihn zu warten, während er dem Mann entgegenlief, um ihn nach dem kürzesten Weg zum Bahnhof zu fragen. Doch der ignorierte ihn, ging weiter, ohne zu antworten. Streich eilte ihm nach, hielt ihn an der Schulter fest. Eine kleine Bewegung des Mannes reichte, dass Streich dessen Verhalten verstand. Ihm fehlte ein Teil des

Gesichts, unterhalb seines linken Auges klaffte ein Loch. Nun richtete er es nach unten und drehte sich so zur Seite, dass die zerstörte Partie im Schatten lag.

Streich wiederholte seine Frage, doch die Antwort war unverständlich, der Kiefer des Mannes so sehr in Mitleidenschaft gezogen, dass er nur Gesabber zustande brachte. Dabei lief ihm unkontrolliert Speichel aus dem Mund und tropfte auf seinen Mantel. Verschämt wischte er ihn mit der Hand ab, bevor er den Weg mit Handzeichen erklärte. Streich dankte ihm, drückte ihm einen Schein in die Hand und ging zurück zu der Stelle, an der er Lidia zurückgelassen hatte.

Sie liefen in die Richtung, die der Mann ihm angezeigt hatte, kamen an der Ruine der Oper vorbei, warfen einen kurzen Blick auf das noch immer imposante Gebäude und gingen dann weiter in eine schmale Gasse, wo sich Streich eine Morris ansteckte.

»Ich will auch!«, forderte Lidia erneut.

»Nein!«, verweigerte er sich dieses Mal kategorisch.

In dem Moment bremste in der Nähe ein Wagen, nicht weit hinter ihnen. Streich fluchte, er war unachtsam gewesen. Schnell verzogen die beiden sich in einen Hauseingang. Der Wagen kam näher. Er umklammerte die Waffe in seiner Tasche, schob Lidia noch weiter zurück.

»He, was wird das denn?«, hörten sie hinter sich eine Stimme. »Rückwärts wollte hier noch keiner rein. Müsst aufpassen, sonst liegt ihr ganz schnell auf der Nase, die Treppe ist steil.«

Streich widerstand dem Impuls, die Waffe zu ziehen. Stattdessen drehte er sich um. Vor ihm, kaum zwei Meter entfernt, stand ein Mann, die aufglühende Asche seiner Zigarette gab seinem schmalen Gesicht mit dem spitzen Kinn einen dämonischen Glanz.

Der Wagen kam näher.

»Wie Musikliebhaber seht ihr aber nicht aus.«

Streich zögerte, machte einen Schritt zurück, nahm Musik-
fetzen wahr, fern. Und doch nah.

»Na, ist das denn kein Angebot?! Unten wird gejammt. Nur
vom Feinsten, meine Herren ...« Er blickte Lidia an. »Oder ...
doch nicht meine *Herren* ...«

Der Wagen war jetzt auf ihrer Höhe. Streich drückte Lidia
weiter Richtung Eingang.

»He, he, nicht so eilig!«

Das Mädchen sah Streich an, der kurz durchatmete, in seine
Tasche griff und eine Zigarette aus der Packung fingerte, die er
ihr entgegenhielt. »Heiner, darauf eine rauchen, was«, sagte er
und hoffte, dass die Kleine mitspielte.

Sie ließ sich von dem Fremden Feuer geben und sah dabei auf
den Boden.

Hinter einer offenen Tür bemerkte Streich eine Treppe, die in
den Keller führte. Von dort drang die Musik nun lauter zu ihnen
herauf, Trompetenstöße, abgehackt. Eine Stimme.

Der Mann hatte Streichs verwunderten Blick bemerkt. »Kennt
ihr nicht, was? Das Domicile.«

Streich schüttelte leicht den Kopf.

»Domicile du jazz. Erste Sahne!«

Hinter ihnen fuhr das Auto langsam vorüber. Die DS. Streich
zündete sich ebenfalls eine Zigarette an, mit den Händen einen
Windschutz bildend. Er glaubte, den Blick des Fahrers auf sich
zu spüren.

»Dann mal runter mit euch. Auf einen Absacker. Kommt bestimmt noch der eine oder andere zum Jammen.«

Wieder Streichs fragender Blick.

»Von welchem Stern kommt ihr denn?« Der Mann schüttelte
den Kopf. »Musik machen. Zusammen spielen. Improvisieren.
Eieiei.« Er sah sich die beiden noch einmal an, mitleidig fast.

Streich hörte noch immer das leise Näseln des Motors und

schob Lidia kurz entschlossen zur Treppe. Lauschte dabei weiter auf das Motorengeräusch, das plötzlich erstarb, dann eine Tür, die leise geschlossen wurde, nicht zu hören, wenn er nicht darauf geachtet hätte. Schnell quetschte er sich an dem Mann vorbei zur Treppe in den Keller.

»Viel Spaß!«, rief der ihnen nach und sein Lachen verfolgte sie bis hinunter zur letzten Stufe.

Lidia stand schon im Raum, die Zigarette im Mund, als hätte sie nie etwas anderes getan. Streich stellte sich neben sie, ließ seinen Blick durch das gut erhaltene Gewölbe schweifen, über die abstrakten Wandmalereien, die lange Theke und die hölzerne Bühne, auf der ein Trompeter neben einem Klavier stand und kraftvoll in sein Instrument blies, dabei seinen Körper ekstatisch vor und zurück warf. Die Tische waren fast alle besetzt und auch am Tresen lehnten einige Gestalten, den Blick zur Bühne gewandt. Der Qualm unzähliger Zigaretten waberte durch den Keller, brach die Strahlen der wenigen Lichter und verlieh der Szenerie eine entrückte Atmosphäre.

Streich sah noch einmal zur Treppe und vergewisserte sich, dass sich die Pistole noch in seiner Tasche befand. Wenn es nur der Fahrer der DS war, mit dem würde er fertig werden. Aber vielleicht hatte der inzwischen Verstärkung bekommen. Der Schwarzhaarige war tot, es war jetzt mehr als ein Auftrag, es war etwas Persönliches. Sie hatten etwas gutzumachen. Narbengesicht. Und der Blonde. Er wusste, dass es ein Fehler gewesen war, ihn nicht zu erschießen. Beide zu erschießen.

Einige Augenpaare blickten zu ihnen herüber, doch verloren schnell das Interesse und folgten wieder dem Musiker, der sich von Sekunde zu Sekunde steigerte, eine Musik, die Streich in den Ohren schmerzte.

»Los, da rüber!« Er beugte sich nah an Lidias Ohr, um gegen die Lautstärke der Musik anzukommen. Er wies mit dem Kopf zu einem Tisch neben einer Säule im hinteren Bereich des Lokals. Sie quetschten sich zwischen den Tischen und Stühlen durch, und Streich setzte sich so, dass er, wenn er seinen Kopf nur ein wenig vorstreckte, den Eingang im Blick hatte.

Der Trompeter beendete sein Spiel, Applaus brandete auf und ebbte erst wieder ab, als ein Mann mit Klarinette auf das Podest vor der Steinwand stieg, sein Mundstück befeuchtete, während ein weiterer Musiker die Bühne erklomm, sich ans Klavier setzte und zu spielen begann. Der Klarinettist wartete einen Augenblick, dann setzte er ein. Ein warmer Klang erfüllte den Raum.

»Was wollt ihr trinken?« Eine junge Frau mit Kurzhaarfrisur, ganz in Schwarz gekleidet, der Hals von einem Rollkragen bedeckt, war an ihren Tisch getreten.

»Ein Bier!«, bestellte Streich.

Die junge Frau blieb stehen, sah Lidia an, die wiederum Blickkontakt mit Streich suchte.

»Eine Cola!«, sagte der, doch Lidia wollte sich damit nicht zufriedengeben.

»Für mich auch ein Bier!«, bat sie mit tief gesenkter Stimme. Es klang nicht sehr glaubhaft, aber entweder war es der Bedienung egal, oder sie nahm es nicht wahr.

Ohne Reaktion verschwand die Frau. Ein kurzes Solo des Klarinettisten quittierte ein Teil des Publikums mit begeisterten Pfiffen.

Streich inspizierte den Raum. In der gegenüberliegenden Nische saß ein Paar, sie hatte ihren Kopf auf seine Schulter gelegt, es war nicht zu erkennen, ob sie schlief. Die Leute an den anderen Tischen blickten alle konzentriert zur Bühne.

»Zwei Bier!«

Ohne jeden weiteren Kommentar stellte die junge Frau in Schwarz die gefüllten Gläser auf den Tisch. Lidia nahm sich eines davon und hielt es Streich entgegen.

»Prost!«, sagte sie herausfordernd.

Er wunderte sich einmal mehr über das Mädchen. Vierzehn Jahre. Er stieß sein Glas leicht gegen ihres und trank, beobachtete sie dabei aus den Augenwinkeln. Nach dem ersten Schluck verzog sie ihr Gesicht, wollte sich aber offenbar nichts anmerken lassen und nahm tapfer einen zweiten.

»Gut!«, behauptete sie mit frechem Blick zu Streich, der mit einem Nicken und einem zweifelnden Blick reagierte.

Die Musiker zogen nun das Tempo an. Streich steckte sich eine Morris an, Lidia streckte ihre Hand aus. Er zögerte, gab ihr dann auch eine. Mit der Zigarette zwischen den Lippen, als habe sie sich das von irgendeinem Film abgeschaut, und dem Bierglas in der Hand käme niemand auf die Idee, dass unter der Schiebermütze der Kopf eines Mädchens steckte. Sie nahm den Block, den sie die ganze Zeit an ihrem Körper getragen hatte, dazu einen Stift und begann zu zeichnen, sah ab und an kurz zur Bühne hinüber, dann wieder aufs Papier, paffte an der Zigarette, setzte einen neuen Strich.

»Ist da frei?«

Ohne die Antwort abzuwarten, setzte sich ein etwa dreißigjähriger Mann an ihren Tisch, grüßte stumm, sah auf die Zeichnung, verzog anerkennend seinen Mund, gab der Bedienung mit der Hand ein Zeichen und konzentrierte sich dann auf die Musiker, die nach einer kurzen Pause wieder zu spielen begonnen hatten.

Plötzlich kam Unruhe auf. Streich griff reflexhaft in seine Tasche und umfasste den Knauf der Pistole.

Doch die Blicke galten einer Frau in einem langen Mantel, die in Begleitung von zwei Männern den Raum betreten hatte. Sie war nicht groß, trug ihr Haar wellig, es fiel ihr kaum über die Schulter, und bewegte sich, so schien es Streich, unsicher, sah suchend umher, lächelte dabei. Eine schöne Frau, fand er, eine Frau, die die Menschen um sie herum sofort in ihren Bann zog.

»Die Inge! Mensch!«, murmelte der Mann, der sich zu ihnen an den Tisch gesetzt hatte, und sah kurz zu Streich herüber. Er klang höchst erfreut. »Na, die Inge Brandenburg!«, erklärte er, als er bemerkte, dass Streich nicht auf den Namen reagierte. »*Die* deutsche Jazzsängerin.« Hastig trank er einen Schluck, wischte sich mit einer schnellen Handbewegung den Schaum vom Mund. »Nee. Die *europäische* Jazzsängerin. Die beste.«

Er hatte nur noch Augen für die Frau, die nun die Musiker auf der Bühne begrüßte und anschließend durch den Raum ging, dabei auch bei ihnen vorbeikam. Der Mann kam ins Schwitzen und rutschte unruhig auf seinem Stuhl hin und her. Er wollte etwas sagen, bekam aber keinen Ton heraus. Die Frau beachtete ihn nicht, Streich dagegen nickte sie interessiert zu. Ihr Blick blieb auf Lidias Zeichnung hängen. Sie beugte sich über den Tisch und raunte ihr zu: »Eine wunderbare Zeichnung«, machte eine Pause und fügte hinzu: »Pass gut auf dich auf, mein *Junge*!« Dabei betonte sie das letzte Wort so, als ob sie die Maskerade durchschaut hätte.

Damit begab sie sich in einen anderen Teil des Raums, wo ihre beiden Begleiter inzwischen einen Platz gefunden hatten. Die anderen Gäste am Tisch waren schnell für sie zusammengerückt.

»Sing! Inge, sing!«, rief jemand aus dem Publikum. Zwei, drei Leute klatschten.

»Die Inge war vorher bestimmt in irgendeinem Club, wo sie so seichten Kram singen musste«, begann unvermittelt der Mann am Tisch. Dabei starrte er weiter zu der Sängerin hinüber. »In den deutschen Clubs müssen die sogar animieren. Unwürdig!«, beendete er seinen Satz.

Einer der beiden Männer, die mit der Frau den Keller betreten hatten, stieg nun auf die Bühne und setzte sich ans Schlagzeug, wartete einige Sekunden auf seinen Einsatz und begann dann leise mit dem Besen auf der kleinen Trommel zu rühren, bevor er einen Stock nahm und ihn zurückhaltend auf eines der Becken schlug. Die Musik verlor nun an Tempo und hatte dennoch etwas Drohendes, als wartete da etwas darauf auszubrechen.

Streich kannte dieses Gefühl, dieses Warten, dieses Ruhebewahren, dieses Sich-Zwingen, nur nicht vorschnell zu handeln. Im Schützengraben, im Unterstand in den Bergen Vietnams oder hinter einem Fenster im Dickicht der Städte hockend. Wartend und wissend, dass diese Ruhe nicht ewig währen würde, dass das alles allein für den Moment des Ausbruchs bestimmt war.

»Los, Inge! Sing uns was!«, nutzte der Rufer eine kurze Pause, und der Mann am Schlagzeug winkte ins Publikum, wo die Angesprochene aufstand und langsam zur Bühne schritt, die Blicke genoss, die sie dabei verfolgten, stehen blieb und wartete, bis einer der Musiker ihr die Hand reichte, um sie die zwei Stufen hinaufzugeleiten. Sie hatte ihren Mantel ausgezogen, darunter trug sie ein helles Kleid mit kurzen Ärmeln, das sich eng an ihren Körper schmiegte. Kleid, Frisur und der Ausdruck ihres Gesichtes verliehen der Frau etwas Sinnlich-Vornehmes. Nur ihr leicht schwankender Gang verriet, dass sie schon etwas getrunken haben musste.

Der Schlagzeuger gab den Takt vor, der Klarinettist stimmte leise ein, der Mann am Klavier folgte ihnen. Und dann begann die Frau mit den brünetten Haaren zu singen, und Streich wurde überwältigt von dem Zauber, der von ihrer Stimme ausging, die ihn in ihren Bann schlug, die Bilder schuf, ein Zauber, den er, obwohl er ein ganz anderer war, bislang nur von der Piaf kannte. Er lehnte sich zurück, alle Anspannung wich aus seinem Körper.

That old black magic has me in its spell
That old black magic that you weave so well

Icy fingers up and down my spine
The same old witchcraft when your eyes meet mine
The same old tingle that I feel inside
When that elevator starts its ride
Down and down I go
round and round I go
Like a leaf that's caught in the tide

Sie blickte beim Singen zu ihm herüber, lächelte, bewegte sich nur wenig dabei. Und mit einem Mal wusste er, was es war, das ihn so an dieser Stimme faszinierte: Es war Leben darin. Die Frau hauchte ihrer Musik Leben ein, Angst und Liebe. Kampf. Schicksal.

I should stay away but what can I do
I hear your name, and I'm aflame
Aflame with such a burning desire
That only your kiss can put out the fire

Am Ende des Liedes sprangen fast alle in dem Kellergewölbe auf, pfiffen durch die Zähne und applaudierten. Bevor die Sängerin das nächste Lied anstimmte, kam die Bedienung an den Tisch. Dabei bemerkte Streich, dass Lidia nun doch müde geworden war. Ihr Kopf war ihr auf die Brust gefallen, leise und gleichmäßig ging ihr Atem. Vor ihr lag eine Zeichnung der Sängerin. Er hatte gar nicht mitbekommen, dass sie sie gezeichnet hatte.

Er bestellte sich ein weiteres Bier, schob zwei Stühle neben den, auf dem das Mädchen saß, packte sie sanft an den Schultern und legte sie quer darüber. Dabei fiel ihr die Schiebermütze vom Kopf. Er nahm sie und setzte sie sich selbst auf, zog seine Jacke aus und bedeckte damit ihren Körper. Lidia schien von all dem nichts mitzubekommen.

Streich richtete sich auf und konzentrierte sich wieder auf die Frau auf der Bühne. So sehr, dass er den Mann mit dem Ledermantel erst bemerkte, als der schon fast die Bar erreicht hatte. Sein Blick hatte etwas Suchendes, Lauerndes. Langsam ging er weiter in den hinteren Teil des Kellers. Streich beobachtete ihn einige Sekunden lang, registrierte, wie die Menschen ihm auswichen, trotz der Enge. Dann entdeckte er am Eingang einen weiteren Mann, das Gesicht so entstellt, dass die Narbe kaum mehr zu erkennen war.

Streich senkte seinen Kopf, zog die Mütze tiefer in die Stirn, prüfte, ob der andere Mann Lidia sehen konnte. Seine Waffe war in der Jacke, die er über das Mädchen gelegt hatte. Sie jetzt zu nehmen, wäre zu auffällig. Er zündete sich eine Zigarette an, trank einen Schluck von seinem Bier, schob das fast volle Glas, das noch vor Lidia stand, zu sich herüber, sah zur Bühne, blickte die Sängerin verklärt an und behielt die Männer dennoch im Auge. Der Mann im Ledermantel marschierte langsam umher und unternahm dabei nicht einmal den Versuch, unauffällig zu wirken.

Streich hielt seinen Kopf gesenkt, als fiele es ihm schwer, aufrecht zu sitzen, umklammerte sein Glas mit beiden Händen und beobachtete ihn durch seine halbgeschlossenen Lider. Der Blick des Mannes huschte zu Narbengesicht hinüber, der noch immer an der Tür stand, und blieb dann kurz auf Streich ruhen.

Die Sängerin hob ihre Stimme an, was den Mann dazu verleitete, sich zu ihr umzudrehen, und sie schenkte ihm ein Lächeln mit ihrem großen Mund. Für einen Moment war er abgelenkt, wandte sich dann aber gleich wieder um und kam auf Streich zu, die Hände in den Taschen seines Mantels vergraben. Streich ballte seine Fäuste.

Lidia schlief auf den Stühlen, sie bekam nichts von dem mit, was sich da anbahnte.

»Geh mal aus dem Weg! Ich kann nichts sehen!«, blaffte der Mann an Streichs Tisch den Kerl mit dem Ledermantel an, als der sie fast erreicht hatte. Der missachtete die Zurechtweisung, behielt Streich fest im Blick.

Plötzlich trat die Sängerin an den Bühnenrand, hauchte eine letzte Zeile, zischte den Musikern etwas Unverständliches zu, die daraufhin übergangslos das nächste Lied anstimmten.

> I don't know why
> But I'm feeling so sad
> I long to try
> Something I never had
> Never had no kissing
> Oh, what I've been missing
> Lover man, oh, where can you be?

Der Mann blickte Streich nun direkt an und machte eine Kopfbewegung Richtung Ausgang. Ein eindeutiges Zeichen. Streich rückte etwas zur Seite und hoffte, so Lidia zu verdecken.

> The night is cold
> And I'm so all alone
> I'll give my soul
> Just to call you my own
> Hugging and kissing
> Oh, what we've been missing
> Lover man, oh, where can you be?

Streich hielt dem Blick stand, kam der Aufforderung nicht nach. Der Mann bewegte daraufhin seine Hand in der Manteltasche. Leicht, aber deutlich genug zeichnete sich der Lauf einer Waffe auf dem Stoff ab. Streich fragte sich, ob der Mann so tollkühn wäre, ihn hier, vor all den Leuten, abzuknallen. Und ob er Lidia entdeckt hatte. Bislang hatte er nur ihn im Blick gehabt.

Hugging and kissing
Oh, what we've been missing
Lover man, oh, where can you be?

Der Mann im Ledermantel war so auf Streich fixiert, dass er nicht mitbekam, dass sich die Sängerin ihm immer mehr näherte. Dadurch waren alle Augen auch auf ihn gerichtet, der wohl als Einziger in dem Jazzkeller Inge Brandenburg nicht gebannt lauschte. Sie hauchte dem Mann nun direkt ins Ohr:

And you'll dry all my tears
Then whisper sweet little things in my ears

Er wusste sein Erschrecken gut zu verbergen, doch Streich bemerkte es dennoch. Wie er auch bemerkte, dass der Einsatz der Sängerin nicht ihm, sondern dem Mädchen hinter ihm galt, das sich soeben ein wenig im Schlaf gedreht hatte.

Sekundenlang sahen sich der Mann im Ledermantel und die Sängerin in die Augen, erwartungsvoll vom Publikum beobachtet. Sie wussten, dass die Sängerin zur Exzentrik neigte, und warteten darauf, dass sie den Mann in ihr Spiel miteinband. Von all dem unbeeindruckt sang die Brandenburg weiter:

Hugging and kissing
Oh, what we've been missing
Lover man, oh, where can you be?

Als ob dem Kerl mit einem Mal seine Lage bewusst wurde, sandte er Streich noch einen letzten Blick zu, formte mit seinen

Lippen ein stummes »Tu es mort«, dann ging er mit entschlossenen Schritten zum Ausgang und verschwand zusammen mit Narbengesicht.

Nun war das Publikum doch irritiert, aber die Brandenburg sah dem Mann nur nach und sang ihr Lied zu Ende:

Someday we'll meet
And you'll dry all my tears
Then whisper sweet little things in my ears
Hugging and kissing
Oh, what we've been missing
Lover man, oh, where can you be?

Dann drehte sie ihren Kopf sehr langsam zu Streich herum, lächelte, blickte kurz zu Lidia, die gerade gähnte, und ging unter dem Beifall der Gäste zurück zur Bühne, wo sie sich mit einem Kopfnicken beim Publikum bedankte.

Schüsse

Lidia fror. Seit Stunden waren sie auf den Beinen. Mit dem Anbruch des Tages war der Schutz der Nacht verloren. Das Mädchen hatte die Mütze tief ins Gesicht gezogen und die Haare darunter verstaut, Streich den Kragen seiner Jacke hochgeschlagen. Er war noch immer unschlüssig, was er machen sollte. Was sie machen sollten. Dass er das Mädchen nicht alleine lassen würde, war ihm spätestens in den letzten Stunden klar geworden. Sie waren aneinander gebunden.

Die Bar in dem Vorort wird meist von Soldaten besucht. Reguläre Einheiten, Legionäre, Paras. Sie haben sich an einen Tisch in der Ecke verzogen, fünf Legionäre, spät von einem Einsatz zurückgekehrt. Niemand erwartet sie in der Kaserne. Man glaubt sie noch draußen, in einem Unterschlupf die Nacht abwartend. Sie trinken, sitzen stumm zusammen. Einen Trupp Rebellen haben sie aufgerieben, sieben, acht Mann. Ein Dorf plattgemacht. Carte blanche. Auch Frauen und Kinder. »Keine Musik hier?«, ruft Ottmar, ein Österreicher, kräftiger Kerl, dem ein Ohr fehlt, im Nahkampf verloren. Seine Stimme hat immer etwas Angriffslustiges. Nervös blickt Raoul, der Wirt, zu ihnen herüber, will keinen Ärger. Ein Pied-noir. Hasst die Araber. Er stellt ihnen eine Flasche Wein auf den Tisch. Zur Beruhigung. »Musik!« Ottmar schlägt zur Bekräftigung mit der Faust auf den Tisch. Die Gläser wackeln, eine Flasche fällt um. Zerscheppert auf dem Boden. Blicke von den anderen Tischen. Ärger kann Spaß bedeuten. Aber auch mehr Ärger. Kurzer Austausch mit dem Wirt, selbst ein kräftiger

Kerl, seine Vorvorfahren waren Winzer aus dem Languedoc, die in Algerien ihr Glück suchten. Glück! Ohne seinen Blick von Ottmar abzuwenden, ruft Raoul einen Namen: »Alina!« Gespannte Ruhe. Inzwischen schauen alle Gäste zu ihnen herüber. Er will nur trinken, die Anspannung des Einsatzes von sich abfallen lassen. Keinen Streit. Keine Schlägerei. Kein Disziplinarverfahren. Keine Woche oder zwei Straßenbau irgendwo draußen in der Wüste. »Alina!« Raoul wiederholt seinen Ruf. Gereizt. Sekunden später Schritte. Aus der Küche. Eine Frau, ein Mädchen fast noch, kaum achtzehn Jahre alt, schätzt er, die dunklen Haare hochgesteckt, um den Leib eine Schürze gebunden, in der einen Hand eine Kartoffel, in der anderen das Schälmesser. Sie bleibt vor dem Tresen stehen, betrachtet die Gäste. »Sing! Alina, sing!« Es ist Ottmar, der das brüllt. So laut, dass das Mädchen zusammenzuckt. Raoul dreht sich um, betont langsam, nicht ohne Ottmar noch einmal mit einem Blick zu bedenken. Er nickt Alina zu. Sie macht einen unsicheren Schritt nach vorne, nestelt an der Schleife, die ihre Schürze zusammenhält. Dann beginnt sie:

La mer
Qu'on voit danser le long des golfes clairs
A des reflets d'argent
La mer
Des reflets changeants
Sous la pluie

Bei den ersten Worten noch unsicher, mit der dritten Zeile klar, geht sie ein Stück vor, auf den Tisch zu. Alle starren gebannt zu dem Mädchen mit der hellen Stimme. Selbst Ottmar scheint verzaubert. Ihr Blick trifft seinen. Bleibt.

Müde schleppte sich Lidia an Streichs Seite über die Straße. Alle um sie herum waren in Eile. Die Züge würden nicht auf sie warten.

An einem Kiosk in Bahnhofsnähe besorgte er zwei Kaffee und belegte Brötchen. Niemand nahm um diese Zeit Notiz von ihnen. Lidia schien im Stehen einzuschlafen. Streich zwang sie, wenigstens ein paar Bissen von dem Brötchen zu essen.

Er war hellwach. Hatte gelernt, eine Nacht durchzustehen und konzentriert zu bleiben. Das war seine Lebensversicherung gewesen.

Nach dem Weggang der beiden Franzosen hatte er überlegt, wie sie aus dem Keller kommen könnten, ohne ihnen direkt in die Arme zu laufen. Die Sängerin um Kleidung bitten? Oder im Pulk mit den Musikern und Gästen raus? Dann kam ihnen der Zufall zu Hilfe. Drei Männer kehrten noch spät in den Keller ein. Dass sie betrunken waren, war nicht zu übersehen. Sie begannen einen Streit miteinander, der immer lauter, immer aggressiver wurde. Einige der anderen Gäste wollten schlichten, wurden dafür beschimpft, bis es jemandem zu bunt wurde und er die Polizei benachrichtigte, die nach einer Viertelstunde mit zwei Beamten anrückte. Die drei Betrunkenen weigerten sich, mitzukommen, wurden handgreiflich. Erst mit Verstärkung gelang es den Polizisten, ihrer Herr zu werden. Als man sie nach oben brachte, begleiteten viele der Gäste neugierig das Geschehen. Streich und Lidia mischten sich unter sie, quetschten sich die Treppe hoch nach draußen. In einiger Entfernung erkannte er die DS. Auffällig sichtbar geparkt. Nicht zu übersehen. Die glühenden Zigarettenspitzen verrieten ihm drei Männer im Innern. Streich packte Lidia an der Hand, wartete einen günstigen Moment ab und zog sie dann hinter sich her, schwer hing sie an seinem Arm. Zehn Minuten lang hasteten sie durch die Stadt, dann konnte sie nicht mehr. Kraftlos sackte das Mädchen neben ihm zusammen.

Er fluchte, beugte sich zu ihr hinunter, um sie zu tragen, in einen Hinterhof, auf ein Trümmergrundstück, irgendwohin, wo sie vor Blicken von der Straße geschützt waren.

Plötzlich standen sie vor ihm, zwei Männer, im Dunkel kaum zu erkennen, beide trugen schwarze Mäntel. Streich löste seine Arme von Lidias Körper, legte sie ab, sie bekam nichts mit.

»Bonsoir, Vier-auf-einen-Streich!« Narbengesicht zog an seiner Zigarette. In der aufglimmenden Asche leuchtete seine Gesichtshaut seltsam weiß. Creme, eine dicke Schicht, vermutete Streich. Der Mann hielt einen Revolver auf ihn gerichtet.

»Fini! Les jeux sont faits!« Er lachte, sog an seiner Zigarette, das Gesicht zur Fratze verzogen. Den Mann hinter ihm konnte Streich nicht erkennen.

»Die Brieftasche! Und das Mädchen!«, forderte Narbengesicht. Streich spürte, wie schwer es dem Mann fiel, ihn nicht über den Haufen zu schießen. Jetzt. Auf der Stelle. Aber zuerst musste er die Papiere haben. Und da waren bestimmt noch einige andere Dinge, schmerzhafte Dinge, die er gerne mit Streich machen würde. Dinge, die in Algerien gelehrt wurden. Die Streich nur zu gut kannte.

»Mach schon!«, befahl er.

In einiger Entfernung waren Stimmen zu hören. Nachtschwärmer auf dem Weg nach Hause. Vielleicht die gleichen, die eben noch mit ihm in dem Keller waren.

»Ich habe die Brieftasche versteckt.«

Narbengesicht sah ihn ungläubig an. Streich schob seine Hände in die Hosentasche. Narbengesichts Finger am Abzug zuckte. Streich zog die Taschenfutter aus der Hose, zeigte, dass nichts darin war. Hatte seine Hände nun in der Nähe des Hosenbundes.

»Tire-le!« Das kam von dem anderen, der vorgetreten war und nun einen Schritt seitlich vor Narbengesicht stand. Sieben oder acht Meter lagen zwischen Streich und den beiden Männern.

»O la paloma blanca ...« Stimmen, durcheinander, versuchten sich an einem Lied. Lachen folgte. Nicht mehr weit von ihnen.

Streich machte schnell einen Schritt zur Seite, nun verdeckte der zweite Mann Narbengesicht. Beide bemerkten das Manöver zu spät. Streich hielt die Pistole schon in der Hand, schoss, der Mann vor ihm sank zu Boden. Er schoss noch mal, auf Narbengesicht, aber der sprang geistesgegenwärtig zur Seite, schoss nun selbst, verfehlte sein Ziel.

Lidia schreckte auf, stieß einen spitzen Schrei aus, die Stimmen der Singenden verstummten. Streich schoss erneut, doch Narbengesicht warf sich rechtzeitig auf die Straße. Ein Auto näherte sich.

Streich streckte seine Hand nach Lidia aus. Sie saß noch immer auf dem Boden, beobachtete starr die Szene. Er packte sie am Arm, riss sie hoch und rannte mit ihr los, deckte sie mit seinem Körper ab, um die nächste Ecke, die Pistole in der Hand, in den Pulk der Singenden hinein, die aufgeschreckt auseinanderstieben.

Erst an der nächsten Straßenecke blieb er stehen, suchte Deckung hinter einem Lieferwagen, lauschte in die Nacht, bis er die Sirenen der Martinshörner hörte. Sie warteten noch einen Moment, dann liefen sie weiter, mehrere Straßenzüge entlang, bis er ein Trümmergrundstück entdeckte, wo sie zwischen Mauerresten Schutz suchten.

»Ist der Mann tot?«, fragte Lidia.

Streich zuckte mit den Schultern, was sie nicht sehen konnte. »Vielleicht!«, antwortete er.

Die morgendlichen Pendler strömten ihnen aus dem Hauptbahnhof entgegen, hastig, sie nicht beachtend. In der großen Eingangshalle studierte Streich den Fahrplan, aber mit jedem weiteren Ortsnamen, den er las, wurde ihm klarer, dass Flucht in eine andere Stadt, oder wohin auch immer, keine Lösung war. Er hatte in der Nacht auf dem Trümmergrundstück kein Auge zugetan, wollte gewappnet sein, wenn Narbengesicht oder seine Kameraden kämen. Lange hatte er überlegt, ob er sich überhaupt in den

Bahnhof wagen sollte. Wenn ihn die Leute in der Nacht erkannt hatten, war es nur eine Frage der Zeit, bis die Polizei nach ihm suchte. Aber verstecken konnten sie sich auch nicht für immer. Er musste etwas tun. Nur was?

Dann entdeckte er Narbengesicht. Nicht mehr als vier oder fünf Meter entfernt lief er an ihm vorbei, biss in ein Brötchen. Unter der weißen Cremeschicht leuchteten jetzt rote Flecken hervor. Sein Gesicht war schmerzverzerrt. Jeder Biss musste ihn daran erinnern, wem er das zu verdanken hatte. Schürte seinen Hass.

Lidia hatte sich müde auf eine Bank gesetzt. Streich ließ Narbengesicht derweil nicht aus den Augen, hinter seinem Rücken gab er dem Mädchen ein Handzeichen, sitzen zu bleiben. Zur Absicherung blickte er kurz zu ihr hinüber. Doch sie war eingeschlafen, ihr Körper zur Seite gesunken. Den Block hielt sie zwischen Hand und Bauch eingeklemmt.

Streich folgte Narbengesicht in die weite, hohe Halle des Kopfbahnhofs, in der die Gleise endeten. Hinter einem Würstchenstand suchte er Deckung und ließ seinen Blick über die Bahnsteige gleiten. Narbengesicht unterhielt sich stark gestikulierend mit einem anderen Mann in Ledermantel, der sich gegen ein Geländer vor einem der Gleise lehnte. Sein Kurzhaarschnitt und seine gerade Haltung verrieten den Soldaten. Und die beiden waren nicht die Einzigen, die hier aufpassten, dass Streich und das Mädchen nicht unbemerkt zu den Zügen gelangen konnten. Der Blonde, den er in seiner Wohnung überwältigt hatte, hielt sich ebenfalls in der Nähe der Bahnsteige auf.

Zwei Minuten lang beobachtete er die Männer, dann eilte er zurück zu Lidia, weckte sie und zog sie von der Bank. Dabei fiel ihr Block auf den Boden. Das Mädchen hob ihn auf, drückte ihn an sich und folgte Streich mit müden Beinen aus dem Bahnhof.

»Ich kann nicht mehr!«, beschwerte sie sich draußen. In der Nacht, auf dem Trümmergrundstück, hatte auch sie kaum geschlafen, hatte sich unruhig hin und her gewälzt, leise Schreckensrufe ausgestoßen, die Streich jedes Mal erst hochfahren und dann horchen ließen, ob sonst jemand sie mitbekommen hatte.

Doch jetzt achtete Streich nicht auf ihre Müdigkeit, zog sie weiter mit sich fort über die breite, mehrspurige Straße. Ein Autofahrer hupte, ein anderer rief ihnen Beschimpfungen hinterher. In der Kaiserstraße riss sich das Mädchen los und setzte sich auf die Eingangsstufen eines Geschäftes.

»Ich bin müde!«, stieß sie hervor und lehnte ihren Kopf gegen die Mauer. Was sollte er machen? Hierbleiben und sie schlafen lassen, nein, das konnte er nicht riskieren. Sie wegtragen? Aber wohin?

»Arnolt!«

Ein Ruf. Nicht weit weg. Reflexhaft griff er in seine Jackentasche und griff nach der Pistole.

»Arnolt, hier!«

Eine Frauenstimme. Doch er konnte sie nicht lokalisieren. Nun machte sich der mangelnde Schlaf doch bemerkbar.

»Hier!«

Endlich erkannte er die Ruferin, kaum zehn Meter von ihm entfernt. Sie lächelte ihn an. Fremd erschien sie ihm, weil sie sich noch nie auf der Straße begegnet waren. Nur in ihrem fünfzehn oder sechzehn Quadratmeter großen Zimmer. Heute trug sie ein buntes Kopftuch, das ihr rotes Haar verdeckte. Doch ihr Mund, das Lächeln, verrieten Gilla. Als sie bei ihm war, wandte sie ihren Blick neugierig dem Mädchen vor ihm auf der Treppe zu.

»Wer ist das denn?«, fragte sie.

Lidia schlug kurz ihre Augen auf, bewegte ihren Körper. Dabei rutschte ihr der Block vom Schoß und blieb mit dem Bild der Sängerin auf dem Boden liegen.

Gilla beugte sich hinunter, hob ihn auf, betrachtete die Zeichnung.

»Das ist wunderschön«, sagte sie und gab Lidia mit einem Lächeln den Block zurück.

Die sah nun ihrerseits die Frau an, die flachen Schuhe und den schmalen Rock, über dem sie einen elegant geschnittenen grauen Mantel trug.

»Ich heiße Gilla. Und wer bist du?«

Lidia gähnte, bevor sie antwortete und ihren Namen nannte.

»Ein schöner Name«, sagte Gilla. »Du bist eine Künstlerin.«

Ein Lächeln huschte über das Gesicht des Mädchens.

»Das hast du mir gar nicht erzählt«, wandte sie sich Streich zu.

»Eine … lange Geschichte …«, druckste er.

»Das denke ich mir«, erwiderte sie ironisch und sah wieder zu Lidia, die ihren Kopf gegen die Wand gelehnt hatte. Gilla beugte sich ein Stück zu ihr hinunter. »Bist du sehr müde?«

Ohne aufzuschauen, nickte Lidia.

»Kann sie zu dir?«

Kurz überlegte Gilla, sah auf ihre Uhr. »Bis drei kann ich sie mit zu mir aufs Zimmer nehmen. Da ist es warm und da kann sie schlafen. Danach muss sie aber raus. Die Kunden, du weißt ja … da kann sie nicht bleiben.«

Streich nutzte die nächsten Stunden dazu, sich neu einzukleiden. Er kaufte in einer Seitenstraße der Kaiserstraße einen grauen Anzug und einen Hut. Fremd kam er sich vor, als er in den Spiegel schaute, aber einem oberflächlichen Blick würde seine Verkleidung standhalten.

In einer Eckkneipe verzog er sich in eine Nische, bestellte ein Bier und Frikadellen und las nochmals die Papiere aus der Brieftasche, die Lidia im Hof gefunden hatte und die die Rote Hand so unbedingt wiederhaben wollte.

Langsam formte sich in seinem Kopf ein Plan.

Umzüge

Lidia hatte schon früh gelernt, sich schnell auf neue Situationen einzustellen. Solange sie zurückdenken konnte, war sie mit ihrer Mutter ständig umgezogen. Diese Umzüge, das Umherziehen, einen Ort schnell verlassen und sich auf ein Provisorium einlassen, das waren keine konkreten, scharfen Bilder, es waren Erfahrungen und Momentaufnahmen, ein Album aus Blitzlichtern, das sich immer wieder neu zusammensetzte und so ein diffuses Gesamtbild und ein Gefühl der Unbehaustheit und Heimatlosigkeit hinterließ. Und die unbeschreibliche Sehnsucht nach einem Ort, von dem sie sagen konnte, dass es ihrer wäre, dass sie dem Ort gehörte wie er ihr.

Lange hatte ihre Mutter sie vertröstet, wenn sie nach ihrem Vater gefragt hatte. Auch in anderen Familien fehlte der Vater, aber dort gab es wenigstens Geschichten und Erklärungen. Vom heldenhaften Tod fürs Vaterland, von der Qual der Gefangenenlager, der glücklichen Heimkehr nach vielen Jahren. Meta Dargatz dagegen hatte ihrer Tochter keine Geschichte erzählt. Es war ein Thema, das verstand die Tochter früh, über das sie nicht sprechen wollte. Also hörte sie irgendwann auf zu fragen und kopierte die Erzählungen der anderen. In dem einen Ort war ihr Vater ein Jagdflieger, der irgendwann spurlos in der Wüste Afrikas verschwunden war. In einer anderen Version war er erschossen worden, auf der Flucht aus einem russischen Kriegsgefangenenlager.

Aus Leipzig, wohin Meta aus Schlesien geflohen war und wo Lidia geboren wurde, waren sie, da war sie vier oder fünf, in den Westen gezogen, erst nach Coburg, kurz hinter der Grenze, doch das war für Meta immer noch zu nahe an der Ostzone, wo es nichts gebe und man nichts werden könne, wie sie sagte. Also zogen sie weiter nach Kassel und von dort nach Frankfurt, wo sie endlich sesshaft zu werden schienen.

Erst an ihrem zwölften Geburtstag hatte Meta ihr von ihrem Vater erzählt. Andere Kinder hatte sie keine eingeladen, aber Josefa Strack war zu Besuch gewesen, sie hatten zusammen Kuchen gegessen, dann zogen sich die beiden Frauen ins Wohnzimmer zurück und tranken, bis sie kaum noch stehen konnten. Irgendwie fand Josefa den Weg zur Tür und offensichtlich auch nach Hause, aber ihre Mutter lag auf dem Sofa und begann zu weinen. Klagte über die verpassten Chancen, die Ungerechtigkeiten des Lebens. Und fing unvermittelt an, von dem Mann zu erzählen, der ihre große Liebe gewesen war, dem sie überallhin gefolgt wäre, von dem sie ein Kind erwartet hatte. Von Heirat hatten sie gesprochen, von einem großen Haus hatte er ihr vorgeschwärmt, im Westen, wohin er mit ihr gehen wollte. Und dann war er weg, von einem Tag auf den anderen. Sie war schwanger, lief tagelang umher und suchte ihn, aber nach zwei Wochen wusste sie, dass er nicht mehr zurückkommen, sie ihn nie wiedersehen würde. Da fasste sie einen Entschluss: Sie würde sich ihr eigenes Leben aufbauen. Dass sie das Kind hatte wegmachen lassen wollen, hatte sie Lidia nicht erzählt, aber erst fand sie niemanden, der es machen konnte, dann hatte sie kein Geld und schließlich war es zu spät.

Sie brachte ein Mädchen zur Welt und akzeptierte, dass da ein Kind in ihrem Leben war, für das sie nun Verantwortung trug. Alleine brachte sie sie beide durch, hatte noch zwei oder drei Liebschaften, aber das waren alles Männer ohne Zukunft. Die sah sie im Westen. In den Illustrierten hatte sie die Bilder gesehen, beim Frisör die Frauen von den Kleidern, die man dort in den Städten trug, schwärmen hören, von den Männern, die genug Geld hatten, diese zu kaufen, von großen Autos, eleganten Opernbällen, riesigen Kaufhäusern und schicken Restaurants und Cafés. Von einer glänzenden und glitzernden Welt, in der sie leben wollte.

Und diese Träume schienen mit Rolf Mühlbauer in Erfüllung zu gehen. Ein Mann mit Geld, ein Mann, der eine schöne Frau fürs Repräsentieren neben sich haben wollte, auch wenn sie nicht mehr ganz jung war, ein Mann, den sie vielleicht nicht leidenschaftlich liebte, aber einer, der ihr die Wünsche von den Lippen ablas und akzeptierte, dass da ein Kind war. Von Heirat und Adoption hatte er schon gesprochen, und ihren ersten gemeinsamen Kurzurlaub an einem See in Norditalien, alleine, ohne das Mädchen, wollten sie nutzen, um ihre Zukunft zu besprechen. Dieser erste gemeinsame Urlaub, der so schrecklich schon in der Garage eines heruntergekommenen Tankstellengeländes geendet hatte.

Lidia schmerzte der Tod ihrer Mutter, aber die vielen Stunden alleine zu Hause, auf der Straße, in der Schule, wo sie kaum Anschluss fand, die Kinder, die sie wegen ihrer Herkunft beschimpften, hatten sie einen Panzer um sich bilden lassen.

»Wie gesagt, hier kann Lidia leider nicht bleiben«, erklärte Gilla Streich, nachdem sie seinen neuen Anzug bewundert hatte. »In einer halben Stunde kommen die ersten Kunden. Und Drei-Finger-Diether … seit der wegen einer Minderjährigen mal Ärger hatte …« Sie hielt inne. »Aber sie könnte zu mir … Ich mache gegen elf Uhr Schluss.«

Am Vormittag, auf dem Weg in das Zimmer, hatte er Gilla die ganze Geschichte erzählt. Und dass Lidia und Gilla sich verstanden, war nicht zu übersehen. Das Mädchen hatte bis kurz vor Streichs Eintreffen geschlafen, aber jetzt saß sie auf dem Bett, hielt einen Becher mit dampfendem Kakao in den Händen, und auf der Decke vor ihr lagen schon zwei Zeichnungen von Gilla. Eine mit und eine ohne Kopftuch. Schon zweimal, seitdem Streich im Zimmer war, hatte sie dem Mädchen wie beiläufig über die Haare gestreichelt. Er fragte sich, ob das Mädchen wusste, was die Frau hier arbeitete.

»Vergiss deine Bilder nicht!«, ermahnte Gilla sie, als Streich zum Aufbruch drängte.

»Die schenke ich dir«, erklärte Lidia, trank den Rest ihres Kakaos, setzte die Schiebermütze auf und ließ sich von der Prostituierten die Haare unter die Mütze stecken.

In der Nähe von Alis Wasserhäuschen suchten sie Schutz in einer Einfahrt. Streich kontrollierte, dass kein Narbengesicht, kein Blonder oder sonst ein Verdächtiger in der Nähe war, dann eilte er mit dem Mädchen zur Rückseite des Kiosks und klopfte gegen die Tür.

»Vorne wird verkauft!«, hörte er gedämpft die aufgebrachte Stimme des Einarmigen. »Und ein Klo gibts hier auch nicht!«

Dennoch öffnete er die Tür und sah die beiden, die sich schnell an ihm vorbei ins Innere drängten, überrascht an.

»Mach die Tür zu!«, zischte Streich dem Mann zu, der stumm nickte, die Tür schloss und verriegelte.

»Ali, ein Bier!«, rief jemand von vorne.

Streich legte seinen Zeigefinger auf den Mund, Ali nickte und verschwand.

Als er nach wenigen Minuten wiederkam, saßen die beiden auf den Bierkästen, die Ali hier lagerte.

»Ihr werdet gesucht!«, brach es aus dem Betreiber des Wasserhäuschens sogleich heraus. Er reichte Streich eine Flasche Bier. Lidia gab er eine Cola. Sie nahm die Flasche mit großen Augen in Empfang.

»Von wem?«

Ali ließ sich einen Moment Zeit und betrachtete seinen Bekannten. »Franzosen«, sagte er dann. »Wieder zwei. Der eine war schon mal hier, der mit der Narbe, sieht jetzt noch übler aus.« Er tippte sich mit dem Finger ins Gesicht. »Das warst du, oder?«

Streich nickte. »Sie wollen das Mädchen. Ihre Mutter ist bei der Explosion ums Leben gekommen.«

»Das hört sich gefährlich an.«

Streich ging nicht darauf ein. »Sonst noch jemand?«

»Polizei. Ein gewisser …«, er dachte kurz nach, »… Rösch, ja Rösch, war hier. Mit noch einem, so ein Hagerer. Namen habe ich vergessen. Aber mit Doktor. Finsterer Geselle.« Er überlegte nochmals kurz und ging dann nach vorne. Streich sah ihm nach. Wenig später kam Ali zurück, in der Hand eine Zeitung. »Die Abendausgabe, hier!«

Sein Gesicht, auf der ersten Seite. Das Foto, das vor einigen Tagen von ihm gemacht worden war, nachdem man seine Fingerabdrücke genommen hatte. Er überflog die Zeilen darunter. Er soll einen französischen Staatsbürger erschossen haben, Pierre C. Mehr stand da nicht. Nichts zum Beruf des Mannes, nichts zum Grund seines Aufenthaltes in der Stadt. Zeugen hatten ihn erkannt, als er vom Tatort floh. An seiner Seite ein Mädchen, die Tochter der bei dem Anschlag auf den Waffenhändler Rolf M. ermordeten Meta D. Er wurde von der Polizei auch im Zusammenhang mit diesem Anschlag gesucht. Zum Schluss wurden die Leser gewarnt, er sei bewaffnet.

Ali wartete, bis Streich den Artikel zu Ende gelesen hatte. »Warst du das?«, fragte er dann, neutral, als ob er ihn fragte, ob er ein Bier haben wolle.

Streich nickte. »Das ist einer von den Kerlen, die das Auto in die Luft gejagt haben. Jetzt wollen sie die Kleine …«

»War sie dabei?«

Streich nickte erneut. Ali schenkte ihr einen mitleidigen Blick.
»Die Arme ... in dem Alter ...«

»Sie glauben, dass Lidia sie identifizieren kann, deshalb ...«

»Und jetzt?«, fragte Ali.

»Ich habe da eine Idee ...«, erwiderte Streich vieldeutig. »Hat dieser Rösch sonst noch etwas gesagt?«

»Wenn du hier auftauchst, soll ich dir ausrichten, dass du dich stellen sollst.« Er musste lachen.

Streich zeigte keine Reaktion.

»Sonst noch was?«, fragte er weiter.

»Nein«, entgegnete Ali, während Lidia ihre Flasche schlürfend leer trank. »Meinst du etwas Bestimmtes?«

Streich schüttelte den Kopf. Offenbar hatte noch niemand den toten Schwarzhaarigen in seiner Wohnung gefunden. Aber dass noch niemand dort gewesen war, konnte er sich nicht vorstellen, wo die Polizei doch nach ihm fahndete. Hatte vielleicht jemand die Leiche verschwinden lassen? Die Rote Hand wollte kein Aufsehen. Die Sache selbst regeln. Wie auch von deutscher Seite ganz offensichtlich kein Interesse daran bestand, die wahren Hintergründe für den Aufenthalt des toten Franzosen in Deutschland bekannt zu geben. Da hatte dieser Journalist wohl recht.

»Dieser Schreiberling ...«

»Broich«, ergänzte Ali.

»Ja, der. Wann ist der normalerweise hier?«

Der Einarmige konnte sich ein Grinsen nicht verkneifen. »Jeden Tag und fragt nach dir. Ist auch nicht gut auf dich zu sprechen.«

»Ali!« Jemand rief von vorne. Der Einarmige verschwand.

»Ich muss mal auf die Toilette!« Streich hatte Lidia, die während des Gesprächs schweigend auf der Bierkiste gesessen hatte, ganz vergessen. Sie stand auf und öffnete eine schmale Tür. Streich stellte sich neben sie und suchte mit der flachen Hand die Wand des dunklen Kämmerchens nach einem Lichtschalter ab. »Wie das stinkt!«, beschwerte sich das Mädchen. Es roch nach alter, abgestandener Luft, vermischt mit Öl und Benzin.

Da Streich keinen Schalter fand, machte er einen Schritt ins Innere der Kammer und stieß sich sogleich sein Bein an.

»Was machst du da?« Ali klang verärgert. Trotzdem schaltete er das Licht an. Nun wusste Streich, wogegen er gestoßen war, und war überrascht. »Ja, ein Einarmiger mit Motorrad«, lachte Ali. Der Ärger schien schnell verflogen. »Hatte die Maschine schon vor dem Krieg, hab sie bei Verwandten auf dem Land versteckt. Damit sie nicht eingezogen wird. So weit, so gut, aber mit einem Arm ...« Er schlackerte mit dem lose herunterhängenden Ärmel seines Hemdes. »Konnte sie dann aber nicht weggeben. Ist eine Erinnerung an andere Zeiten. Ist tipptopp in Schuss. Ich könnte jederzeit ...« Er brach ab, und Streich hakte nicht weiter nach. Er verließ den Raum und klopfte Ali auf die Schulter, als er sich an ihm vorbeiquetschte.

»Ich muss diesen Broich sprechen«, sagte er dann.

»Hier drinnen, nehme ich an.«

Streich nickte. »Ja. Und kann sie«, er deutete mit einer Kopfbewegung auf das Mädchen, »hierbleiben. Nur bis heute Abend.«

»Scheint ja wirklich ernst zu sein ...«

»Ich sorge dafür, dass du keinen Ärger bekommst«, versprach Streich und trank von seinem Bier.

Zwei Stunden später saß er dem Journalisten gegenüber, der ihn misstrauisch anblickte. Er wusste schon von dem toten Franzosen. Sie waren alleine, Ali war vorne bei seinen Kunden.

»Notwehr!«, erklärte Streich lakonisch auf Broichs entsprechende Frage.

»In der Zeitung steht nur, dass der Tote französischer Staatsbürger ist. Mehr nicht. Klingt *unglaublich* vage.«

Streich schwieg.

»Ist das die Tochter der … Toten?« Beim letzten Wort senkte er seine Stimme.

»Ja«, antwortete Streich. Es fiel ihm nicht leicht, diesen Mann um einen Gefallen zu bitten.

»Und warum ist die Kleine jetzt hier, bei Ihnen? Und dieses Versteckspiel, was soll das? Die Polizei sieht das doch nur als Indiz, dass Sie auch bei dem Anschlag auf Mühlbauer mit drinhängen.«

»Lange Geschichte.«

»Ich mag lange Geschichten.«

Streich schwieg.

»Rote Hand?«, mutmaßte Broich.

Streich steckte sich eine Morris an und hielt die Packung auch dem Journalisten entgegen, der zögerlich eine der Zigaretten annahm.

»Ja, Rote Hand«, bestätigte der ehemalige Legionär dann.

»Ich auch«, forderte Lidia, doch Streich schüttelte den Kopf. »Ich will auch eine!«, wiederholte Lidia.

»Nein!«

»Die haben …?« Broich deutete mit beiden Händen eine Explosion an.

»Ja.«

»Und was wollen Sie jetzt von mir?«

»Ihre Hilfe.«

Warten

Ihm machte das Warten nichts aus. Das Handwerk des Soldaten bestand aus Warten. Warten auf den nächsten Einsatz, die Versetzung, den Angriff, den Urlaub, den Ausgang, die Verletzung. Warten auf das Sterben. Die Kugel, die für einen bestimmt war. Irgendwo, irgendwann war sie auf die Reise geschickt worden. Es war nur eine Frage der Zeit, wann sie traf. Streich hatte den größten Teil seines Lebens mit Warten verbracht.

Jetzt saß er stumm und in sich gekehrt hinten bei Ali und dachte über seinen Plan nach. Lidia war unruhig, wollte nicht einsehen, dass sie in dem dunklen, engen Kabuff bleiben musste. Streich hatte ihr aus Bierkisten, über die er mehrere Decken gelegt hatte, ein Bett gebaut, auf dem sie anfangs willig liegen blieb, bis es ihr langweilig wurde. Als sie endlich den Kampf gegen die Müdigkeit verloren hatte und eingeschlafen war, wieder unruhig und unverständliche Worte murmelnd, stand er auf und ging umher, langsam und bedächtig, im Gleichklang mit seinen Gedanken. Von hinten die wenigen Meter bis nach vorne, so nahe ans Fenster der Ausgabe, dass er Ali im Gespräch mit seinen Kunden zuhören konnte, Wortfetzen, die ihn nicht interessierten, weil er ganz auf sein Ziel fokussiert war.

Bis eine bekannte Stimme in sein Hirn drang. Erst nahm er sie nicht wahr, setzte sein Hin- und Hergehen fort, doch die Worte blieben im Raum und verdichteten sich langsam zu einem Bild. Dann hörte er seinen Namen.

»Mensch, Ali, du weißt doch sonst immer alles. Du musst

doch wissen, wo Streich ist?! Ist doch Stammkunde bei dir, dieser ...«

Streich konnte nicht verstehen, was Ali, der leiser sprach, erwiderte.

»Ich war in seiner Wohnung.« Bommel stieß seine Worte heraus. Fast wütend, als wäre er persönlich beleidigt. »Ein Chaos ist da. Nicht dass es da vorher ordentlicher war, aber jetzt ... als wenn die Hottentotten ... selbst die Schallplatte ... dieses Gedudel, jedes Mal, wenn ich ...« Bommels gehetzte Stimme, die immer etwas atemlos klang, als würde er zwischen jedem Wort nach Luft schnappen. »Ausgeflogen der Vogel ... alle Welt sucht den ... einfach weg ... Soll jetzt sogar einen Franzmann umgebracht haben, und mit den Toten im Hof ... da steckt der doch auch mit drin ...«

Streich wartete. Wartete darauf, dass Bommel die Leiche in seiner Wohnung erwähnte. Er konnte sie nicht übersehen haben. Wenn er sie nicht übersehen und die Polizei sie auch nicht gefunden hatte, war sie tatsächlich von Narbengesicht und dem Blonden entsorgt worden. Sie hätte zu viele Fragen aufgeworfen. An denen niemand Interesse hatte. Die Franzosen sowieso nicht. Und die Deutschen letztlich auch nicht.

»Der arbeitet für mich, ich bezahle den ... da kann der nicht so mir nichts, dir nichts abhauen ...« Bommel atmete schwer. »Wenn du ihn siehst, sag ihm, dass er seinen Arsch in die Wohnung bewegen soll, sonst hat er die längste Zeit da gewohnt!«

Mit Einbruch der Dunkelheit verließ Streich den Kiosk. Er lief einige Meter die Straße entlang, versteckte sich in einer Toreinfahrt, lauschte und sah sich um, bis er sicher war, dass niemand den Kiosk beobachtete. Dann eilte er zurück und klopfte zweimal gegen die Hintertür. Ali ließ Lidia heraus. Schnell verschwanden die beiden zwischen den Häusern.

Erst einige Straßen weiter hielt Streich ein Taxi an, das sie zum Treffpunkt mit Gilla brachte. Er forderte das Mädchen auf, sitzen zu bleiben, stieg aus und sah sich um, gab Lidia ein Zeichen. Sie kam zu ihm gelaufen, erkannte in einer Toreinfahrt wartend Gilla und rannte gleich weiter zu ihr, drückte sich an die Frau.

Neben ihr stand ein Korb, und Streich wunderte sich einmal mehr, wie anders diese Frau ohne die hohen Schuhe und die aufreizende Kleidung wirkte. Niemand würde daran zweifeln, dass dies Mutter und Tochter waren. Der würzige Duft von Gebratenem waberte durch die Luft.

Auf dem Weg zu Gillas Wohnung, die nur wenige Minuten von ihrem Treffpunkt entfernt an einer belebten Straße lag, schien er für die beiden nicht zu existieren. Sie hielten sich bei den Händen, redeten ohne Unterlass, während er ihnen mit etwas Abstand folgte und kontrollierte, ob jemand sie beobachtete.

Als die zwei in den Hauseingang zu Gillas Wohnung verschwunden waren, blieb Streich noch eine Viertelstunde auf der Straße, versteckt im Schatten eines Erkers, dann erst läutete er mit dem verabredeten Zeichen.

Ein Geräusch hinter der Tür in der letzten Zwischenetage ließ ihn zusammenzucken. Mit zwei Schritten war er neben der Tür, drückte sich gegen die Wand, lauschte. Leichte, schabende Geräusche drangen zu ihm. Langsam schob er seinen Arm vor und legte seine Hand auf den Türgriff, zählte … vier, fünf, sechs … hörte so etwas wie ein Quieken … sieben, acht, neun … riss die Tür auf und drang in den schmalen Toilettenraum, aber da war niemand. Stattdessen sprang ihm etwas flink zwischen den Beinen hindurch. Streich drehte sich um und sah gerade noch den Schwanz der Katze, die die Treppen nach unten schoss.

Erleichtert schloss er die Tür und stieg die letzten Stufen bis zum Eingang von Gillas Wohnung hinauf. Dort klopfte er, zweimal lang, dreimal kurz. Ihm wurde gleich geöffnet.

»Was war das für ein Lärm eben?«, fragte Gilla. Offenbar hatte sie hinter der Tür gewartet.

»Eine Katze«, antwortete Streich lapidar.

»Unser Wachhund«, lachte Gilla. »Besser als jeder echte Hund. Vor ein paar Wochen hat sie ein paar richtige Einbrecher verjagt, nicht …« Sie sah Streich einen Moment länger als nötig an. »Komm!«, bat sie ihn mit einer fahrigen Bewegung in die schlicht eingerichtete Küche, wo Lidia am Tisch saß und gerade in ein Stück Hähnchen biss. Mit großen Augen sah sie den eintretenden Mann an, ohne mit dem Kauen aufzuhören. Gilla setzte sich neben sie und forderte Streich auf, ebenfalls Platz zu nehmen, indem sie mit der flachen Hand auf den freien Stuhl an ihrer Seite klopfte. »Magst du auch was?« Gilla deutete mit einem Knöchelchen auf die beiden angeschnittenen Hähnchenhälften, die auf einem Teller in der Mitte des Tisches lagen.

Streich nickte und ließ sich auf dem freien Stuhl nieder. Gilla stellte einen Teller mit einem Flügel vor ihn.

»Gefällt dir das Meer?«, fragte er, bevor er ein Stück des Fleischs vom Knochen löste und in seinen Mund schob.

»Ich war noch nie am Meer«, rief Lidia aus.

Streich reagierte nicht darauf, sah nur Gilla an. Die ließ sich Zeit mit der Antwort, stand auf, nahm von der Anrichte zwei Gläser, aus dem Kühlschrank eine Flasche Weißwein und schenkte ihnen ein.

»Und ich?«, beschwerte sich Lidia. »Ich will auch.«

»Nein, du bist noch zu jung!«, widersprach ihr Gilla und schaute sie dabei sanft, aber bestimmt an.

Lidia wollte protestieren, aber Gillas Blick ließ sie schweigen. Stattdessen schenkte sie ihr Zitronenlimonade ein. Anschließend griff sie den Gesprächsfaden wieder auf. »Meine Schwester wollte mit Marlene immer ans Meer …«

»Marlene?«, unterbrach Streich sie.

Lidia blickte neugierig zwischen den beiden hin und her.

Gilla stockte, Streich sah Tränen in ihre Augen steigen. »Meine Nichte. Ich hatte dir doch … Das Bild.«

Lidia sah hilflos zu ihr hinüber, legte dann ihre Hand auf ihren Arm.

Gilla wischte sich mit einer schnellen Bewegung die Tränen aus dem Gesicht.

»Könntest du dir vorstellen … dass ihr …« Er überlegte, wie viel er jetzt schon verraten sollte.

»Ich will ans Meer!« Lidia sprang auf, war so aufgeregt, dass sie dabei ihr Glas umwarf.

Gilla reagierte nicht gleich, war mit ihren Gedanken beschäftigt. Streich nahm von der Spüle einen Lappen und wischte die Flüssigkeit auf.

»Weg hier? Wir zusammen?« Gilla blickte kurz zu Lidia.

Streich nickte und nippte an seinem Wein.

»Ja!«, antwortete sie kurz und entschlossen, umfasste ihr Weinglas, hielt inne, ließ es wieder los, stand auf, nahm ein neues Glas, füllte einen kleinen Schluck Wein hinein und reichte es Lidia.

Sie stießen miteinander an.

»Du musst auch mit!«, rief Lidia aus.

Streich ging nicht darauf ein. »Ich brauche Fotos von euch, eure Körpergrößen und so weiter.«

Ausgeknockt

Max lag nur wenige Meter neben dem Eingang zum Boxclub. Er hatte seinen Körper zusammengerollt. Streich hätte ihn fast übersehen, in seiner dunklen Kleidung in dieser mondlosen Nacht. Der Atem des jungen Boxers ging schwach, sein Gesicht war blutüberströmt.

Streich packte ihn unter den Armen, zog ihn ein Stück zur Seite und setzte ihn gegen die Mauer. Umfasste kurz den Knauf der Pistole.

»Es wird alles gut, gleich kommt ein Arzt«, flüsterte er ihm ins Ohr. Noch einmal spähte er um sich. »Was ist passiert?«, fragte er ihn dann.

»Drei … Männer«, antwortete der Verletzte mit dünner Stimme. Bei jedem Atemzug stöhnte er auf. Streich vermutete, dass mindestens eine Rippe gebrochen war.

»Wer?«, hakte er nach, obwohl er wusste, welche Antwort er bekommen würde.

»Die … Franzosen«, stieß er hervor.

»Und Franz?«

»Al… les …« Weiter kam Max nicht. Sein Kopf sank nach vorne auf seine Brust.

Streich schlug ihm leicht auf die Wangen, aber der junge Mann reagierte nicht. Einen Moment wartete er, betrachtete Max, dann stand er auf, drückte sein Kreuz durch, bevor er sich wieder hinkniete, seine Arme vorsichtig unter Maxens Körper schob und ihn langsam anhob. Der junge Mann stöhnte laut auf. Streich setzte ihn wieder ab, legte ihm seine Hand auf den Mund, wartete, bis er sicher war, dass er nicht aufschreien würde. »Keinen Laut!«, raunte er ihm ins Ohr. »Nur ein paar Meter, dann ist es geschafft«, flüsterte er im Gehen.

Er trug den Jungen in eine Einfahrt. Rechts befand sich ein Treppenaufgang, der vor einer doppelflügigen Tür mit Glaseinsatz endete, durch den ein wenig Licht bis zu ihnen drang. Langsam ließ er Max ab, setzte ihn vorsichtig auf die letzte Stufe und lehnte ihn gegen die Wand.

»Hör zu!«, sagte er leise, sein Mund direkt an Maxens Ohr. »Ich klingele jetzt und warte vorne, bis jemand kommt.« Er sah den jungen Mann an. Trotz des schummrigen Lichts erkannte er, wie sehr der kämpfen musste, um seinen Schmerz nicht herauszubrüllen. Oder in Ohnmacht zu fallen. »Wach bleiben, Max!«, zischte er eindringlich. »Gleich kommt Hilfe. Du sagst dann, dass dich jemand überfallen hat. Verstanden?«

Keine Reaktion. Max hielt seine Augen geschlossen.

»Max!« Er schüttelte den Jungen ganz leicht. Der öffnete seine Lider einen Spalt weit, schien durch Streich hindurchzusehen. »Nick einfach, wenn du mich verstanden hast! Du wurdest überfallen und ausgeraubt, klar!«

Mühsam, kaum zu erkennen, gab ihm Max ein Zeichen, dass er kapiert habe. Sein Atem pfiff durch die zusammengebissenen Zähne.

Streich tätschelte ihm fast zärtlich die Wange, dann erhob er sich und drückte auf drei Klingeln gleichzeitig, wartete, bis im Flur das Licht anging und verzog sich in die Einfahrt. Als die Tür geöffnet wurde und ein Ausruf des Erschreckens ihn erreichte, machte er sich davon.

Im Schatten der Häuser bewegte sich Streich zum Eingang des Boxclubs. Die Tür war nur angelehnt. Er stellte sich neben den Rahmen und drückte sie mit der ausgestreckten Hand auf.

Drinnen brannte Licht, zu hören war nichts. Er horchte zwei Minuten, in denen sich nichts tat, dann schlüpfte er hinein, ging hinter einer Säule in Deckung und sah sich um. Am anderen Ende des Raums stand die Tür zu Jungs Büro offen, auch dort brannte Licht.

Streich lief auf Zehenspitzen durch den Trainingsraum und postierte sich neben der Bürotür, linste um die Ecke, konnte aber nichts erkennen. Ein Stück vor ihm lag ein Boxhandschuh. Mit dem rechten Fuß zog er ihn zu sich heran, nahm ihn in die Hand, zählte ... vier, fünf, sechs ... wartete und lauschte ... sieben, acht, neun ... Ihm war, als hätte er ein leises, wie weit entferntes Stöhnen gehört ... zehn, elf, zwölf ... Er warf den Handschuh ins Büro. Nichts geschah ... dreizehn, vierzehn, fünfzehn ... Geduckt sprang er in den Raum, wartete auf einen Schlag, einen Schuss, eine Reaktion ... sechzehn, siebzehn, achtzehn ... Nichts geschah. Langsam erhob er sich, sah sich um und entdeckte den Körper an der Wand, im Schatten des Sofas. Noch ein Blick, dann war er schon bei Jung, den man an den Heizkörper gebunden und geknebelt hatte. Mit wenigen Handgriffen befreite er den Boxclubbesitzer, der vornüber kippte und kaum hörbar hauchte: »Verfickte Idioten!«

Streich achtete nicht darauf. Er inspizierte erst das Büro, eilte dann nach draußen, durchsuchte alle Winkel, Ecken und Nebenräume, bevor er den Eingang verschloss, zur Sicherheit noch einen Stuhl unter die Klinke klemmte und endlich zurückging, um sich um Jung zu kümmern, der noch immer zusammengekrümmt auf dem Boden lag. »Drei waren ... es dieses Mal. Und sie ... waren ziemlich sau...er auf dich.« Er verzog seinen Mund zu einem schiefen Grinsen. Das Blut, das ihm aus der Nase und einer aufgeplatzten Augenbraue lief, und das zugeschwollene linke Auge gaben seinem Gesicht einen grotesken Ausdruck. Ein derangierter Clown. »Max?«, fragte er dann gequält.

»Sieht übel aus«, sagte Streich. »Müsste jetzt beim Arzt sein.« Er ging nach draußen und füllte ein Glas mit Wasser. Jung nickte zufrieden und trank in kleinen Schlucken. Erst jetzt erkannte Streich, dass dem Mann mindestens zwei Zähne fehlten. »Und hier?« Streich blickte sich noch einmal um. Bilder waren von der Wand gerissen und die Pokale auf den Boden geworfen worden.

»Die wollten wissen … wo du bist.« Jung hustete, schnaufte. »Du hättest«, er musste sich nochmals unterbrechen, atmete durch, »etwas, das dir nicht gehört … Und das Mädchen …«

Streich nickte.

»Ich soll mich melden, wenn du … hier auftauchst.« Er leerte das Glas. »Hast du mit dem Attentat …?«

Streich nickte, dann wischte er Jung mit einem Taschentuch das Blut aus dem Gesicht und hievte den Mann auf das Sofa. Immerhin konnte er sich aufrecht halten, sein Blick blieb aber weiterhin starr und glasig.

Aus der Schreibtischschublade nahm Streich eine Flasche und zwei Gläser, die er halbvoll mit einer braunen Flüssigkeit füllte. »Trink!«, forderte er Jung auf. Der hatte seine Augen geschlossen, sein Atem ging flach. Streich fasste ihm unters Kinn, hob seinen Kopf und versuchte, dem Mann von dem Weinbrand einzuflößen. Jung hustete nach dem ersten kleinen Schluck und prustete das meiste gleich wieder aus.

»Verdammte Drecksäcke«, fluchte er nochmals, als er sich wieder beruhigt hatte, kaum lauter als vorher. Streich leerte sein Glas, füllte gleich nach.

»Die Franzosen?«, fragte er, nachdem er das Glas erneut in einem Zug ausgetrunken hatte. Er stand noch immer neben dem Schreibtisch.

Jung sah zwar kurz zu ihm rüber, brachte aber keinen Ton mehr heraus. Ein paar Minuten noch versuchte Streich, etwas von Jung zu erfahren, aber der Mann war zu erschöpft. Er flößte ihm noch etwas Wasser ein, dann legte er ihn aufs Sofa und deckte ihn zu, er selbst nahm auf einem der Sessel Platz und stellte die Flasche neben sich. Dabei rutschte ein Stück Papier aus seiner Hosentasche. Er nahm es auf und faltete es auseinander. Es war Lidias Zeichnung, die er bei der Flucht aus seiner Wohnung eingesteckt hatte. Er betrachtete sie lange und schob sie später wieder zurück, tief in seine Hosentasche, damit sie nicht wieder herausfiel.

Fluchtreflex

Jung lag regungslos auf dem Sofa. Kein Heben des Brustkorbs, kein Flattern der Nasenflügel. Nichts an ihm bewegte sich. Schwerfällig rollte Streich sich von seinem Sessel und hockte sich neben den Mann, fürchtete, dass der die Nacht nicht überlebt hatte. Zu seiner Erleichterung blinzelte er ihn an, als er ihn vorsichtig an der Schulter packte.

»Hast eine ganz schöne Fahne!«, stellte Jung mit schwacher Stimme fest.

Streich sah sich um, sein Blick blieb an der umgefallenen, leeren Flasche neben dem Sessel hängen. »Wie geht es dir?«, fragte er dann.

Statt einer Antwort richtete sich Jung mühsam auf. Er brauchte einige Sekunden, bis sich sein Atem nach der Anstrengung wieder beruhigte. »Ich habe die Viets in Indochina überlebt«, er lachte kurzatmig, »da werden mir so ein paar … Franz …« Das letzte Wort ging in einem Hustenanfall unter.

»Ich mach erst einmal einen Kaffee.«

Jung nickte, rieb sich seinen Nacken und seine Handgelenke, während Streich den Wasserkessel nahm, der auf der kleinen Heizplatte auf der Anrichte neben der Tür stand, und ihn draußen in der Dusche füllte. Anschließend stellte er ihn auf die Platte zurück und legte den Schalter um.

Schweigend warteten die beiden Männer, bis der Kessel pfiff. Nachdem das Wasser durchgelaufen war, saßen sie beieinander, jeder einen dampfenden Becher in der Hand.

»Wie viele waren es?«, fragte Streich.

Jung pustete in den Kaffee. »Drei«, antwortete er.

Streich trank einen Schluck.

»Kannst beten … wenn du denen … in die Hände … fällst.«
Das Sprechen strengte den Boxclubbesitzer sehr an, mit dem
letzten Wort sackte ihm sein Kopf auf die Brust, es dauerte einige
Sekunden, bis er wieder bei Kräften war. »Was hast du … gemacht?«

Streich schüttelte seinen Kopf. »Später. Was wollten die?«

»Wollten wissen … wo du bist. Wo sie dich … finden können.«

»Was hast du ihnen gesagt?«

Jung veränderte seine Sitzposition, stöhnte auf. »Ich glaube,
dass meine Rippen gebrochen sind.« Er krempelte den Ärmel
seines Hemdes hoch. Brandwunden wurden auf seinem Unter-
arm sichtbar. »Nichts, was ich nicht schon kenne.« Er versuchte
ein Lachen, darüber verschüttete er etwas von dem Kaffee und
ließ den Becher fallen, der auf dem Boden zersplitterte. Erschrocken richtete er sich auf.

»Ruhig!« Streich legte seine Hand auf Jungs Schulter und
drückte ihn zurück aufs Sofa. »Was hast du ihnen gesagt?«

»Was soll ich …« Er atmete schwer.

»Was hast du ihnen gesagt?«

Jung sah zur Decke. »Gilla …«

»Gilla was?« Streich war erregt aufgesprungen, baute sich vor
Jung auf und wollte ihn am Kragen packen, besann sich dann
aber eines Besseren.

»Die wollten wissen, wo sie wohnt … Hast du eine Zigarette?«

Streich steckte eine an und reichte sie seinem Gegenüber. »Und
was hast du gesagt?«

»Ich weiß doch nicht wo … nur ihren Namen … Machst du
mir noch einen?« Er deutete auf den verschütteten Kaffee auf
dem Boden.

Streich ging zur Heizplatte und schaltete sie wieder an.

»Was wissen die Franzosen?«

»Ni… chts.« Ein Zögern in Jungs Stimme.

»Was?« Streich stellte sich neben den Mann, beugte sich zu ihm hinunter, ballte seine Fäuste.

»Dass sie eine Nutte ist …«

»Und?«

»Und …«

»Was hast du ihnen noch gesagt?«

»Wo sie … Mensch, Arnolt, ich bin das nicht mehr … gewohnt … du weißt doch, wenn die einen in die Mangel … nehmen …«

»Was hast du gesagt?« Er legte seine rechte Hand auf Jungs linke Schulter, drückte zu. Der stöhnte.

»Wo sie arbeitet.«

Streich drückte noch einmal mit aller Kraft zu, Jung schrie auf, dann ließ er los. Er ärgerte sich, dass er ihm irgendwann im Suff von Gilla erzählt hatte. Wie sie sich in Russland und Indochina und in Algerien von ihren Mädchen erzählt hatten. »Idiot«, fuhr er den Mann an und machte sich auf den Weg nach draußen, als jemand laut gegen die Eingangstür klopfte. Streich sah Jung an, der zuckte mit den Schultern.

»Polizei! Machen Sie auf!«

Streich überlegte kurz, gab Jung dann ein Zeichen, nach vorne zu gehen. »Ich bin nicht da.«

Stöhnend quälte sich der Mann vom Sofa. Zusammen verließen sie das Büro, Streich verschwand in die Duschen, während Jung sich hinkend zum Eingang schleppte.

Streich drückte sein Ohr gegen die Holztür, die den Umkleide vom Trainingsbereich trennte, aber er konnte nur Satzfetzen verstehen. »Gefunden … verletzt … Krankenhaus … Überfall.«

Jung würde schon etwas einfallen, wie er die Polizei wieder

loswurde, aber für ihn war es jetzt Zeit, er musste unbedingt zu Gilla, sie warnen, wenn es nicht schon zu spät war. Wenn die Franzosen wussten, wo Gilla arbeitete, würden sie auch herausfinden, wo sie wohnte. Vorher musste Streich aber dringend noch etwas anderes mit Jung klären.

»Aussage … Waffen … Lizenz … Milieu.« Dann sein Name. »Arnolt Streich … Kennen Sie ihn?« Mehr konnte er nicht verstehen. Dann endlich vernahm er einen Abschiedsgruß, Schritte näherten sich der Dusche.

»Max ist im Krankenhaus«, erklärte Jung, nachdem er die Tür geöffnet hatte. Er humpelte zurück in sein Büro.

Streich eilte ihm nach, hielt ihn fest. »Was wollten die noch von dir?«

Jung schien erregt. »Die Polizei sucht auch nach dir. Sagen, du hättest letzte Nacht einen Franzosen kaltgemacht. Schuss mitten ins Herz. War doch deine Spezialität. Neben dem Aufspießen.« Er lachte auf. »Und ich habe hier den Ärger.«

»Die oder ich! Du kennst das doch.« Streich wartete, bis Jung sich wieder beruhigt hatte. »Du kennst Leute, die Papiere besorgen können …«

»Papiere?«, fragte Jung zurück.

»Personalausweis. Geburtsurkunden. Du hast doch erzählt, dass du Papiere für Max besorgt hast.«

»Schon, ist aber teuer. Für wen soll es denn sein?«

Streich griff in die Innentasche seiner Jacke, entnahm ihr ein Foto und einen Zettel. Beides reichte er Jung. Der blickte kurz darauf und setzte den Weg in sein Büro fort. Streich folgte ihm, wartete, bis der Boxclubbesitzer sich gesetzt hatte. Doch der legte seinen Kopf zurück und schloss die Augen. Ungeduldig stand Streich in der Tür, dann hörte er Jung, noch immer mit geschlossenen Augen, sagen: »Das dauert. Eine Woche mindestens. Vielleicht länger.«

Keine halbe Stunde später hatte Streich Gillas Haus erreicht. Je näher er ihm gekommen war, desto angespannter war er geworden. Eine Woche war eine lange Zeit, um nicht entdeckt zu werden. Er musste irgendwo unterkommen, wo man ihn und Lidia nicht finden würde. Unruhig stand er vor der Haustür, klingelte. Niemand machte ihm auf. Er drückte noch mal auf den Knopf, ließ seinen Finger mehrere Sekunden darauf. Als eine ältere Frau die Tür öffnete, um das Gebäude zu verlassen, stürmte Streich sogleich hinein und eilte nach oben in den zweiten Stock, klopfte und klingelte, aber er erhielt keine Antwort. Er verfluchte sich, dass er in der Nacht nicht bei den beiden Frauen geblieben war. Er hätte wissen müssen, dass die Leute von der Roten Hand alles daran setzen würden, an ihn und das Mädchen heranzukommen, und um dies zu erreichen, keine Skrupel kannten.

Die Tür war massiv, er würde sie nicht so einfach eintreten können. Hastig rannte er zurück nach unten. Die rückwärtige Tür, die in den Hinterhof führte, war nicht verschlossen. Er blickte nach oben, prüfte, ob es möglich war, über eine Nachbarwohnung bei Gilla eindringen zu können. Er kniff seine Augen zusammen, wünschte sich jetzt doch eine Brille und verfluchte seine Eitelkeit. Es war zu weit weg, er konnte nichts erkennen.

Während er seinen nächsten Schritt überlegte, fiel ihm etwas Pelziges hinter einer der Mülltonnen vor der Hauswand auf. Mit vier, fünf Schritten war er dort, zog die Tonne vor und erkannte die Katze, deren Kopf unnatürlich verrenkt war, die Augen weit aufgerissen. Damit war für ihn der letzte Zweifel fortgewischt, die Männer der Roten Hand waren hier gewesen.

Streich eilte wieder nach oben, hämmerte nochmals gegen die Tür, rief laut Gillas und Lidias Namen mit der leisen Hoffnung, dass sie die Eindringlinge rechtzeitig bemerkt und sich im Innern der Wohnung verbarrikadiert hatten.

»Ruhe, verdammt! Was ist das denn für ein Lärm?!«, rief jemand von unten. Streich achtete nicht darauf, drosch seine Faust noch zweimal gegen die Tür, doch dann gab er auf.

»Ich rufe gleich die Polizei!«, drohte der Mann.

Streich lehnte sich mit dem Rücken gegen die Tür. Hatte die Rote Hand die beiden mitgenommen? Als Versicherung? Als Faustpfand gegen die Brieftasche? Wo sollte er nach ihnen suchen? Oder sollte er warten, bis sie an ihn herantreten würden?

In seine Gedanken versunken, hörte er die Schritte nicht, die sich langsam die Treppe herabbewegten. Erst als sie ihn fast erreicht hatten, schnellte er herum, bereit, sich zu wehren, und blickte in das Gesicht von Gilla, die ihn so ängstlich wie erleichtert anschaute.

»Sie ist oben!«, erklärte sie auf Streichs unausgesprochene Frage, während der ans Geländer trat und nach unten blickte. Der Mann, der mit der Polizei gedroht hatte, war nicht mehr im Treppenhaus, auch ansonsten hielt sich niemand darin auf.

»Hol sie!«, forderte er Gilla auf. Nur wenig später kam sie mit Lidia an der Hand zurück.

»Schließ auf!«

Nach einem letzten Blick ins Treppenhaus folgte er den beiden in die Wohnung. Diejenigen, die in der Nacht hier gewesen waren, hatten ganze Arbeit geleistet. Sämtliche Schubladen waren aus den Schränken gerissen worden und ihre Inhalte in der ganzen Wohnung verstreut worden.

»Diese Schweine!«, rief Gilla aus und bückte sich, um die Reste einer Vase aufzuheben. »Das ist das Einzige, was ich noch von meiner Mutter besitze.«

Lidia stand an der Wand, betrachtete stumm das Chaos.

»Wir müssen hier weg!«, bestimmte Streich. »Pack ein paar Sachen zusammen!«

Gilla sah ihn fragend an.

»Mach schon!«, befahl Streich kalt.

Sie lief ins Schlafzimmer. Streich hörte sie kramen, während Lidia noch immer an der Wand stand. »Alles in Ordnung?«, fragte er sie.

Sie nickte. »Wollten die uns ... töten?« Es waren ihre ersten Worte, seit Gilla sie aus ihrem Versteck geholt hatte.

»Ja«, antwortete er kurz und ging wieder nach draußen, um einen Blick ins Treppenhaus zu werfen.

Gilla kam mit einem kleinen Koffer zurück und stellte ihn neben sich. »Die Katze hat uns gewarnt«, sagte sie.

Streich hielt seinen Blick weiterhin ins Treppenhaus gerichtet. Gilla zündete eine Zigarette an, reichte sie ihm, zündete eine zweite an.

»Lidia war auf Toilette«, sie blies den Rauch in Richtung Zwischenetage, »da hat sie unten die Katze gehört. Anders als sonst. Verschreckter ...«

»Was ist mit der Katze?« Das Mädchen war hinter sie getreten. »Sie ist ... tot ... oder?«

Streich nickte, ohne sie anzuschauen.

»Das haben die Männer gemacht?«

Er nickte erneut, inhalierte tief.

»Wie?«

Er zögerte, zog noch mal an der Zigarette. »Sie haben ihr das Genick gebrochen«, erklärte er schließlich. Nun erst sah er das Mädchen an, das sofort seinen Kopf senkte und sich zur Seite drehte. Doch er hatte ihre Tränen gesehen.

»Wir sind dann hoch, auf den Dachboden. Da haben sie uns nicht gefunden«, füllte Gilla die Stille.

»Was machen wir jetzt?«, fragte Lidia dann.

»Erst einmal müssen wir weg von hier«, sagte Streich, nahm den Koffer und ging nach unten. Die beiden Frauen folgten ihm.

Partner

Äppelwoi ist nicht so meins«, erklärte Broich und verzog gespielt angewidert seinen Mund. »Habs immer wieder probiert. Geht einfach nicht an mich heran.«

Die beiden Männer saßen in einer Apfelweinkneipe in Sachsenhausen, hatten sich in den hintersten Winkel verzogen, sehr zum Verdruss der Wirtin, die nun den langen Weg zu ihnen nehmen musste, obwohl weiter vorne, näher am Tresen, noch Plätze frei waren. Aus der Musikbox plätscherte leise Paul Ankas *Diana*.

Streich hatte dem Journalisten über Ali eine Nachricht zukommen lassen, dass er hierherkommen solle und dabei darauf achten, dass ihm niemand folge. Er selbst hatte in einer Einfahrt nahe dem Lokal gewartet, Broichs Ankunft beobachtet und sich vergewissert, dass dem Mann tatsächlich niemand nachspürte. Erst danach war auch er eingetreten und hatte ihn, der unschlüssig am Tresen stand, aufgefordert, mit ihm in den rückwärtigen Teil zu gehen.

»Wieso soll ich Ihnen vertrauen?« Broich sah Streich streng an, nachdem der ihm das Geschäft vorgeschlagen hatte. »Das letzte Mal haben sie mich auch an der Nase herumgeführt.«

Streich wusste viel zu gut, wie scharf der Journalist auf die Papiere war. Er würde sie aber erst bekommen, wenn sein Plan aufgegangen, Gilla und Lidia in Sicherheit waren.

Nachdem sie Gillas Wohnung verlassen hatten, hatte Streich sich mit den beiden Frauen den Tag über versteckt gehalten, um mit ihnen nach Einbruch der Dunkelheit in die Nähe von

Lorenz' Haus zu schleichen. An die Tür ging er allein. Der Mann erschrak ganz schön, als er Streich erkannte. »Was wollen Sie?«, fragte er misstrauisch.

»Ihr Sohn hat Ihnen ausgerichtet, dass …«

»Nicht so laut!«, unterbrach ihn Lorenz nervös. »Kommen Sie ein Stück mit!« Sie gingen zur Straße und stellten sich in den Schatten eines Baums. Streich zündete sich eine Zigarette an.

»Ich habe die Anzeige zurückgezogen. Das wollten Sie doch!«

Streich nickte. »Ja, aber ich will noch etwas.«

»Geld? Das können Sie vergessen! Sie müssen mir erst einmal die Sache in dem Puff beweisen.«

Blitzschnell packte Streich den Mann am Hals und drückte ihn gegen den Baumstamm.

»Sie hören jetzt zu und reden nicht so viel.« Er lockerte seinen Griff, und Lorenz atmete hörbar ein, doch bevor er etwas sagen konnte, sprach Streich weiter: »Selbst wenn ich nichts beweisen kann, ich finde Sie immer und überall, und ich nehme an, dass Sie und Ihre Familie gerne in Ruhe leben …« Er blickte den Mann ernst an und verstärkte seinen Griff um den Hals wieder.

Lorenz nickte.

»Gut. Sehr gut«, sagte Streich, ließ wieder lockerer. »Also, ich brauche Ihren Wagen. Nur für diese Nacht. Morgen früh steht er wieder hier vor Ihrem Haus. Es fehlt vielleicht etwas Benzin, aber das werden Sie verschmerzen können.«

Lorenz blickte ihn ungläubig an.

»Haben Sie verstanden, was ich gesagt habe?«

Es dauerte einige Sekunden, bis Lorenz nickte. »Wozu brauchen Sie …«

Streich ließ ihn nicht ausreden. »Besser, Sie wissen das nicht. Geben Sie mir jetzt die Schlüssel … je früher ich hier weg kann, desto eher haben Sie Ihr Auto wieder zurück.«

Lorenz schien noch zu überlegen. Eine sehr leichte Verstärkung des Drucks genügte jedoch, dass er einwilligte. »Ich muss die Schlüssel holen.« Er deutete mit einer Kopfbewegung zum Haus.

»Machen Sie jetzt keinen Fehler, Lorenz!«, drohte Streich. »Ich komme ins Haus, so oder so. Und das wollen Sie bestimmt nicht. Und Ihre Frau will sicher nicht erfahren, woher wir uns kennen.«

Er ließ den Mann los, der sich mit seiner Hand den Hals massierte, bevor er zurück zu seinem Haus ging. Vor dem Eingang blieb er stehen, drehte sich um und blickte zu Streich, der ihm mit der Hand ein Zeichen gab, sich zu beeilen.

Zwei Minuten später hielt er die Schlüssel in der Hand.

»Der Tank ist fast voll«, erklärte Lorenz. »Und … fahren Sie bitte vorsichtig.«

»Morgen früh steht er wieder hier. Ich lege den Schlüssel auf das linke Vorderrad.«

Am verabredeten Treffpunkt sammelte Streich die beiden Frauen ein, Lidia kletterte auf den Rücksitz, Gilla nahm neben ihm Platz. Nach einigen Kilometern hatte Streich sich an den Wagen gewöhnt, und sie fuhren Richtung Mainz, wo eine Bekannte von Gilla wohnte. Sie hatte sie bereits mehrmals eingeladen, sie zu besuchen, es war aber immer bei Absichtserklärungen und Telefonaten geblieben.

Am Stadtrand von Frankfurt hielt Streich neben einem öffentlichen Münzfernsprecher. Ungewöhnlich lange sprach Gilla mit ihrer Bekannten, Streich und Lidia konnten beobachten, wie sie immer wieder Geldstücke nachschmiss. Die hektischen Bewegungen ihrer Arme verrieten, dass die Bekannte über die Ankündigung ihres Spontanbesuchs nicht gerade erfreut war.

»Wem gehört eigentlich das Auto?«, fragte Lidia von hinten, während Streich Gilla nicht aus den Augen ließ.

»Dem Vater von Peter Lorenz.« Im Rückspiegel konnte er ihren fragenden Blick erkennen. »Das ist einer von denen, die dich verfolgt haben … ›Polackenbraut‹ und so …«

»Wirklich?«, fragte Lidia erstaunt. »Warum hat der dir denn sein Auto gegeben?«

Streich antwortete nicht gleich.

»Hat das was zu tun mit dem, was du Peter ins Ohr geflüstert hast?«

Streich nickte. »Ja.«

»Und was hast du dem da gesagt?«

»Ich habe seinen Vater im …«, er zögerte kurz, entschied dann aber, dass sie erfahren genug war, »Puff gesehen, wie er eine Frau verprügelt hat. Ich denke mal, dass seine Frau das nicht so gerne hören würde.«

»Gut gemacht«, war die Antwort des Mädchens, scheinbar unbeeindruckt. In diesem Moment kam Gilla zurück, die berichtete, dass Hedi, ihre Bekannte, zunächst gar nicht erfreut auf die Nachricht reagiert hatte, dass sie so überraschend vorbeikomme, und dann auch noch jemanden mitbringe.

»Und … können wir kommen?«, warf Streich ungeduldig ein.

»Ja, ihr Mann ist auf Montage.«

Broich sah sein Gegenüber gequält an.

Streich schien davon ungerührt. »Das ist das Geschäft. Alles andere ist mir egal. Die Wohnung für Gilla und Lidia. Und Sie fahren die beiden da hoch. Danach gibt es die Papiere!«

Broich blickte auf den Tisch, hob dann seinen Kopf. »Jetzt brauche ich erst mal eine Zigarette.«

Streich griff in seine Jackentasche, hielt ihm die Packung entgegen und gab ihm, nachdem Broich eine Zigarette herausgefummelt hatte, Feuer.

»Wann soll das sein?«

»In einer Woche. Ungefähr. Ich warte noch auf etwas«, erklärte Streich.

»Meinen Vater um etwas zu bitten …«, Broich blies Rauch aus, sah den Wölkchen nach, »Sie können sich nicht vorstellen, was das für mich bedeutet.«

Streich schwieg.

»Für ihn wird es so aussehen, als würde ich zu Kreuze kriechen.« Broich zog an seiner Zigarette, als hinge sein Leben davon ab.

»Dann kriechen Sie … Das Geschäft läuft genau so ab! Ist Ihnen bewusst«, Streich beugte sich vor und sprach eindringlich auf den Mann ihm gegenüber ein, »wie viele Leute wegen dieser Papiere schon gestorben sind? Oder zusammengeschlagen wurden? Da ist mir Ihr Vater und was für Probleme Sie mit ihm haben, so was von egal.«

Plötzlich lachte Broich gequält auf, so heftig, dass er sich verschluckte und hustete. »Am Ende versöhne ich mich sogar mit meinem Vater«, begann er, als er sich wieder beruhigt hatte, »und Sie sind der große Aussöhner.«

Streich blickte den Mann regungslos an.

»Darf es noch was sein, die Herren?!« Die Wirtin hatte sich resolut neben dem Tisch aufgebaut.

»Noch zwei«, bestellte Streich. Bevor Broich etwas dagegen einwenden konnte, war die Frau schon wieder weg und kam wenig später mit gefüllten Gläsern zurück.

Das Lokal hatte sich inzwischen gefüllt. Am Nebentisch hatten sich Touristen aus Bayern niedergelassen, wie an ihrer Aussprache zu erkennen war. Ihren ersten Schluck Apfelwein kommentierten sie laut und rangen damit sogar Broich ein Lächeln ab.

»Aber keine Spielchen diesmal«, sagte Broich verunsichert.

»Ehrenwort«, versprach Streich. »Und Sie können da noch etwas anderes für mich tun.«

Der Journalist sah ihn mit einer Mischung aus Abwehr und Neugier an.

»Vorletzte Nacht ist ein junger Mann ins Krankenhaus gebracht worden. Max heißt der. Ich muss wissen, in welches Krankenhaus.«

»Max und wie weiter?«

»Weiß ich nicht. Ist in der Nähe des Bahnhofs zusammen-geschlagen worden, sah übel aus.«

»Waren Sie das?«

Streich blickte ihn finster an.

»Na ja, Sie sind nicht gerade zart besaitet.«

»Nein!«, beantwortete Streich die Frage knapp.

»Die Rote Hand?«

Er nickte. »Ich muss wissen, ob er ansprechbar ist.«

»Nicht, wie es ihm geht?«

»Sie gehen mir auf den Sack, Broich. Ich habe andere Sorgen.«

»Ja, und andere haben andere Sorgen. Die nicht die Ihren sind.«

»Können Sie das rausfinden?«

»Ich werde sehen, was ich tun kann.«

Hinterzimmergeschäft

Jung saß auf einem Stuhl im Hinterzimmer eines kleinen Lebensmittelgeschäftes, vom Verkaufsraum durch einen gestreiften Vorhang abgetrennt. Streich wollte sich nicht mit ihm im Boxclub treffen, zu groß war die Gefahr, dass der überwacht wurde oder plötzlich jemand dort auftauchte. Und nach der Schießerei war er sicher, dass man jetzt sofort von der Schusswaffe Gebrauch machen würde. Also hatte Jung diesen Ort vorgeschlagen. Der Besitzer war ihm wohlgesonnen, und er hatte wohl noch etwas gut bei ihm, Einzelheiten wollte Jung nicht erzählen. Zwei der Jungs aus dem Boxclub hatten ihn herbegleitet und hielten Wache vor der Tür.

Nur wenn man ihn kannte und ihn genauer ansah, war zu erkennen, dass er Schmerzen hatte. Seine Bewegungen hatten etwas Ungelenkes, und es schien, dass die Stiche, mit denen die Wunde über der linken Augenbraue genäht war, nicht sauber ausgeführt worden waren. Die Haut war verzogen und verlieh seinem Gesicht eine groteske Note.

Aus dem Verkaufsraum drangen hin und wieder Fetzen der Gespräche des Händlers mit seinen Kunden bis zu ihnen in die Hinterstube mit der Kühltruhe und den Holzregalen. Streich hatte sich eine Packung Kekse genommen und aufgerissen, dazu eine Flasche Weinbrand. Er kaute.

»Waren sie noch mal bei dir?«, fragte er mit gedämpfter Stimme, nachdem er die letzten Krümel hinuntergeschluckt hatte. Der Weinbrand stand auf einer umgedrehten Kiste, die ihnen als

Tisch fungierte. Die beiden Männer stießen die gefüllten Gläser leise aneinander.

»Nein, nicht direkt«, antwortete Jung, nachdem er einen Schluck getrunken hatte. »Haben angerufen.«

»Und?«

»Und?« Jung lachte, was seine Narbe noch grotesker aussehen ließ. »Gedroht haben sie mir. Ich soll dir sagen, dass sie dich kriegen werden. Mit der Brieftasche und dem Mädchen.«

Streich trank, dachte nach, füllte erneut sein Glas.

»Warum gibst du ihnen nicht einfach, was sie wollen?«, fragte Jung.

»Nur für viel Geld …«

»Was ist mit dem Mädchen?«

Streich sah den Mann ihm gegenüber böse an.

»Schon gut«, wiegelte der ab und versuchte ein beschwichtigendes Lachen. »Wie viel willst du?«, fragte er schließlich.

»Zwanzigtausend Mark.«

Jung pfiff durch die Zähne. »Mein lieber Herr Gesangsverein. Dafür muss unsereiner viele Schläge einstecken.«

Streich ging nicht darauf ein. »Zwanzigtausend für die Brieftasche. Zehntausend für das Mädchen.« Er nippte an seinem Glas, behielt es in der Hand.

»Und wenn sie nicht …«

Streich unterbrach ihn rüde. »Sie werden.«

»Und wo?«

»Sie sollen dir eine Telefonnummer geben, unter der ich sie erreichen kann.«

»Alles durchdacht, was? Und wo willst du mit dem ganzen Geld hin?«

Streich tat, als hätte er die Frage nicht gehört. »Die Papiere?«, fragte er stattdessen. »Wann sind die fertig?«

Jung musste einen Moment nachdenken.

»Hast du die etwa vergessen«, rief Streich zornig aus.

Der Lebensmittelhändler streckte seinen Kopf durch den Vorhang. »Alles in Ordnung?«

»Alles in Ordnung!« Jung machte mit seinen Händen eine beruhigende Geste. Der Mann verschwand. »Nein, nein!«, wandte er sich wieder Streich zu. »Aber so schnell geht das nicht. Wenn es gut sein soll.« Er quälte sich von seinem Stuhl, entnahm der Kühltruhe zwei Flaschen Bier, öffnete sie, schlurfte zurück und reichte eine davon Streich.

»Wann?«, wiederholte Streich.

»Noch ein paar Tage.« Jung wischte sich mit der Hand über den Mund.

»Geht das nicht schneller?«

»Ein paar Tage, wie gesagt«, erklärte er nochmals. »Kostet aber was!«

Ein Blick genügte.

»Zweitausend.«

»Wie viel?!«

»Du willst doch gute Arbeit! Und schnelle Arbeit. Das kostet.« Jung setzte die Flasche an und trank sie in einem Zug leer.

Streich sah ihm dabei zu. »Du hast denen hoffentlich nicht gesagt, dass ich Druck habe.«

»Die sind nicht doof. Können auch so eins und eins zusammenzählen. Soll schnell gehen, zwei Frauen, Adoptionspapiere. Da schlagen die auf.«

»Plus Provision!«

Jung wollte aufbrausen, ließ es dann aber sein. »Ich muss auch von irgendwas leben. Die Kerle da draußen …«, er deutete mit seiner leeren Bierflasche zur Tür.

Streich nahm die Geldscheine aus seiner Hosentasche und zählte das Geld für Jung ab. »Die Hälfte jetzt, den Rest bei Übergabe.«

Jung nickte und steckte die Scheine in seine Tasche.

»Vierzigtausend«, erhöhte Streich seine Forderung. »Sag denen, wenn sie sich melden, zwanzigtausend für die Brieftasche, zwanzigtausend für das Mädchen. Die Hälfte vorab. Sollen sie bei dir deponieren. Wenn du das Geld hast, machen wir die Übergabe. Die Brieftasche gegen den Rest.«

»Und das Mädchen?«

»Sag ihnen, dass ich mich um sie kümmern werde. Und dass es nur so abläuft, so und nicht anders.«

»Ist 'ne ernste Sache, was, Soldat?« Jung versuchte zu flachsen, biss aber erneut auf Granit.

»Lass dir eine Nummer geben, verstanden!«

»Was hast du vor?« Jung unternahm einen letzten Versuch.

»Ich melde mich«, sagte Streich, stand auf, schob einen Zwanzigmarkschein unter die angebrochene Weinbrandflasche, reichte Jung die Hand und ging, ohne sich noch einmal umzuschauen, durch den Vorhang und an dem Lebensmittelhändler, der gerade eine Frau bediente, vorbei nach draußen. Seinen Hut hatte er tief ins Gesicht gezogen.

Einträge

Die nächsten Tage verbrachte Streich mit Herumirren. Immer in Bewegung bleiben. Kein Ziel bieten. Seit ein paar Tagen hatte er sich nicht rasiert, trug den Hut und den Anzug, als habe er nie etwas anderes am Leib gehabt. In einer öffentlichen Badeanstalt hatte er lange in einer Wanne gelegen. Zeit zum Nachdenken.

Am Dienstag herrschten frühsommerliche Temperaturen und weckten Erinnerungen an die warmen Länder, in denen er viele Jahre seines Lebens verbracht hatte. Regen, Wind, Sturm, all das hatte es auch dort gegeben, all das hatte er erlebt, aber es war stets warm gewesen, keine dieser kalten, feuchten Winter Europas, abgesehen von den Jagden nach ihren Gegnern, die sie nicht selten in die Berge Indochinas geführt hatten, und den Nächten in der Wüste Algeriens, aber da hatte er immer gewusst, dass dies nur für ein paar Stunden galt. Anders als damals in Russland, wo ihm im ersten Kriegswinter vor Moskau fast die Zehen abgefroren waren. Diese verdammte Kälte und Feuchte auch im französischen Kriegsgefangenenlager im Winter fünfundvierzig, wo sie um ihn herum gestorben waren, Tag für Tag, wie die Fliegen. Dort hatte er sich für die Legion anwerben lassen. Nur raus. Nur eine Perspektive. Wärme und was zum Beißen. Überleben.

Am Mainufer betrachtete er die Mütter mit ihren Kindern, die sich um einen Mann scharten, der Eis aus einer Box verkaufte, die vorne auf sein dreirädriges Fahrrad montiert war. Ein blaugelber Schirm schützte ihn und seine kalte Ware vor dem direkten Sonneneinfall. Die Frauen trugen schon helle, luftige Kleider, einige der Jungs, die auf ihre Eistüte warteten, Lederhosen. Ein schwarzer Pudel rennt aufgeregt zwischen den Beinen der Leute hin und her, jault, als ein Mann in der Uniform eines Paras ihm einen Tritt gibt. Sein Kamerad, einige Meter abseits, lacht. Eilig läuft eine junge Frau vor, packt das Tier, trägt es weg. Der Wind bläst landeinwärts, kündet den Sturm an. Zwei junge Frauen in hellen Kostümen laufen auf den Eiswagen zu. Er sitzt auf einer Mauer, ein Logenplatz, weit genug weg, um seine Ruhe zu haben, er kneift seine Augen zusammen, sieht, wie der Para sich ein Eis kauft. Lehnt sich zurück, genießt die Sonne, döst ein. Plötzlich Tumult. Er richtet sich auf, sieht die beiden Frauen, Pistolen in den Händen, eröffnen das Feuer auf die Paras. Geschrei. Der mit dem Eis bricht auf der Stelle zusammen, seine Sonnenbrille fällt auf das Pflaster, zerbricht, der andere zieht seine Waffe, sinkt ebenfalls nieder. Er springt von der Mauer, reißt seine Pistole aus dem Holster, stürmt vor, schießt im Laufen, aber die beiden jungen Frauen sind in der Menge verschwunden. Das Blut des Paras mischt sich mit dem Eis. Dann die Fragen. Wieder und wieder. Eingedöst. Statt aufzupassen. Die Kameraden zu schützen. Es bleibt der Eintrag.

Streich schüttelte sich und erregte dadurch die Aufmerksamkeit einer der Frauen, sie blickte misstrauisch zu ihm herüber, packte ihr Kind bei der Hand, zog es ein paar Meter zur Seite. Er wandte sich schnell ab und ging weiter am Flussufer entlang. Dieses Leben war ihm fremd. Er hatte es nie geführt. Was er kannte, war der Kampf. Feinde und Kameraden. Bars und Bordelle. Und Waffen.

Er trug die Pistole bei sich, die er dem Blonden in seiner Wohnung abgenommen hatte. Einmal hatte er sie schon benutzen müssen. Das nächste Mal würde man ihm nicht so viel Zeit geben. Mit einem schnellen Griff versicherte er sich, dass sie fest in seinem Hosenbund steckte.

»Schon wieder Äppelwoi!«, beschwerte sich Broich, als Streich sich zu ihm an den Tisch setzte, an dem sie sich schon bei ihrem letzten Treffen besprochen hatten.

Auf dem Herweg hatte Streich sich telefonisch bei Jung erkundigt. Die Rote Hand hatte sich gemeldet, der Anrufer laut gelacht, als er ihm die Summe nannte, die Streich für die Brieftasche und das Mädchen verlangte, aber Jung hatte ihm klarmachen können, dass dies nicht verhandelbar sei. Schließlich hatte der Anrufer eingewilligt, sich aber geweigert, ihm eine Telefonnummer zu geben.

»Alle sagen, dass man sich an den Geschmack gewöhnt«, fuhr der Journalist fort, »spätestens beim dritten oder vierten werde man süchtig von dem Zeug. Von wegen. Zumindest bei mir funktioniert das nicht.« Er trank einen Schluck, zog eine Grimasse.

Dann führte er noch einmal aus, dass niemand ernsthaft an der Aufklärung der Anschläge auf Puchert und Mühlbauer interessiert sei. Das sei auch schon bei dem Geschäftsmann Schlüter in Hamburg so gewesen, der Ziel mehrerer Anschläge gewesen war. Zu sehr fürchtete man Verwicklungen mit den französischen Nachbarn, wenn die Beteiligung von dessen Geheimdienst erwiesen gewesen und dann Konsequenzen verlangt worden wären. Konsequenzen, die den Aussöhnungsprozess zwischen den beiden Ländern nachhaltig beeinträchtigen könnten. Dieses Risiko wollte niemand eingehen. Broich vermutete, dass hinter den Kulissen eifrig daran gearbeitet werde, auf eine Einstellung der Attentate auf deutschem Boden hinzuwirken. »Wobei«, schloss er seine Ausführungen, »diese Sache mit dem toten Franzosen … Sie haben damit ganz schön Staub aufgewirbelt. Ich fürchte, dass man Ihnen auch das Attentat auf Mühlbauer in die Schuhe schieben will. Mindestens. Vielleicht auch Puchert. Wäre eine elegante Lösung.«

Streich erwiderte nichts, trank.

Broich räusperte sich. »Sagen Sie mal, Streich, macht Ihnen das eigentlich nichts aus?«

Der stellte sein Glas behutsam ab. »Was?«

»Sie haben einen Menschen getötet.«

»Ich bin Soldat. Seit ich achtzehn bin. Ich habe viele Menschen getötet.«

»Aber jetzt ist kein Krieg.«

»Das ist Krieg!«, beharrte Streich und sagte das so kategorisch, dass Broich nicht weiter nachhakte.

Sie schwiegen eine Weile und nippten an ihren Gläsern.

»Dieser Junge ...« Der Journalist sprach als Erster, suchte nach dem Namen.

»Max«, half ihm Streich.

»Ja, dieser Max ist im Heiligen Geist Hospital gewesen. Die Verletzungen sahen wohl schlimmer aus als ...«

»Gewesen?«, unterbrach Streich ihn besorgt. Er fürchtete, dass man ihn aus dem Krankenhaus entführt haben könnte.

»Wollte zu seinem Boxclub zurück, hat er im Krankenhaus gesagt.«

Streich nickte beruhigt. Jung und der Club, das waren Maxens Familie.

»Haben Sie mit Ihrem Vater gesprochen?«

Broich verzog gequält sein Gesicht. »Ja«, antwortete er nach einer Pause. »Hat sich sehr gefreut, dachte, dass der verlorene Sohn in den Schoß der Familie zurückkehrt.« Er wartete einen Moment, bevor er weitersprach. »Dann hat er erst einmal getobt, als ich ihm sagte, dass die Wohnung nicht für mich ist. Aber das beherrscht er ja, das Toben.« Er wartete wieder, sah Streich an, bat um eine Zigarette, die der ihm reichte. »Dann dachte er«, sprach er weiter, nachdem er sich die Zigarette angezündet und einen Zug genommen hatte, »dass ich ein Mädchen geschwängert hätte. Meinte, sie solle es wegmachen lassen.« Er zog noch einmal an der Zigarette. »So einfach ist das bei dem.«

»Und weiter?«

Broich nickte bedächtig. »Ja, sie können einziehen.«

»Gut«, erwiderte Streich, merkte aber, dass sein Gegenüber noch nicht fertig war.

»Da tobt er erst, enterbt mich, droht zumindest damit, beschimpft mich jahrelang, ein Waschlappen zu sein, ein Vaterlandsverräter, und jetzt hat er mir die Wohnung sogar überschrieben.« Er schüttelte den Kopf.

»Das macht doch alles sehr viel einfacher«, meinte Streich trocken.

»Für Sie vielleicht«, fuhr ihn der Journalist an, »aber ich bin damit in der Pflicht. Genau das, was ich nicht wollte. Ich will mit dem Mann nichts mehr zu tun haben. Und jetzt das …« Er brach ab und rauchte, Streich steckte sich auch eine an. »Die Schlüssel hat er mir schon geschickt«, Broich klopfte auf seine Jackettasche. »Wir können jederzeit los … Und, Streich«, sagte er mit gesenkter Stimme, »verarschen Sie mich nicht wieder. Wohnung und Schlüssel gegen die Papiere!«

Streich stand kommentarlos auf und ging nach vorne zu den Toiletten. Er hielt den Kopf gesenkt, damit ihm keiner der Gäste direkt ins Gesicht sehen konnte. Doch niemand nahm Notiz von ihm.

Später, er und Broich hatten das Lokal längst verlassen und verabredet, dass Streich dem Journalisten in den nächsten Tagen eine Nachricht zukommen lassen würde, rief er nochmals Jung an. Der bestätigte ihm, dass Max wieder bei ihm war. »Zwei Invalide in einem Boxclub! Zum Kotzen!«, schimpfte er.

Die Rote Hand hatte sich wieder gemeldet und wollte den Austausch so schnell wie möglich abwickeln. Jung hatte ihnen, wie

Streich es ihm aufgetragen hatte, gesagt, dass sie sich um siebzehn Uhr bei ihm melden sollten. Zur gegebenen Zeit würde er ihnen Ort und Zeitpunkt für die Übergabe der Brieftasche mitteilen.

»Gut!«, erwiderte Streich, mehr zu sich selbst als zu Jung.

»Du bist ein Optimist«, lachte der, musste sich dann aber unterbrechen und stöhnte in den Hörer. »Mist, Arnolt, das sind verfluchte Schmerzen in der Brust. Diese Schweine. Wenn ich einen von denen erwische …«

»Die Papiere!«, erinnerte ihn Streich.

»Sind noch nicht da. Kann noch ein paar Tage dauern.«

Streich fluchte. Jeder Tag, den es länger dauerte, den die Rote Hand Zeit hatte, ihn zu suchen, den die Polizei hinter ihm her war, bedeutete mehr Gefahr.

Abschied

Weiter Umherirren. Immer auf der Hut sein. Nachts schlief er, stets ein Auge offen, die Pistole griffbereit neben sich, auf Baustellen, in Hinterhöfen oder auf Trümmergrundstücken. Sein Anzug zeigte mehr und mehr Spuren seines Lebens auf der Straße. Aber Geld hatte er ja genug, Geld für Gilla und Lidia, doch es reichte auch für einen neuen Anzug. Einfaches Modell. Nicht teuer. Vor allem nicht auffällig. Ein einziger Anruf bei den beiden in Mainz, mehr verkniff er sich. Kein Risiko. Erfuhr, dass es ihnen gut ging, dass die Freundin sich inzwischen aufrichtig über die Abwechslung freute. Er teilte ihnen mit, dass es bald losgehen würde. Der Journalist würde sie abholen. Zum Meer bringen.

Gilla klang enttäuscht. »Du kommst nicht mit?« Er hörte auch Lidia im Hintergrund. Ihre Worte konnte er nicht verstehen. Ihre Stimme klang jedoch aufgeregt.

»Später!«, antwortete er, wusste, dass er nicht überzeugend klang.

»Ja«, erwiderte sie schwach.

»Denk an das Meer! Weg von allem. Ein Neuanfang.«

»Aber Drei-Finger-Diether, der wird mich suchen.«

»Und nicht finden. Ich kümmere mich um ihn.«

Dann legte er auf.

Am Freitag endlich die Nachricht von Jung, dass er die Hälfte des Geldes von der Roten Hand und auch die Papiere erhalten habe. Gute Arbeit, fügte er hinzu. Sie verabredeten, dass Max ihm alles nahe dem Römer übergeben würde.

Er behielt den Jungen im Auge, wachte darüber, dass niemand ihm folgte. In einer engen Gasse zog er ihn dann in eine Einfahrt.

Max fuhr erschrocken zusammen, fürchtete wahrscheinlich, dass ihn erneut ein Scherge der Roten Hand gekrallt hatte. Erleichtert lachte er auf, als er Streich erkannte.

»Das ist ja wie in einem Kriminalfilm«, stellte er fest, nachdem Streich ihn weiter in das Dunkel der Einfahrt gezerrt hatte.

»Nur leider einer, bei dem der Tod echt ist«, erwiderte Streich und sah sich noch einmal um. Sie waren allein. »Hast du alles dabei?«

Max hatte den Beutel, in dem sich die Papiere und das Geld befanden, in den Hosenbund gestopft.

Streich besah sich die Papiere. Einer normalen Überprüfung würden sie standhalten. Dann zählte er das Geld.

»Franz hat schon die Tausend für die Papiere genommen«, sagte Max unsicher.

Streich nickte, zählte weiter.

»Und dreihundert Provision.« Unsicher blickte der junge Boxer ihn an.

Streich nickte erneut, zog vier Hunderter aus dem Bündel.

»Drei davon gibst du Franz. Einer ist für dich.«

Ungläubig sah Max ihn an.

»Ja, nimm schon, bevor ich es mir anders überlege.«

Freudig lächelnd steckte der Junge das Geld ein. Anschließend stopfte Streich den Beutel, wie es auch schon Max gemacht hatte, in seinen Hosenbund.

»Du wartest hier, zählst bis zweihundert, dann gehst du auf Umwegen zurück zu Franz«, sagte er mahnend zum Abschied. »Pass auf dich auf, Max!«

Drei Stunden später traf er mit dem Journalisten zusammen. Auch ihn hatte er angewiesen, auf Umwegen zum Treffpunkt zu kommen. In einer Seitenstraße der Zeil trafen sich die beiden Männer in einem Radiogeschäft.

»Kann ich Ihnen helfen?« Ein Mann, etwa im Alter von Broich, war zu ihnen getreten und betrachtete sie misstrauisch durch seine dunkle Hornbrille.

»Wir schauen uns erst einmal um, vielen Dank!«, entgegnete der Journalist freundlich.

Der Mann nickte verständnisvoll. »Wenn Sie Fragen haben, ich bin in der Nähe.« Einige Meter entfernt machte er sich an einem Regal zu schaffen, Streich blieb nicht verborgen, dass er hin und wieder zu ihnen herüberschielte.

Sie standen vor einem Radiogerät, taten, als ob dies der Gegenstand ihres Gesprächs wäre, deuteten hin und wieder auf ein Detail.

»Ich habe die Papiere für die beiden und das Geld.« Streich drehte sich so, dass er mit seinem Rücken Broich vor den Blicken des Angestellten schützte. »Stecken Sie den Beutel gut ein.« Der nahm ihn und schob ihn unter sein Jackett.

»Haben Sie einen Wagen?«

»Ja«, antwortete der Journalist und zeigte mit seinem Finger auf die Senderanzeige des Radios.

Streich ging näher heran, besah sich die Stelle, nickte. »Fahren Sie heute Abend los, nach Einbruch der Dunkelheit. Achten Sie darauf, dass Ihnen niemand folgt.«

Broich nickte.

»Gut.« Streich ging einen Schritt weiter, betrachtete ein anderes Radio, beugte sich vor. »Sie müssen noch etwas für mich tun.«

»Aha.« Broich spielte das Spiel gut mit, sprach, als würde er über das Gerät vor ihm reden.

»Können Sie Motorrad fahren?«

Verblüfft sah der Journalist ihn an, nickte. »Ja, klar.« Broich lachte, das Ernste, das er stets im Gesicht trug, war für einen Moment wie weggewischt.

»Gut. Ali hat ein Motorrad …«

»Ali«, rief Broich überrascht aus und lachte. Er schlenkerte seinen rechten Arm hin und her. Der Angestellte sah zu ihnen herüber. »Wie will der denn …«

»Ist ein Erinnerungsstück«, antwortete Streich mit gesenkter Stimme.

»Sie haben etwas gefunden?« Der junge Angestellte trat nun wieder zu ihnen.

»Danke, wir schauen uns noch um!« Streich funkelte den Mann an, der sofort einen Meter zurückwich.

»Wir sind kein …«

Broich war ruhiger. »Vielen Dank! Sehr aufmerksam«, bedankte er sich. »Aber wir möchten erst noch selbst schauen.«

Der Angestellte nickte, machte aber keine Anstalten zu gehen.

»Sie haben bestimmt zu tun?!« Broich sagte das ausgesprochen höflich.

Endlich ging der Mann.

»Ich werde Ali anrufen, dass er das Motorrad fertig macht. Sie kommen damit …«, er überlegte kurz, »Sie wissen, wo die Oper ist? Die große Ruine.«

Broich nickte.

»Heute Abend, neunzehn Uhr. Auf der Rückseite.«

Sie sahen kurz zu dem Angestellten, spielten das Spiel zu Ende.

»Das hier gefällt mir am besten«, erklärte Broich, zeigte willkürlich auf eines der Radios, sah zu dem Angestellten hinüber, verabschiedete sich und verließ den Laden.

Streich wartete einen Augenblick, trat dann ebenfalls auf die Straße, blickte dem Journalisten hinterher und ging ihm ein Stück nach, bis er sicher war, dass ihm niemand folgte.

Broich erschien pünktlich auf der Rückseite der Ruine des pompösen Baus, der vor dem Krieg die Oper beherbergt hatte. Streich stand im Schatten eines Lieferwagens und behielt die Umgebung im Auge. Wie er es gelernt hatte, wie es ihm jahrelang das Leben gerettet hatte. Ruhig bleiben, den Blick langsam umherwandern lassen, auf Details achten, kleinste Veränderungen registrieren. Auch wenn es ihm jetzt, vor allem in der hereinbrechenden Dunkelheit, schwerfiel, so scharf wie vor zwanzig Jahren zu sehen. Ein Fluch! Er ballte seine Fäuste.

Als er sicher war, dass Broich nicht beschattet wurde, wagte er sich aus seinem Versteck und lief über die Freifläche zu dem Motorrad.

Broich hatte ihn weder gesehen noch gehört und zuckte erschrocken zusammen, als er ihn nur wenige Meter hinter sich hörte.

»Leicht ist es Ali nicht gefallen, das Motorrad rauszugeben.«

Streich überging den Satz.

»Vollgetankt, wie Sie es gesagt haben!«

»Gut!«

»Können Sie, wenn Gilla und Lidia in der Wohnung sind, auf der Rückfahrt diese Nummer anrufen?« Er reichte ihm einen Zettel, auf dem er Jungs Anschluss notiert hatte. »Sagen Sie nur, dass alles in Ordnung ist, dass die Ware am Ziel ist. Mehr nicht. Auf keinen Fall mehr!«

»So vorsichtig?«

»Meine Lebensversicherung. Nur diese Information.«

»Und die Papiere? Wann bekomme ich die?« Er konnte sein Misstrauen Streich gegenüber nicht verbergen.

»Wenn die beiden in Sicherheit sind, gebe ich Ihnen die Papiere.«

»Wirklich?«

Streich ging nicht darauf ein.

»Was haben Sie jetzt vor?«

Auch darauf reagierte Streich nicht.

»Sie trauen niemandem, was?«

»Je weniger Sie wissen, desto besser für Sie.«

»Aber vielleicht kann ich Ihnen helfen.«

»Sie?« Streich sah ihn herablassend an. »Das ist keine Arbeit für Sie.«

Noch in der Nacht, nachdem Broich zu dem Wagen gegangen war, mit dem er Gilla und Lidia in den Norden fahren würde, meldete Streich sich bei Jung. Der Boxclubbesitzer klang nicht mehr ganz nüchtern.

»Hast du gesoffen?«, raunzte er ihn durch den Telefonhörer an.

»Geht dich nichts an«, gab der trotzig zurück.

»Du musst klar im Kopf sein, verstanden!« Streich sprach kalt und im militärischen Befehlston.

Offenbar wirkte das ernüchternd, Jung gab nach. »Schon gut«, sagte er. »Ich mach Schluss für heute.« Pause. »Mit dem Saufen«, fügte er hinzu und lachte.

»Wenn morgen der Anruf kommt, sagst du ihnen, dass sie zur Galopprennbahn rauskommen sollen. Um fünfzehn Uhr am Eingang zu den Wettschaltern.«

»Ja«, brummte Jung ins Telefon, kaum verständlich.

»Franz, wiederhol, was du denen sagen sollst!«

Jung ließ sich Zeit.

»Sonntag. Galopprennbahn. Wettschalter.«

Streich gab sich unbeeindruckt. »Uhrzeit?«

Stille in der Leitung.

»Fünfzehn Uhr, Franz. Um fünfzehn Uhr auf der Galopprennbahn.«

Jung wiederholte die Angaben. Langsam und vollständig.

Gleich danach fuhr Streich zur Galopprennbahn hinaus, versteckte das Motorrad in der Nähe des Eingangs, machte sich zu Fuß auf den Weg zurück in die Stadt, verbrachte die restliche Nacht in einem Park, gönnte sich am Samstag noch einmal ein Bad und zählte die Stunden, ging seinen Plan immer wieder durch.

Am späten Nachmittag rief er Jung an.

»Und?« Er fürchtete, dass die Rote Hand sich nicht gemeldet hatte.

»Sonntag. Galopprennbahn. Wettschalter. Fünfzehn Uhr. Du siehst, ich habe alles genau behalten. Vor einer Stunde haben sie angerufen.«

Wie ein kleines Kind, dachte Streich. Und mit dem Mann hatte er Seite an Seite gekämpft, hatte sein Leben in seine Hände gelegt. »Sehr gut!«, erwiderte er stattdessen.

»Sie kommen. Du sollst die Papiere mitbringen. Übrigens hat da noch so ein komischer Vogel angerufen, wollte seinen Namen nicht nennen. Sagte was von Ware, die im Hafen ist. Was soll das?«

»Alles in Ordnung!«, gab Streich erleichtert zurück, auch wenn Broich sich den Hafen hätte sparen können.

Zieleinlauf

Streich war schon früh unterwegs, streifte durch die Straßen, ging am Main entlang, saß auf einer Bank, blickte in den träge vorüberfließenden Fluss. Es waren nur wenige Menschen unterwegs. Ein Kriegsinvalider humpelte auf seinen beiden Holzkrücken an ihm vorbei, nickte ihm einen Gruß zu. Die Glocken einer Kirche drangen vom Sachsenhäuser Ufer zu ihm herüber. Er stand auf, wollte nicht zu lange sitzen, um am Ende noch aufzufallen und folgte dem Klang der Glocken, die nach neun Schlägen erstarben.

Er betrachtete die Kirche, die geschlossene Tür, hoch, hölzern, aus zwei Flügeln bestehend. Wann war er das letzte Mal in einer Kirche gewesen? In Oran, vor vier oder fünf Jahren. Drei Fellaghas hatten sich darin verschanzt. Vergebens.

Eine alte Frau murmelte ein »Grüß Gott« und schleppte sich die wenigen Stufen zum Eingang hinauf. Streich eilte ihr nach und hielt ihr die Tür auf. Sie schlurfte an ihm vorbei, murmelte wieder, kaum verständlich: »Danke, mein Sohn!«

Streich blieb in der Tür stehen, hielt sie fest, sah der Alten nach, die nach vorne ging, mühsam niederkniete, sich bekreuzigte und dann auf einer der Bänke Platz nahm.

Orgeltöne füllten den Raum, kein Lied, mehr ein Testen der Register.

Plötzlich ein Ruf. »Machen Sie bitte die Tür zu!« Streich starrte in den düsteren Raum vor ihm, konnte aber niemanden sehen. Die Orgeltöne erstarben.

»Die Tür, bitte!« Plötzlich stand ein Mann vor ihm, bärtig, mit einem Rollkragenpullover bekleidet. »Die offene Tür verzerrt den Klang«, erklärte er, bestimmt, nicht unfreundlich. »Aber kommen Sie doch rein.« Der Mann trat zur Seite, sah sich nicht nach dem Besucher um. Streich folgte ihm, hinter ihm fiel die Tür schwer zu.

»Entschuldigung!«

Der Mann hatte schon den Griff einer weiteren Tür in der Hand. Streich vermutete, dass sich dahinter der Aufgang zur Orgel befand.

»Ja …« Der Mann wartete, die Hand auf der Klinke, und blickte Streich neugierig an, bis der neben ihm stehen blieb. »Ja«, wiederholte der Mann, als Streich keine Anstalten machte, etwas zu sagen. »Was kann ich für Sie tun?«

Der räusperte sich. »Ich habe eine Bitte.«

»Ja?«

»Kennen Sie Édith Piaf?«

Ein Lächeln huschte über das Gesicht des Mannes, so verschmitzt und schelmisch, dass es selbst in dem recht düsteren Raum und trotz des Barts gut zu erkennen war. Er summte eine Melodie.

Streich wartete einen Augenblick, nickte anerkennend. »*L'accordéoniste*«, sagte er und lauschte noch einige Sekunden dem Summen. »Sie als Kirchenmann …«

»In Gottes Haus ist Platz für alle, auch und vor allem für die Verlorenen«, erwiderte er und sah Streich dabei durchdringend an.

»Kennen Sie *Mon Légionnaire?*«

Bevor er eine Antwort gab, besah sich der Organist den Mann vor ihm genau, dann summte er auch dieses Lied.

»Können Sie es … spielen?«

»Sie meinen auf der Orgel?«

»Ja!«

Der Organist dachte einen Moment nach. »Ich kann es versuchen. Ich habe keine Noten … Aber meine Mutter, wissen Sie, die mochte die Piaf sehr. Nehmen Sie Platz!« Er deutete auf die hölzernen Sitzreihen und verschwand dann ohne ein weiteres Wort durch die Tür.

Langsam ging Streich nach vorne. Außer der alten Frau, der er die Tür geöffnet hatte, waren nur drei oder vier weitere Personen in dem Gotteshaus. Er ließ sich in der Mitte auf einer Bank nieder, lehnte sich zurück, spürte den Druck der Pistole, die hinten in seinem Hosenbund steckte, und rutschte ein Stück vor.

Erst waren es nur einzelne Töne, die den Raum füllten, ein Herantasten an die Melodie, doch nach und nach setzte sich das Lied zusammen. In Gedanken sang Streich die ersten Zeilen mit:

Il avait de grands yeux très clairs
Où parfois passaient des éclairs
Comme au ciel passent des orages.
Il était plein de tatouages
Que j'ai jamais très bien compris.
Son cou portait: »Pas vu, pas pris.«
Sur son cœur on lisait: »Personne.«
Sur son bras droit un mot: »Raisonne«.

Er schloss die Augen, lauschte, ließ sich treiben, fühlte sich frei und gelöst wie seit Langem nicht mehr. Dieser Moment hätte ewig dauern können, und auch nachdem der letzte Ton verklungen war, hielt Streich seine Position bei, im Kopf die letzten Worte des Liedes:

De la lumière!

»Sind Sie eingeschlafen? Habe ich so schlecht gespielt?« Eine Hand legte sich auf Streichs Schulter. Er fuhr hoch, riss die Augen auf und blickte in das Gesicht des Organisten. »Sie scheinen ja richtig versunken zu sein. Das Lied hat offenbar eine besondere Bedeutung für Sie.«

Streich nickte, bedankte sich bei dem Mann und erhob sich von seinem Platz.

»Sie können gerne bleiben.« Er schob den Ärmel seines Pullovers ein Stück zurück und blickte auf seine Uhr. »In einer halben Stunde beginnt der Gottesdienst. Wenn Sie mögen ...« Er machte eine einladende Geste.

Streich schüttelte sanft den Kopf und reichte dem Mann die Hand, der ihn erst überrascht ansah, bevor er sie ergriff.

»Danke!«

Mit diesem Wort wandte Streich sich um und eilte aus der Kirche nach draußen, wo schon einige Leute im Gespräch beieinander standen. Drei Männer, gemeinsam singend, kamen ihm entgegen, wahrscheinlich unterwegs zu ihrem sonntäglichen Frühschoppen. Die Sonne schien, der Himmel war blau.

Gegen vierzehn Uhr erreichte er mit der Straßenbahn die Galopprennbahn. Es war ein warmer Tag, viele der Besucher waren sommerlich gekleidet, manche Männer trugen ihre Jacketts über die Schulter geworfen, leichte Sommerhüte schützten sie vor den Sonnenstrahlen.

Streich stellte sich hinter das Eisengestell mit den Anzeigetafeln, links von der Haupttribüne. Um ihn herum wuselten die Menschen, schützten ihn. Er fiel nicht auf. Von hier konnte er den Eingang zu den Wettschaltern gut überblicken.

Als das erste Rennen ausgerufen wurde, spürte er das Kribbeln. Jetzt hatte er Geld in der Tasche, könnte endlich wetten, wie er wollte. Er musste sich beinah ermahnen, nicht dem Ansager auf dem Turm zuzuhören, als der das Finish des ersten Rennens kommentierte.

Zweimal ging er in den Bereich hinter der Tribüne, wo er schon mit Großmanns Leuten gewesen war, prüfte die Einsehbarkeit des Ortes, schätzte, ob der Lärm des Sprechers und der anfeuernden und aufgeregten Masse den Knall eines Schusses wohl übertönen würde, suchte nach dem schnellsten Weg zum Motorrad.

Bis Viertel vor drei hatte er noch keines der bekannten Gesichter gesehen. Niemand, der sich länger als nötig aufhielt. Alle waren in Eile, ihre Wetten abzugeben und gleich wieder auf die Tribüne oder direkt an die Rennbahn zu verschwinden.

Ob sie das Interesse an der Brieftasche mit den Papieren verloren hatten? Ob sie ihn hinhalten wollten? Oder ob ihnen dieser Ort zu öffentlich war? Genau deshalb hatte er ihn gewählt. Die Männer der Roten Hand würden eine Schießerei in der Öffentlichkeit zu vermeiden suchen. Er hatte auch überlegt, die Papiere zu verstecken, aber er wusste, dass seine Gegner nicht weniger misstrauisch und verschlagen waren als er selbst, und er wollte das Geschäft nicht platzen lassen, nur weil sie die Papiere sehen wollten, bevor sie ihm das Geld überreichten.

Er verließ seinen Platz hinter der Anzeigetafel und ging in Richtung der Wettschalter. Lange Schlangen vor jedem der Fenster, aber kein Gesicht, das er kannte. Würden sie andere Leute schicken als die, die bisher die Arbeit gemacht hatten? Wie stark war diese Organisation überhaupt? Wenn sie von der Direction Générale de la Sécurité Extérieure, der Auslandsabteilung des französischen Geheimdienstes, unterstützt wurde oder sogar ein Teil von dieser war, dann konnte die Rote Hand auf ein großes Reservoir an Agenten zurückgreifen.

Um Punkt fünfzehn Uhr waren sie plötzlich da, aufgetaucht wie aus dem Nichts. Er hatte nicht aufgepasst. Hatte sich doch von den Durchsagen für das nächste Rennen ablenken lassen.

Narbengesicht und ein Schmächtiger mit Frettchengesicht, spitz und ständig in Bewegung. Narbengesicht trug einen großen hellen Strohhut, unter dem seine Verbrennungen weniger deutlich zu sehen waren. Streich erkannte ihn dennoch. Er blieb noch an seinem Platz, wollte feststellen, ob die beiden Verstärkung hatten, Männer, die sie im Umfeld postiert hatten. Während sich Narbengesicht weiterhin in der Nähe des Eingangs zu den Wettschaltern aufhielt, lief das Frettchen in immer größeren Kreisen die Umgebung ab.

Fünf weitere Minuten wartete er, dann verließ Streich seine Deckung. Der Schmächtige war gerade von einem Gang zurückgekehrt. Streich wollte sie zusammen antreffen, sie zusammen vor sich haben.

»Ah«, begrüßte ihn Narbengesicht, »Vier-auf-einen-Streich. Ich dachte, dass Pünktlichkeit eine deutsche Tugend ist.« Er sah gespielt empört auf seine Uhr. »Fünf Minuten nach der Zeit … so sagt man doch, oder, Vier-auf-einen-Streich.« Er betonte den Namen jedes Mal überdeutlich. Legte es auf Provokation an, hoffte vielleicht, dass Streich unvorsichtig würde.

Der überhörte das. Sah den Schmächtigen an, schwenkte dann seinen Blick zu Narbengesicht. Hass blitzte ihm entgegen. Unprofessioneller Hass. Streich wusste, dass der gefährlicher war als jede Waffe, als jeder vernünftige Gegner.

Wo war der Blonde? War der nicht mitgekommen? Kurz sah Streich das Bild vor sich, wie der Mann auf dem Boden seiner Wohnung lag. Hätte er doch nur abgedrückt.

»Du hast was für uns, Vier-auf… oh, pardon«, Narbengesicht blickte kurz zu Frettchen, »er mag das ja nicht. Klingt auf Französisch auch viel schöner. Quatre d'un coup. Oder? Vier-auf-einen-Streich. Was meinst du?«

»Ich meine«, erwiderte Streich kühl, »dass wir unser Geschäft abwickeln und unserer Wege gehen sollten.«

Ein Trupp Männer in dunklen Anzügen, leger ohne Krawatten und mit Bierflaschen in den Händen, passierte ihren Standort. Sie warteten, bis sie außer Hörweite waren.

»Da hast du recht. Du hast etwas, das dir nicht gehört.« Narbengesicht wartete. Als von Streich keine Antwort kam, redete er weiter. »Du hast die Hälfte des Geldes schon erhalten, Vier-auf-einen-Streich. Jetzt bist erst einmal du dran! Dann gibt es den Rest. Wo ist die Brieftasche?«

»Erst das Geld!«

Narbengesicht lachte, breitete seine Arme aus, ließ sie zurück an seinen Körper fallen. Für einen kurzen Moment konnte Streich den Knauf seiner Waffe sehen, die in einem Holster an seinem Hosenbund steckte.

Der Schmächtige behielt ihn weiterhin scharf im Blick. Streich sah an ihm vorbei und versuchte herauszufinden, wo der Blonde sich aufhielt. Er konnte sich nicht vorstellen, dass er nicht irgendwo in der Nähe war.

»Habe ich es dir nicht gesagt«, wandte sich der Franzose an seinen Kompagnon. »Die Deutschen haben eine seltsame Auffassung von Geschäften. Die anderen sollen immer nur geben und sie nur nehmen.« Doch mit einem Mal wurde er sehr ernst. »So laufen Geschäfte nicht, Streich. So nicht. Die Brieftasche, sofort!«

Streich schüttelte nur leicht seinen Kopf.

Ein neues Rennen wurde vorbereitet, der Durchsager gab die Namen des Startfeldes bekannt. Ein letzter Aufruf, die Wetten abzugeben. Einige Leute hasteten eilig an ihnen vorbei, nahmen keine Notiz. Streich sah sich kurz um. Ihm war bislang niemand aufgefallen, der noch zu den beiden gehören könnte. Weder der Blonde noch sonst jemand.

»So läuft das nicht! Zum letzten Mal: die Brieftasche! Und das Mädchen!« Narbengesicht wurde immer lauter.

Wieder schüttelte Streich seinen Kopf.

»Gut.« Nur dieses eine Wort, dann ging Narbengesicht drei Schritte zu dem Telefonapparat, der an der Wand hing, nahm den Hörer ab, kramte in seiner Hosentasche, steckte ein paar Münzen in den Schlitz und wählte.

»C'est moi. Tu l'as?«

Streich hatte beim Wählen versucht, die Nummer mitzubekommen.

»Donne-le moi!«

»Bonjour, Monsieur Jung«, grüßte Narbengesicht grinsend.

Genau das hatte Streich befürchtet.

»Wie geht es Ihnen?«

Streich hätte am liebsten eine Kugel in dieses Grinsen geschossen.

»Soso. Ich gebe Ihnen mal Ihren Partner.«

Damit reichte er Streich den Hörer, der sich mit dem Rücken zur Wand stellte. Das Rennen wurde gestartet, Streich hatte Schwierigkeiten, Jung zu verstehen: »Zwei Kerle hier. Bewaffnet. Wollen, dass ...«

»Genug!« Narbengesicht riss Streich den Hörer aus der Hand. Eine Frau, die gerade vorbeikam, schaute erschrocken zu ihnen herüber. Der Schmächtige gab ihr ein Zeichen weiterzugehen. Sie eilte schnell davon.

»Möchtest du, dass deinem Freund etwas passiert? Also! Wo ist die Brieftasche?« Er musste lauter sprechen, das Rennen schien auf die Zielgerade zu gehen, die Menge schrie immer frenetischer, feuerte ihre Favoriten an.

Streich gab sich unbeeindruckt.

Narbengesicht hielt ihm wieder den Hörer ans Ohr. »Die meinen es ernst, Arnolt«, hörte er Jung sagen. Dann war ein Knall zu hören. Ein Schuss? Hatten sie Jung erschossen? Oder war das eine Finte?

»Franz?!«, schrie Streich in den Hörer.

Das Frettchen lachte.

»Ihr Schweine!«, brüllte Streich.

Einige Besucher drehten sich nach ihnen um.

»Na, na, Streich, nicht so laut«, sagte Narbengesicht und streckte seine Hand aus. »Die Brieftasche!«

»Streich! Da sind Sie ja!« Plötzlich eine andere Stimme. Eine bekannte Stimme. Streich drehte sich um und erkannte Broich, etwa dreißig Meter entfernt, im Schatten eines Baums.

Narbengesicht zog plötzlich einen Totschläger aus seiner Tasche und drosch auf Streich ein. Der wich ein Stück zurück, der nächste Schlag streifte ihn nur, ließ ihn zwei, drei Meter taumeln, dann wurde er von hinten gepackt. Der Schmächtige war nun bei ihm, durchsuchte die Innentasche seines Jacketts, wo er die Brieftasche vermutete. Streich, noch etwas benommen, stieß den Mann mit einer fahrigen Bewegung weg, zog seine Pistole aus dem Hosenbund und schoss Narbengesicht nieder.

Die Menschen um ihn herum schrien auf, liefen panisch auseinander, übertönten sogar den Sprecher, der gerade die Reihenfolge des Zieleinlaufs bekannt gab.

Das Frettchen griff nun ebenfalls an seinen Hosenbund, Streich riss seine Waffe geistesgegenwärtig hoch und drückte ab. Doch es löste sich kein Schuss. Also sprang er vor und hieb den Knauf auf den Kopf des Mannes, der vor ihm zusammensank.

Er rannte los, in die Richtung, aus der Broich gerufen hatte. Wie war der hierhergekommen? Hatte er noch mal mit Jung gesprochen und der ihm den Übergabeort verraten?

Plötzlich stand Broich vor ihm, er war hinter einem Baum, hinter dem er offenbar Deckung gesucht hatte, hervorgetreten. Ungebremst lief Streich gegen den Mann, drückte ihm im Moment des Zusammenstoßes die Brieftasche in die Hand.

»Unters Jackett damit!«, zischte er. »Und laufen Sie weg! In die Menschenmenge.«

Er selbst rannte zum Ausgang, wo er Alis Motorrad versteckt hatte, stolperte, sah im Fallen, dass Broich in Richtung Tribüne lief, bis ein weiterer Schuss knallte und er Broich erst straucheln, dann niederstürzen sah. Streich rappelte sich auf, drehte sich um und blickte in die hasserfüllte Fratze des Blonden, der wie aus dem Nichts aufgetaucht war, seine Waffe auf ihn richtete und … drei, vier, fünf …

… die Kugel

… und fliegt weiter über den Kontinent, von Süd nach Nord, über Lavendelreihen und Weinberge, dichte Ährenfelder und abgeerntete Kartoffeläcker, fegt über vereiste Gebirgskämme, lässt sich von den aufspritzenden Wassern der kalten, die Berge hinabstürzenden Bäche nicht aufhalten, schießt über sanfte Ebenen, vorbei an Dörfern und Städten, über einen breiten Strom, über den Zaun einer Galopprennbahn und schlägt in den Körper des Mannes ein, auf den sie schon vor zwanzig Jahren abgeschossen wurde. Für den sie bestimmt war.

Er sank nieder, hörte noch das schnell sich nähernde Martinshorn, die Ausrufe der Menschen um ihn herum, jemand, der ihm etwas unter den Kopf schob, eine Stimme, die ihm eindringlich zurief: »Wach bleiben! Bleiben Sie bei Bewusstsein!« Er sah einen groß gewachsenen Mann mit Brille über sich, der ihn kalt musterte, der weiterging, dorthin, wohin Broich gelaufen war. Er hob seinen Kopf, sah ihm nach, den weit ausholenden Schritten und dem geraden Gang, bis er innehielt, sich vorbeugte, etwas sagte. Er bemerkte nicht, dass ihm die getrocknete Blume aus der Hosentasche rutschte.

Das Letzte, was er sah, war die Brieftasche, die Dr. Knecht an sich nahm und einsteckte.

Epilog

Ali wuchtete den Bierkasten mit einer Hand auf die Auslage, die sich unter dem Gewicht bedenklich nach unten bog. »Nehmt euch, bevor das Ding bricht!«, forderte er die Umstehenden auf und verschwand wieder im Innern des Wasserhäuschens.

»Du zuerst«, sagte Herbert und stieß Broich nach vorne.

Der stöhnte auf. Sein verletztes Bein schmerzte noch immer, durch den Stoß war er falsch aufgetreten. Er nahm eine Flasche und öffnete sie, reichte sie nach hinten. Der rote Rudi stand goldrichtig, Broich hielt sie ihm genau hin.

»Hier. Ein durstiger Mann!« Bommel drückte seinen schweren Leib durch die Leute und streckte seine Hand aus.

Ali kam zurück, nahm aus einer Stange Morris eine Packung, öffnete sie und hielt sie in die Runde.

Als alle versorgt waren, klopfte er mit seiner Flasche auf die Auslage: »Auf Streich!«

Alle hoben die Flaschen, riefen ebenfalls »Auf Streich!«

»Auch wenn er nicht viel redete und einen immer so durchdringend ansah, er wird mir fehlen.« Ali hatte tatsächlich Tränen in den Augen, bemerkte Broich.

»Nur mit der Ordnung, mit der hat er es nicht so gehabt. Ich sag euch, es sah aus bei dem … Aber jetzt kommen da erstklassige neue Wohnungen hin …«

»Bommel!«, schnauzte ihn der rote Rudi an. »Nur Zaster im Kopf.«

»Was willst du denn?«, raunzte der beleidigt zurück. »Es geht

270

voran, wir bauen was auf. Und da will ich meinen Anteil zu beitragen.«

Der rote Rudi lachte. »Nicht beitragen. Du willst deinen Anteil abhaben. Die Kohle. Nur die Kohle.«

»Wenn es dir hier nicht gefällt, warum gehst du dann nicht rüber … zu deinen Genossen … in die Zone.«

Der rote Rudi wollte zu einer Erwiderung ansetzen, doch Ali war schneller: »Keinen Streit heute, verstanden! Mir ist einer mit ein wenig Unordnung in seiner Wohnung lieber als einer mit Unordnung hier.« Er tippte sich mit seinem Zeigefinger gegen die Stirn. »Und da war Streich klar.«

Zustimmendes Gegrummel reihum, auch Bommel stimmte zu: »Schon gut, war ja nicht so gemeint. Und zupacken konnte der ja. Nur diese Franzackenmusik … Das musst du zugeben, das konnte einem schon ganz schön auf die Nerven gehen.«

Der rote Rudi räusperte sich und begann zu singen:

Allons enfants de la Patrie,
Le jour de gloire est arrivé!
Contre nous de la tyrannie
L'étendard sanglant est levé.

Auch Broich stimmte mit ein:

L'étendard sanglant est levé.
Entendez-vous dans les campagnes
Mugir ces féroces soldats?
Ils viennent jusque dans vos bras
Égorger vos fils, vos compagnes.

Alle klatschten, nur Bommel schaute konsterniert in die Runde: »Als Nächstes wird hier wohl die *Internationale* gesungen. So weit kommt es noch.« Er schüttelte seinen Kopf und trank, während die anderen lachten.

Dann wurde Ali wieder ernst: »Sag mal, Ferdinand«, sprach er den Journalisten an, »was ist eigentlich mit diesem Mädchen, mit dem Streich hier gewesen ist?«

Der Angesprochene zuckte mit den Schultern. »Keine Ahnung. Vielleicht in einem Heim. Auf der Rennbahn war sie jedenfalls nicht.«

»Und das waren wirklich Wettbetrüger, die da geschossen haben? Das kann ich kaum glauben … Was soll der Streich denn mit denen zu tun gehabt haben?«

»Die dunklen Seiten der Menschen«, antwortete Broich vieldeutig. Es fiel ihm schwer, in diesem jovialen Ton zu sprechen. Streich war tot, und sein Freund Franz Jung war mit durchgeschnittener Kehle in seinem Boxclub gefunden worden. Von ihm hatte er, nach einigem Drängen, den Hinweis bekommen, dass er den ehemaligen Legionär auf der Galopprennbahn finden würde. Wäre es nicht so weit gekommen, nicht zu der Schießerei, nicht zu dem tödlichen Schuss, wenn er dort nicht aufgetaucht wäre? Das war eine Frage, die er sich seitdem ständig stellte. Aber er hatte Streich nicht getraut, hatte geglaubt, dass er ihn wie beim ersten Mal kalt abservieren würde.

»Na, na«, warf Herbert ein und strich sich mit der flachen Hand über seine Plauze. »Da steckt doch mehr dahinter, oder? Ich glaube, dass das was mit dem Attentat zu tun hat. Bei dir da im Hof.« Er blickte kurz zu Bommel.

»Keine Ahnung«, entgegnete der schnell. »Ich bin nur froh, dass dort jetzt wieder Ordnung herrscht.«

Broich trank von seinem Bier und gedachte im Stillen Streichs. Irgendwie hatte er den Kerl gemocht. Trotz allem. Weil er nicht wie die anderen gewesen war, auch wenn er, ohne mit der Wimper zu zucken, Menschen getötet hatte. Aus der Zeit gefallen.

Sein Ziel hatte er nur teilweise erreicht. Gilla und Lidia waren in Sicherheit, hatten die Chance auf ein neues Leben. Aber die Wahrheit über die Anschläge, die kam nun doch nicht ans Licht. Offiziell habe es keine Brieftasche mit belastenden Papieren gegeben, auf der Rennbahn habe ein Kampf zwischen rivalisierenden Wettbetrügerbanden stattgefunden, die dank der überragenden Arbeit der deutschen Polizei überführt werden konnten. Bei dem toten Deutschen handele es sich um den Angehörigen einer Bande aus Frankfurt, einen ehemaligen Fremdenlegionär, der im zivilen Leben keinen Fuß mehr auf den Boden bekommen habe und, wie man es von diesen Kerlen kannte, ins Verbrechermilieu abgedriftet sei. Möglicherweise habe er sogar mit den Anschlägen auf die Waffenhändler zu tun, ließ man durchsickern. In seiner Hosentasche habe man eine Zeichnung gefunden, die sehr wahrscheinlich von dem verschwundenen Mädchen stammte, deren Mutter bei dem Anschlag auf Mühlbauer getötet worden war. Der zweite Tote sei französischer Staatsbürger. Zwei weitere Tatbeteiligte befinden sich noch auf der Flucht. Zufälliges Opfer der Schießerei sei ein aus der Nähe von Hamburg stammender, in Frankfurt lebender Journalist geworden, den ein Schuss am Bein getroffen habe. So oder so ähnlich hatte es in der Zeitung gestanden. Einer seiner abgehalfterten Kollegen hatte den Artikel geschrieben.

Broich hatte ihm das gerne überlassen. Er kam sich so schon schäbig genug vor, weil er den Mund hielt. Darüber, dass mit der Polizei ein Dr. Knecht aufgetaucht war und ihn um die Brieftasche gebeten hatte. Ein Bitten, das kein Nein duldete.

Was hätte er da tun sollen? Er hatte ja noch nicht einmal bemerkt, dass der Mann ihm gefolgt war.

Ali riss ihn aus seinen Gedanken. Alle schauten erst den Wasserhäuschenbetreiber, dann den Journalisten an: »Hier, Ferdinand, hätte ich fast vergessen. Ist an dich adressiert!«

Ali reichte dem Journalisten einen Brief. Der sah überrascht darauf, las seinen Namen und die Adresse von Alis Wasserhäuschen, drehte ihn um. Kein Absender. Er betrachtete den Stempel auf der Briefmarke, ein »urg« konnte er gerade so entziffern, der Rest war unleserlich.

»Eine Freundin?«, fragte der rote Rudi.

Broich schüttelte nur den Kopf. »So ähnlich.«

»Lies vor!«, forderte einer der Männer.

»Kommt, nehmt euch noch ein Bier. Auf Streich!«

Diese Aufforderung Alis reichte, dass sie das Interesse an Broich und dem Brief verloren. Er ging ein paar Meter zur Seite und las die Einladung an Streich, Gilla und Lidia besuchen zu kommen. Sie würden sich sehr freuen. Dem Brief war eine Zeichnung beigelegt, die die beiden am Strand zeigte. Im Hintergrund hob eine Robbe neugierig ihren Kopf aus dem Wasser.

Nachwort

Die Geschichte des Arnolt Streich und der Anschlag auf den Waffenhändler Rolf Mühlbauer sind fiktiv. Sie sind jedoch eingebettet in wahre Geschehnisse der späten Fünfzigerjahre: Die Anschläge einer Organisation, die sich »La Main Rouge« (Die Rote Hand) nannte, einen Krieg in Nordafrika, der nicht so genannt werden durfte, das Lebensgefühl in einem Land, dem man die Wunden, die ein barbarischer Krieg, den es selbst entfesselt hatte, noch ansah, so sehr man auch bemüht war, sie zu verbergen, und die Erfahrungen von Männern, die sich als Fremdenlegionäre verdingt hatten.

Im Roman zitiert der Journalist Ferdinand Broich aus einem Artikel der *Frankfurter Rundschau* vom 9. März 1959 über das am 3. März in der Guiollettstraße verübte Attentat auf den Waffenhändler Georg Puchert. In dem Ausschnitt, der sich mit der Frage nach den Tätern des Anschlags beschäftigt, heißt es: *Angeblich gehört der Täter einer Mörderorganisation an, deren Name aus einem schlechten Kriminalroman stammen könnte: »Die Rote Hand«.*

Rote Hand – das klingt in der Tat nach einem schlechten Kriminalroman. Doch diese Organisation gab es tatsächlich. Sie war eine »von der Auslandsabteilung des französischen Geheimdienstes Direction Générale de la Sécurité Extérieure (DGSE) in den 1950er-Jahren betriebene Terrororganisation, die das Ziel verfolgte, Unterstützer der algerischen Unabhängigkeitsbestrebung und führende Mitglieder der Front de Libération Nationale (FLN) in der Zeit des Algerienkrieges zu liquidieren«.[1]

Diesen Unterstützern wurde Geld angeboten, sie erhielten Warnungen, und wenn das alles nicht fruchtete, wurde gebombt. Das war auch die Dramaturgie im Fall Georg Pucherts, eines deutsch-baltischen Waffenhändlers, Besitzers mehrerer Schiffe, die er zum Schmuggel von Zigaretten (darunter auch seiner Lieblingsmarke Morris, was ihm den Spitznamen »Captain Morris« einbrachte) und später von Waffen benutzte. Zwei seiner Schiffe wurden 1957 vom französischen Geheimdienst

---

1   Wikipedia-Artikel »La Main Rouge«

auf den Grund des Mittelmeers gesprengt. Eine Erfahrung, von der der französische Geheimdienst sicher auch bei der Versenkung des Greenpeace-Schiffes *Rainbow Warrior* im Jahre 1985 im Hafen des neuseeländischen Auckland profitierte.

Puchert war nicht der Erste, der einer Bombe der Roten Hand zum Opfer fiel. Am 28. September 1956 explodierte in den Geschäftsräumen des Hamburger Waffenhändlers Otto Schlüter eine Bombe. Zuvor hatte er »per Post eine etwa zehn Zentimeter lange Sarg-Attrappe, in der ein menschliches Miniatur-Skelett lag«, erhalten.[2] Am 3. Juni 1957 ging unter seinem Auto eine Bombe hoch, die Schlüters Mutter tötete. Am 1. Oktober 1958 explodierte eine Haftladung am Rumpf der im Hamburger Hafen liegenden *Atlas* und setzte das Schiff auf Grund. Am 5. November 1958 wurde in Bonn der Algerier Ait Ahcene aus einem fahrenden Auto zusammengeschossen.

Vornehmlich waren es Waffenhändler, die ins Visier der Roten Hand gerieten, denn Waffen waren das, was die FLN bzw. deren militärischer Arm, die ALN, am dringendsten benötigte, um den Unabhängigkeitskrieg gegen Frankreich zu bestehen, das ihnen militärisch in jeder Hinsicht überlegen war.

Der Begriff »Krieg« war in Frankreich tabu. Denn Algerien war im Verständnis Frankreichs kein kolonisiertes Land, sondern ein integraler Bestandteil des Mutterlandes. Insofern waren die Franzosen keine Besatzer und der Kampf zwischen der FLN und Frankreich auch kein Krieg, sondern eine Rebellion, die Kämpfer von FLN und ALN Rebellen und Terroristen.

Dass diese auf dem Gebiet der Bundesrepublik Deutschland begangenen Attentate mit tödlichem Ausgang heute kaum mehr bekannt sind, hatte mit den im Buch von Ferdinand Broich geäußerten Vermutungen zu tun, dass der Aussöhnungsprozess zwischen Frankreich und Deutschland nicht gefährdet werden sollte. So wurde zwar in der Presse darüber berichtet, Täter wurden jedoch nie vor Gericht gestellt. Selbst eine dreiteilige Serie im Nachrichtenmagazin *Der Spiegel*, veröffentlicht 1960, änderte daran nichts.

---

2 »Der Tod kommt mit der Post«, *Spiegel*-Artikel über die Rote Hand vom 2. März 1960.

Die Geschichte der Waffenhändler und der Roten Hand ist auch in dem Buch *Meine Freunde, die Waffenhändler* des Journalisten und Autors Bernt Engelmann ausführlich nachzulesen.

Der Protagonist des Romans, diente, bevor die Romanhandlung einsetzt, in der Fremdenlegion. Wie er sind viele junge deutsche Männer kurz vor Ende des Krieges oder in den ersten Nachkriegsjahren in diese militärische Organisation eingetreten. Die Gründe dazu waren vielfältig: Die einen hatten nichts anderes als das Soldatenleben kennengelernt, andere suchten eine Alternative zur Perspektivlosigkeit in einem zerstörten Land, in dem sie zudem möglicherweise keine familiären Bindungen mehr hatten. Wieder andere trieb die Abenteuerlust zur Fremdenlegion. Für einige war die (so von ihnen zumindest wahrgenommene) Tristesse im Adenauer-Deutschland Grund genug, oder die jungen Männer ließen sich, wie Arnolt Streich, im Kriegsgefangenenlager rekrutieren, um so dem Hunger und den Schikanen zu entgehen.

Dennoch ist es ein Klischee, »dass die 1831 gegründete, berühmt-berüchtigte Fremdenlegion hauptsächlich aus Deutschen bestehe. Tatsächlich stellten deutsche Staatsbürger dreimal in der Geschichte der Söldnertruppe über die Hälfte der Legionäre; in den zwei Jahrzehnten nach dem Deutsch-Französischen Krieg von 1870/71, erneut Mitte der Zwanzigerjahre und zuletzt auf dem Höhepunkt des Indochinakriegs 1953/54.«[3]

Auch widerspricht die Forschung heute der besonders in den Nachkriegsjahren weitverbreiteten These, dass in der Fremdenlegion zum einen viele NS-Kriegsverbrecher und SS-Leute unterkamen, zum anderen, dass viele gegen ihren Willen rekrutiert wurden (die jungen Männer sollen abends angesprochen und auf ein Bier eingeladen worden sein, nur um sich am nächsten Morgen verkatert auf dem Weg zu einer Kaserne der Legion wiederzufinden, in der Tasche den unterschriebenen Kontrakt). Letzterem stand das Selbstverständnis der Fremdenlegion als einer Elitetruppe entgegen. Sie konnte es sich schlicht nicht leisten,

3 Eckard Michels: Deutsche in der Fremdenlegion 1870–1965 – Mythen und Realitäten, München, Paderborn, Wien, Zürich 1999.

widerwillige und vielleicht auch körperlich, geistig und psychisch ungeeignete Personen in ihren Reihen zu haben. Im Gegenteil: In mehreren rigiden Verfahren wurden die zukünftigen Legionäre ausgesiebt – und das trotz eines aufgrund von Indochina- und Algerienkrieg erhöhten Personalbedarfs in der Zeit vom Ende der Vierziger- bis Mitte der Sechzigerjahre.

Ein Mann, der dafür sorgte, dass die Öffentlichkeit seinerzeit von den systematischen Folterungen in Algerien durch französische Einheiten erfuhr, war der Journalist Henri Alleg, aus dessen Buch *Die Folter (La Question)* Ferdinand Broich im Roman zitiert.[4] Alleg schildert darin seine eigenen »Erfahrungen« mit Elektroschocks, Feuer, Waterboarding und der Injektion eines »Wahrheitsserums«, denen er in französischen Gefängnissen ausgesetzt war.

Alleg, als Harry Salem 1921 in London geboren, schrieb als Redakteur für die Tageszeitung *Alger républicain* gegen die Kolonialherrschaft Frankreichs im Maghreb. Nach Ausbruch des Algerienkriegs 1954 wurden die Zeitung und die algerische KP 1955 verboten. Alleg tauchte unter, schrieb aber weiter für die französische kommunistische Zeitung *l'Humanité*. Während der Schlacht von Algier 1957 wurde er gefangen gesetzt und nach einem Monat Folter und Verhör in ein Internierungslager, später ins Zivilgefängnis von Algier überführt. Dort verfasste er heimlich seinen Bericht, den er stückweise über seine Rechtsanwälte nach draußen schmuggelte. In Frankreich versuchte man daraufhin, die Veröffentlichung des Buches wegen Untergrabung des Wehrwillens zu verhindern. Alleg war einer der wenigen Inhaftierten, die die Gefangenschaft und Folter überlebten.

Es darf allerdings nicht verschwiegen werden, dass FLN und ALN nicht weniger brutal vorgingen, sowohl gegen ihre Gegner als auch gegen »Abweichler« in den eigenen Reihen.

Heute nahezu unbekannt, galt Inge Brandenburg spätestens seit ihrem Auftritt auf dem Deutschen Jazzfestival 1958 in Frankfurt am Main als

---

4   Henri Alleg: Die Folter, Basel, München, Wien 1958.

die deutsche Stimme des Jazz, wurde vom *Time Magazine* sogar mit Billie Holiday verglichen, 1960 auf dem Jazzfestival in Juan-les-Pins zur besten Jazzsängerin Europas gekürt und errang nur wenig später beim Festival im belgischen Knokke mit der deutschen Equipe den Sieg.

Die 1929 in Leipzig geborene Inge Brandenburg wuchs in Armut auf; ihr Vater war ein Kommunist, der 1939 im Konzentrationslager Mauthausen verschwand, ihre Mutter kam ebenfalls ins KZ und wurde kurz vor Kriegsende erschossen. Inge zog nach Westen, lernte Klavierspielen und antwortete auf die Kleinanzeige eines Orchesters, das »eine Sängerin mit tiefer Stimmlage, Englischkenntnissen und gutem Aussehen« suchte. Sie sang in amerikanischen Clubs, verfeinerte durch diese Erfahrungen ihr musikalisches Talent zur Professionalität und tourte durch Skandinavien, bis sie dann 1958 in Frankfurt Publikum und Kritik mitriss.

Doch in den Sechzigern begann sie, Schlager zu singen, um Geld zu verdienen, und wurde schnell auf die leichte Muse reduziert und in Jazzkreisen nicht mehr ernst genommen. »Inzwischen hatte sie auch einen Plattenvertrag bei der Teldec unterschrieben und war bester Hoffnung, neben dem frischen Ruhm auch endlich das notwendige Kleingeld zu verdienen. Doch die hoch gesteckten Erwartungen sollten sich nicht erfüllen. Sehr bald saß sie zwischen allen Stühlen, und ihre musikalische Laufbahn mündete in einer Seitwärtsbewegung, aus der sie sich nicht mehr befreien konnte«, wie Manfred Fleckenstein im Oktober 1991 im Begleittext zu der Platte *Inge Brandenburg – Why Don't You Take All Of Me* schrieb. »Ihre letzten Jahre verbrachte die Sängerin in einem Münchner Einzimmer-Appartement, das vom Sozialamt bezahlt wurde. Nur sieben Menschen folgten dem Sarg, als sie 1999 in einem Armengrab beigesetzt wurde. Gestorben war Brandenburg mit siebzig Jahren an den Folgen ihrer jahrelangen Alkoholabhängigkeit.«[5]

Einer, der sie aus diesem Vergessen geholt hat, ist der Autor und Filmemacher Marc Boettcher. Er hat die Biografie *Sing! Inge, sing!* verfasst und eine gleichnamige Filmdokumentation sowie eine CD veröffentlicht, die den Preis der deutschen Schallplattenkritik erhielt.

---

5   Der Tagesspiegel, 25. Oktober 2011.

Im Domicile du jazz singt Inge Brandenburg zwei Lieder: *That Old Black Magic*, komponiert von Harold Arlen und getextet von Johnny Mercer für den Musicalfilm *Star Spangled Rhythm* aus dem Jahre 1942, sowie *Lover Man (Oh, Where Can You Be?)*, geschrieben von Jimmy Sherman und komponiert von Ram Ramirez im Jahre 1941 für Billie Holiday.

Zwei weitere Lieder, die im Buch zitiert werden, sind *De L'Autre Coté de la Rue* von Michel Emer und *La Mer* von Charles Trenet. Das Chanson *Mon Légionnaire*, das Streich immer wieder in seiner Wohnung hört, ist eine Komposition von Raymond Asso (Text) und Marguerite Monnot (Musik) aus dem Jahr 1936. Das Lied erzählt die Romanze mit einem Fremdenlegionär, der nach der Liebesnacht seinen Namen nicht preisgibt und aus dem Leben der Sängerin, nicht aber aus ihrer Erinnerung verschwindet.

Danksagung

Danken für ihre Unterstützung möchte ich dem Institut für Stadtgeschichte in Frankfurt am Main, dem Hessischen Hauptstaatsarchiv in Wiesbaden sowie dem Stadtarchiv Mainz.

Daneben haben viele Menschen mich mit ihren Ratschlägen, Kritiken und Aufmunterungen unterstützt und auf jeweils ganz eigene Weise ihren Teil zu diesem Buch beigetragen. Einige von ihnen möchte ich hier nennen und mich bei ihnen bedanken:

Pepe Bernhard für seine Unterstützung und die viele Zeit, die er in das Manuskript gesteckt hat; Frank Grevsmühl, der mein Schreiben seit Jahren mit konstruktiver Kritik begleitet; Regina Vogel, die für sich den Titel der Geburtshelferin für dieses Buch beanspruchen darf; Gérard Scapinni für unsere Gespräche, des Weiteren Lotar Schüler, Thorsten Weiß, Petra Seitzmayer, Matthias Symann und Andreas Kollender sowie Gitta und Thomas Keßler.

Mein ganz besonderer Dank gilt Anya Schutzbach für die vertrauensvolle Zusammenarbeit und ihren Mitarbeiterinnen und Mitarbeitern bei der Erstausgabe im weissbooks.w Verlag sowie Michael Lenkeit für sein präzises und einfühlsames Lektorat.

Vor allem aber möchte ich meiner Familie danken. Meiner Frau Tanja, meinem Sohn Tizian sowie Liane Diehl für ihre Inspiration, Geduld und Unterstützung

Xavier-Marie Bonnot *Der erste Mensch*
Der Archäologe Rémy Fortin erforscht vor der glitzernden Küste
der Calanques die Unterwasserhöhlen und ihre urzeitlichen
Felszeichnungen, als er schwer verunglückt. Seine letzten Fotos
zeigen eine rätselhafte Hirschkopfstatue. Hauptkommissar de
Palma begibt sich auf prähistorische Spurensuche und stößt auf
Morde, die einem uralten Ritual folgen.

Mercedes Rosende *Falsche Ursula*
Ursula ist unzufrieden. Zu hässlich, zu hungrig, zu allein. Da
kommt ihr der mysteriöse Erpresseranruf eigentlich ganz recht:
Man habe ihren Ehemann entführt, eine Million Lösegeld.
Nur: Ursula hat gar keinen Ehemann. Grund genug, ihr krimi-
nalistisches Talent auszuschöpfen und sich in ein abstrus herr-
liches Abenteuer zu stürzen.

John Burdett *Der Jadereiter*
Im brodelnden Bangkok jagt der buddhistische Polizist Sonchai
die Mörder von William Bradley, einem skrupellosen amerikanischen Jadehändler. Die Suche gerät zu einer Reise in die
eigene Vergangenheit, in die Unterwelt Bangkoks, in die Bordelle
des berüchtigten achten Bezirks bis hinein in die Vorzimmer
der amerikanischen Botschaft.

Garry Disher *Kaltes Licht*
Auf der Blackberry Hill Farm gleitet eine Schlange unter eine
alte Betonplatte. Der alarmierte Schlangenfänger findet jedoch
etwas ganz anderes: ein Skelett. Ein Fall für Sergeant Alan
Auhl, der verstaubte Cold Cases bearbeitet. Warum haben die
Erinnerungen der mürrischen Anwohner so viele Lücken?

HOEPS & TOES *Die Cannabis-Connection*

Marcel Kamraths Gesetzesinitiative zur Cannabis-Legalisierung steht kurz vor dem Durchbruch, seine Karriereaussichten sind glänzend. Doch dann holt ihn seine begraben geglaubte Vergangenheit wieder ein. Immer tiefer wird Kamrath in ein gefährliches Duell hineingetrieben, das er nur überleben kann, wenn er alles opfert, was ihm wichtig ist.

LEONARDO PADURA *Ein perfektes Leben*

Teniente Mario Conde soll einen Verschwundenen finden, Rafael Morín, der mit Conde zur Schule gegangen ist. Der Mann mit der scheinbar blütenweißen Weste war schon damals ein Musterschüler, der immer das bekam, was er wollte – auch Condes Freundin Tamara. Der Teniente muss sich den Träumen und Illusionen seiner eigenen Generation stellen.

JEAN-CLAUDE IZZO *Die Marseille-Trilogie*

Fabio Montale: ein kleiner Polizist mit großem Herz. Für ihn ist es reiner biografischer Zufall, ob einer Polizist wird oder Gangster. Freund bleibt Freund. Deshalb rächt Fabio zwei seiner Gangster-Freunde, die ermordet wurden. Das Spiel wird allerdings nach Regeln von Leuten gespielt, denen ebenso egal ist, ob einer Polizist ist oder Verbrecher.

JEONG YU-JEONG *Der gute Sohn*

Yu-jin erwacht blutverschmiert. Mit wachsendem Grauen geht er ins Untergeschoss, wo er eine entsetzliche Entdeckung macht: Seine eigene Mutter liegt mit durchgeschnittener Kehle im Wohnzimmer. Seine Erinnerungen an den letzten Abend sind wie ausgelöscht. Wer hat seine Mutter auf dem Gewissen? Und wieso deuten alle Hinweise auf ihn selbst?

CAMILO SÁNCHEZ *Die Witwe der Brüder van Gogh*
Paris im Jahr 1890: Johanna van Gogh Bonger ist mit Vincent
van Goghs jüngerem Bruder Theo verheiratet. Als der Maler
sich das Leben nimmt, stirbt kurz darauf auch Theo, erfüllt von
tiefer Trauer. Johannas Leben verändert sich von Grund auf,
als sie van Goghs Kunst zum Erfolg verhilft.

HALIDE EDIP ADIVAR *Mein Weg durchs Feuer*
Halide Edip Adivars Lebensgeschichte spiegelt den stürmi-
schen Umbruch ihres Landes. Mit wachem Blick verfolgt sie
den Untergang des Osmanischen Reichs und das Erstarken
der Nationalen Bewegung. Die emanzipierte und eigensinnige
Schriftstellerin stellt sich in den Dienst der neuen Türkei, be-
wahrt jedoch ihren kritischen Blick.

JÖRG SAMBETH *Zwischenfall in Seveso*
Der Chemieunfall in Seveso 1976 war die größte Umweltkata-
strophe, die bis dahin in Europa geschah. Jörg Sambeth war für
den Reaktor verantwortlich. Die Konzernleitung befahl ihm
zu schweigen. Wer trägt die Schuld? Sambeth hat über seine
Erlebnisse einen Tatsachenroman aus dem Innenleben eines
Weltkonzerns geschrieben.

MANO DAYAK *Geboren mit Sand in den Augen*
»Jedes Mal, wenn ich der Wüste gegenüberstehe, führt sie mich
auf die erregende Reise in mein eigenes Ich. Die Wüste scheint
ihrem Bewohner ewig, und sie schenkt diese Ewigkeit dem
Menschen, der sich ihr verbunden fühlt.« Der Führer der Tua-
reg-Rebellen schildert in dieser Autobiografie sein bewegtes,
viel zu kurzes Leben.

Mehr über alle Bücher und Autoren auf *www.unionsverlag.com*

Mehr über alle Bücher und Autoren auf *www.unionsverlag.com*